Die unglaublichen Abenteuer des Migranten Němec

Jaromir Konecny

Die unglaublichen Abenteuer des Migranten Němec

[handschriftliche Widmung in blauer Tinte, unleserlich]

ecoWIN

SALZBURG – MÜNCHEN

1. Auflage
© 2017 Benevento Publishing,
eine Marke der Red Bull Media House GmbH,
Wals bei Salzburg

Medieninhaber, Verleger und Herausgeber:
Red Bull Media House GmbH
Oberst-Lepperdinger-Straße 11–15
5071 Wals bei Salzburg, Österreich

Lektorat: Claudia Jürgens, Berlin
Satz: MEDIA DESIGN: RIZNER.AT
Gesetzt aus Palatino, Hevirough
Umschlaggestaltung: b3K design, Andrea Schneider, diceindustries
Printed in Slovakia
ISBN 978-3-7110-0128-3

Leben, lieben, lachen.

Inhalt

Kapitel 1,
in dem der Migrant Němec vorgestellt wird

Jede Zeit hat ihre Helden. Es ist wieder so weit, in der Welt den guten Menschen willkommen zu heißen. Er hat nicht das Smartphone erfunden, nie an einer Realityshow teilgenommen und auch nicht in der Champions League gespielt, nicht einmal in der Fußball-Kreisliga. Er weilt aber weiterhin unter uns: ein ganz normaler Mensch mit großem Herzen und offenem Ohr. Immer bereit, uns zuzuhören oder uns eine Geschichte zu erzählen.

*

»Wie heißen Sie?«, fragte Richter Schnippköter Němec.

»Lolek ...«, sagte Němec. Bevor er seinen Nachnamen Němec hinzufügen konnte, hatte der Richter bereits einen Lachanfall bekommen.

»Entschuldigung, Entschuldigung!«, rief er und lachte wieder.

Němec sah ihn mit seinem gutmütigen Lächeln an. »Das ist kein Problem, Euer Ehren«, sagte er. »In meiner alten Heimat Tschechien lacht jeder über meinen Vornamen. Meine Mutter hat mich nach einem Helden des polnischen Comics

Lolek und Bolek benannt. Sie mochte Polen, weil die Polen einen sehr guten Käsekuchen backen. Für viele Tschechen klingen polnische Namen komisch.«

Richter Schnippköter hob die Hand, um Němec' Redefluss zu stoppen, doch der fuhr unbeeindruckt fort: »Lustige Vornamen sind in unserer Familie Tradition, Euer Ehren. Mein Uronkel väterlicherseits trug den Vornamen Puchla, was so viel wie Stinker heißt. Bei einem Radioquiz rief mein Uronkel beim Sender an und nannte seinen Namen, worauf der Moderator live auf Sendung sagte: ›Du arme Sau!‹ Seitdem hat über meinen Uronkel das ganze Dorf gelacht. Deswegen ist er in die Ostslowakei gezogen, bis nach Košice. Dort hat er einer Slowakin den Hof gemacht, als er aber seinen Namen sagte, bekam auch sie einen Lachanfall, weil sie das Radioquiz gehört hatte. Der tschechoslowakische Rundfunk sendete abwechselnd tschechisch und slowakisch.

Aus manchen Lagen gibt es keinen Ausweg, egal, was du tust. Mein Uronkel musste sich schließlich erhängen, um Ruhe zu haben. Manche Leute lachen über die andern, ohne zu überlegen, was sie damit anrichten könnten.«

Richter Schnippköter starrte Němec an: »War das eine Anspielung auf mich?«

»Nein, Euer Ehren!«, sagte Němec mit seinem sanften Lächeln. »Ich würde mir nie erlauben, sie anzuspielen.«

»Trotzdem habe ich das Gefühl, dass Sie sich über mich lustig machen, Herr Němec!«, sagte der Richter.

»Ich mache mich über Sie nicht lustig, Euer Ehren«, sagte Němec. »Ich rede nur zu viel. Das habe ich von meiner Mutter geerbt. Wer im Sozialismus nicht fernsehen oder Radio hören wollte, ließ sich von meiner Mutter unterhalten. Im sozialistischen Fernsehen gab's sowieso nur zwei Programme: In einem wurde über Arbeit geredet und im anderen, wie das böse Wetter sich gegen die sozialistische Landwirtschaft verschworen habe, wir den Plan aber trotzdem zu 158,89 Prozent erfüllen würden. Ich …«

»Seien Sie endlich still!«, rief Richter Schnippköter und blätterte die Anklagepapiere durch. »Mit Nachnamen heißen Sie Němec. Bedeutet das nicht auf Tschechisch Deutscher?«

»Darf ich wieder sprechen?«, fragte Němec.

»Was? Nein! Einem Richter am Gericht dürfen Sie nicht widersprechen, Mensch!«

»Ich habe ›wiiieder sprechen‹ gesagt, Euer Ehren«, sagte Němec.

Der Richter schüttelte den Kopf: »Nein! Sie haben ›widersprechen‹ gesagt! Sie haben das kurz ausgesprochen.«

»Ich spreche jetzt alle Vokale sehr kurz aus, damit ich nicht so viel Zeit benötige, wenn ich etwas sagen muss«, erwiderte Němec. »Darf ich also wiiieder sprechen?«

»Ja!«, brüllte der Richter.

»Mit meinem deutschen Namen haben Sie recht, Euer Ehren«, sagte Němec. »Ich bin Tscheche und heiße Deutscher. Um das abzurunden, hat meine Mutter mir einen polnischen Vornamen gegeben. Wegen meines Nachnamens Němec, also Deutscher, bin ich 1988 aus der sozialistischen Tschechoslowakei nach Deutschland geflüchtet. Ich fühlte mich dem Land verbunden und war bereit, die geschichtliche Last meiner Vorfahren und ihres Blutes auf mich zu nehmen, ein Volksdeutscher in Europa zu sein.

Wie schon so viele, hat aber auch mich das Nationalgefühl getäuscht – erst in Deutschland hat sich herausgestellt, dass meine Vorfahren keine Deutschen, sondern Tschechen waren. Mein Ururopa hatte Deutscher geheißen, weil er in Deutschland auf Wanderschaft war und für die Deutschen bei Hochzeiten musizierte. In Tschechien sagt man: ›Ein Tscheche – ein Musiker.‹ Deswegen galten Tschechen damals, im 19. Jahrhundert, als etwas Besonderes. Auf einem Gedenkstein in den Hohen Tauern stand auf Deutsch sogar: ›Im kalten Jahre 1854 sind hier zwei Menschen und zwei Tschechen ertrunken.‹ Dass der Name …«

Der Richter flüsterte etwas vor sich hin und schien der Verzweiflung nahe zu sein, während Němec weitersprach: »Dass der Name das Schicksal eines Menschen ändern kann, ist nichts Ungewöhnliches. In der Tschechoslowakei bin ich einmal mit meinem Freund Josef Prager nach Prag gefahren. Bei einer Ausweiskontrolle in Prag hat ein Polizist meinen Freund gefragt, wo er herkomme: ›Aus Ostrava‹, sagte Josef. ›Wie heißt du?‹, fragte ihn der Polizist. ›Prager‹, sagte mein Freund und bekam gleich eine Abreibung mit dem Schlagstock, weil auch die Polizisten dachten, er mache sich über sie lustig. Als ich dann den Polizisten meinen Namen sagte …«

»Das ist mir zu viel«, sagte der Richter und vertagte die Urteilsverkündung.

*

»Wie haben Sie den Stempel überhaupt gefälscht?«, fragte Richter Schnippköter Němec eine Woche später.

»Mit einer gekochten Kartoffel«, sagte Němec. »Als ich Ende der Achtziger ein Jahr lang im Flüchtlingslager in Niederbayern saß und auf das politische Asyl wartete, haben sich viele Flüchtlinge dort den Stempel für einen deutschen Führerschein aus einer gekochten Kartoffel geschnitzt. Viele hatten bei ihrer Flucht nach Deutschland keinen Führerschein mitnehmen können. ›Kartoffelführerschein‹ sagten wir dazu. Die Kartoffeln dafür haben wir als Asylbewerber vom deutschen Staat bekommen. Man sollte für falsche Stempel aber keine mehligen Kartoffeln nehmen wie für böhmische Kartoffelpuffer, sondern große festkochende, weil …«

»Wenn Sie sich weiter über uns lustig machen, bestrafe ich Sie wegen Missachtung des Gerichts«, fiel der Richter Němec ins Wort.

»Ich mache mich über nichts lustig, Euer Ehren! Sogar wenn ich lache, meine ich es ernst.« Němec lächelte den Richter voller Zuneigung an und sagte: »Ich führe nichts Böses im Schilde, Euer Ehren! Ich will Sie nur etwas unterhalten. Ich habe gesehen, dass Sie unter dem Gewicht Ihres Amtes zu wenig Spaß haben.«

Richter Schnippköter betrachtete lange und streng Němec' große Gestalt hinter der Anklagebank und schüttelte dann den Kopf. »So etwas haben wir hier noch nie erlebt!«, sagte er. »Unsere Politiker fälschen ihre Doktorarbeiten. Sie verfassen dagegen eine Doktorarbeit, die so kompliziert ist, dass kein Mensch sie versteht, fälschen aber ihr Abiturzeugnis. Ja, warum denn?«

»Ohne Abitur hätte ich in Deutschland nicht studieren können, Euer Ehren, ich musste aber studieren und dann deutscher Staatsbürger werden, wenn ich schon aufgrund meiner Herkunft kein Deutscher war. Meine Ex-Freundin Anna hat sich über die Nacht von einer Tschechin in eine

Deutsche verwandelt und wollte mit einem Tschechen nichts mehr zu tun haben. Ich wollte sie mit einem Doktortitel und der deutschen Staatsbürgerschaft beeindrucken.«

»Hören Sie endlich auf mit diesen Erklärungen, die nicht zur Sache gehören!«, rief der Richter. »Ich habe Sie gefragt, warum Sie Ihr Abiturzeugnis gefälscht haben. Warum haben Sie das Abitur nicht einfach nachgemacht und dann studiert?«

»Ich brauchte schnell einen Doktortitel, weil ich in Anna unglücklich verliebt war, Euer Ehren«, sagte Němec. »Das Nachmachen des Abiturs hätte die Sache unnötig verzögert. Wozu brauchte ich Abitur? Ich wusste alles! Bei uns im Städtchen hat der Metzger ...«

Richter Schnippköter schnitt ihm das Wort ab: »Ihr Fall kommt mir sehr verwirrend vor. Wo ich Sie jetzt aber befrage, weiß ich endlich, warum das Ganze so wirr ist. Erklären Sie mir nur eine Sache: Sie haben doch Ihr Abiturzeugnis vor 26 Jahren gefälscht. Eine Urkundenfälschung ist aber nach 15 Jahren verjährt. Warum haben Sie vor einem Jahr das Abiturzeugnis noch einmal gefälscht? Das war nicht nur strafbar, das war dumm!«

Der Staatsanwalt hatte schon seit ein paar Minuten leise vor sich hin gekichert. Der Richter warf ihm einen warnenden Blick zu. Der Staatsanwalt versuchte sich zusammenzureißen.

»Ich habe ja 13 Jahre im Koma gelegen«, antwortete Němec, »weil mich meine damalige Freundin Anna beim Rückwärtsfahren mit ihrem Auto überfahren hat, als ich sie nach unseren 14 Jahren in Deutschland mit meinem Doktortitel, der deutschen Staatsbürgerschaft und einer Flasche Sliwowitz überraschen wollte.«

Hier explodierte das leise Kichern des Staatsanwalts. Der Richter schlug mit der Faust auf die Richterbank. Der Staatsanwalt sprang von seinem Stuhl auf, kreischte vor Lachen und rief dazwischen aus: »Ich lache nicht, Herr Richter! Ich muss nur schnell ...«, und hüpfte zur Tür. Die Verhandlung musste wieder unterbrochen werden.

Der Staatsanwalt wurde nicht wegen Missachtung des Gerichts bestraft, weil der Richter dafür vollkommenes Verständnis hatte.

Eine Viertelstunde später konnte Němec endlich seine Erklärung fortsetzen: »Nachdem ich aus dem Koma aufgewacht war, hat jemand an meine alte Universität einen anonymen Brief geschickt. In dem Brief stand, ich hätte mein Abiturzeugnis gefälscht. Der Rektor hat mich zu einem Gespräch gebeten. Da ich auf meine alte Abiturzeugnisfälschung noch als Student Bier vergossen hatte, habe ich es noch einmal fälschen müssen.«

Der Staatsanwalt hatte wieder angefangen zu kichern, Němec fuhr aber unbeeindruckt fort: »Damit ich dem Rektor keine schmutzigen Papiere zeigen musste. Das wäre mir unangenehm gewesen. Daraufhin hat der Rektor mich angezeigt. Er kannte sich mit altem Papier aus.«

Der Richter starrte Němec an, sagte aber nichts. »So was Dummes habe ich noch nie erlebt!«, entfuhr es dem Staatsanwalt, der plötzlich auch ganz ernst geworden war. Auch Němec' Anwalt rutschte nervös auf seinem Stuhl hin und her und schüttelte den Kopf. Němec dagegen lächelte alle Menschen im Saal an, die seinen Blick kreuzten.

Endlich fand der Richter seine Worte wieder: »Sie sind promovierter Informatiker, Herr Němec. Womit verdienen Sie Ihren Unterhalt?«

»Ich entwerfe Intelligenzspielzeug für Hunde und verkaufe es bei eBay, Euer Ehren«, sagte Němec.

Der Richter zeigte sich wieder verdutzt: »Als promovierter Informatiker verkaufen Sie in einer Welt voller Computer Intelligenzspielzeug für Hunde?«

»Wie Sie aus meinem Lebenslauf ersehen können, lag ich 13 Jahre im Koma, Euer Ehren«, sagte Němec. »In dieser Zeit haben sich die Computer, aber auch das Programmieren grundlegend geändert. Als ich vor einem Jahr aufgewacht bin, fing ich an, mir Intelligenzspielzeug für Hunde auszudenken. Eine kleine Firma in Tschechien stellt es her. Zuerst hatte ich mir Denkspielzeug für Menschen ausgedacht, aber Menschen denken bei Weitem nicht so gern wie Hunde. Nicht einmal für ein Leckerli. Wenn man aber einem Hund ein Türchen zeigt, hinter dem ein Leckerli verschlossen liegt, ist der Hund zu großen Denkleistungen fähig.«

»Und rechnet sich das?«, fragte der Richter. Seine Augen strahlten plötzlich vor Vergnügen.

»Noch nicht so gut, Euer Ehren«, sagte Němec. »Vor Kurzem ist mir aber ein sehr raffiniertes Knobelspielzeug für Hunde eingefallen. Da muss der Hund wirklich scharf nachdenken, um sein Leckerli zu bekommen. Wenn ich noch ein paar Kleinigkeiten gelöst habe, könnte ich ein Start-up gründen und die Firma von Sponsoren finanzieren lassen.

Unlängst habe ich eine solche Sendung im Fernsehen gesehen. Für gute Start-up-Ideen werden locker ein paar Millionen zugeschossen. Ein Start-up für die Herstellung von Hunde-Denkspielzeug wird die Investoren sicher überzeugen.«

»Kann für Sie jemand die Firma führen?«

»Für das Organisatorische brauche ich nur eine Stunde am Abend, Euer Ehren«, sagte Němec. »Die Bestellungen lasse ich per E-Mail Mary zukommen. Sie wohnt im selben Haus wie ich. Das Lager habe ich im Hobbyraum im Keller. Auch ein Packtisch steht dort. Mary kann sehr gut packen. Sie kommt aus England und arbeitet in einem Blumenladen.

Schon als Kind hat Mary zu Hause alle Geschenke für Weihnachten allein verpackt. Sie ist nach München gekommen, weil sie sich in London unglücklich in einen Musiker verliebt hatte. Der hat sie einmal unter Drogen leider mit einem Drachen verwechselt. Das war wie in dem tschechischen Witz, Euer Ehren:

Fragt der Enkel seinen Opa: ›Opa hast du meine Pillen gesehen? Da stand so LSD drauf!‹

›Ach, Scheiß auf die Pillen, Alda!‹, sagt der Opa. ›Hast du aber den Drachen in der Küche gesehen?‹

Solche philosophischen Witze gibt's im Tschechischen viele. Zum Beispiel …«

»Halten Sie den Mund!«, brüllte der Richter und sackte kraftlos in sich zusammen.

*

Vor der Urteilsverkündung zeigte der Richter auf Němec und sah ihn an. Dann sagte er: »Der Angeklagte wird wegen Urkundenfälschung verurteilt.«

Der Richter räusperte sich, wollte weitersprechen, doch Němec fuhr ihm dazwischen: »Das haben Sie sehr präzise ausgedrückt, Euer Ehren!«

»Bitte, stören Sie nicht die Urteilsverkündung, sonst muss ich Sie des Gerichtssaals verweisen.« Der Richter überlegte offensichtlich, was er eigentlich hatte sagen wollen, runzelte die Stirn, räusperte sich noch einmal und fuhr schließlich fort:

»Angeklagter! Ich lasse Milde walten, weil Ihr erster Betrug schon 26 Jahre zurückliegt, der Ihnen den Zugang zum Hochschulstudium verschaffte und Ihnen schließlich ermöglichte, an einer deutschen Universität eine Doktorprüfung abzulegen. Außerdem wurden Sie mit ihrem Unfall und mit 13 Jahren im Koma genug bestraft. Hiermit verurteile ich Sie zu einer Geldstrafe von 90 Tagessätzen.«

Němec' Anwalt klappte seinen Aktenordner zu und wollte aufstehen, doch der Richter war noch nicht fertig, er hob die Hand und sah den Anwalt und Němec streng an: »Ich vermute, Sie haben kein Geld, um die Strafe zu zahlen. Sie können selbstverständlich einen Antrag stellen, die 90 Tagessätze mit gemeinnütziger Arbeit abzuleisten. Sie waren selbst einmal ein Flüchtling, Herr Němec. Vielleicht lernen Sie Ihre Erfahrungen und Ihre Fähigkeiten auch für das Gemeinwohl einzusetzen. Zum Beispiel können Sie den Asylbewerbern beibringen, dass Betrügen sich in Deutschland nicht lohnt.«

Und so stellte Němec den Antrag. Im September 2016 begann er in einem Flüchtlingsheim in der Umgebung von München, sich um Menschen in Not zu kümmern. Und das einzig und allein wegen seiner Liebesnot.

Kapitel 2,
in dem der Migrant Němec nach 28 Jahren zum zweiten Mal in seinem Leben in einem Flüchtlingslager landet, jetzt aber nicht als Flüchtling, sondern als Deutscher

In der Nacht träumte Němec wieder einmal von seiner Ex-Freundin Anna. Sie standen in einem Boxring, und Anna schlug ihn k. o. Als er aufgewacht war, verspürte er nur Glücksgefühle: Sein Traum würde nie Wirklichkeit werden, da Němec sich endgültig vorgenommen hatte, sich bei Anna nicht mehr zu melden. Wenn Anna ihn als einen Doktor und Deutschen nicht nehmen wollte, war es ihr gutes Recht.

Freilich wusste er nicht, wie prophetisch der Traum-Boxkampf mit Anna war. Nur sollten die Schläge von Anna ganz anders und noch verrückter ausfallen: Die Realität ist meist unglaubwürdiger als der wildeste Traum.

Am frühen Morgen traf Němec auf der Treppe Sepp, den Hausmeister. Sepp kam aus Niederbayern, in München bemühte er sich aber, Hochdeutsch zu sprechen. Um sich dem städtischen Schmelztiegel der Völker anzupassen. Es klappte nicht immer.

»Warum arbeitest du nicht mit die Computer?«, fragte Sepp. »Du bist doch'n studierter Computerekschperte.«

Němec zuckte lächelnd mit der Schulter: »In den 13 Jahren im Koma ist mir die Informatik davongelaufen. Außerdem rede ich sehr gern.«

Frau Doppler trippelte an ihnen vorbei. Sie und ihre erwachsene Tochter bewohnten im Haus eine Vierzimmerwohnung, die sicher um die 2.000 Euro Miete kostete. München war ein Paradies für Immobilienhaie geworden.

Němec blechte für sein Einzimmerapartment 670 Euro monatlich, die er nur mühsam mit dem Verkauf des Denkspielzeugs für Hunde stemmte. Frau Doppler konnte sich dagegen die 2.000 Euro Miete mühelos leisten. Das sah man schon an ihrem roten Kostüm – eine Bankangestellte.

Mit strahlenden Augen sah Sepp Frau Doppler nach, bis sie auf der Treppe verschwand. »An ihrem wunderbaren Arsch ist sogar die Finanzkrise von 2007 schadlos vorbeigegangen«, sagte Sepp. »Dass es uns schlechter geht als in den Neunzigern, haben ja die Banken verschuldet.« Er klopfte Němec auf die Schulter. »Jetzt müsst ihr Ausländer das ausbaden und dafür geradestehen, dass wir weniger Geld haben als früher. Immer wenn ich den großen Arsch von Frau Doppler sehe, muss ich an *survival of the fittest* denken.«

Němec hatte Sepp schon vor ein paar Sekunden sagen wollen, dass hinter Sepp die zwanzigjährige Tochter von Frau Doppler stand, doch jetzt sagte sie es ihm selbst: »Grüß Gott, Herr Mayer!« Dann lief sie schnell die Treppe hinunter.

»Grüß Gott, Frau Doppler«, sagte Sepp. Er ließ sich keinen Hauch von Verunsicherung anmerken und guckte auch der Tochter wohlwollend nach. Als sie unten verschwand, drehte er sich wieder zu Němec um: »Die Tochter steht der Mutter in nichts nach. Die beiden könnten zu

Hause einen Wettkampf um den schönsten Arsch veranstalten.«

»Hast du noch nie etwas über Sexismus gehört?«, fragte Němec ihn.

Sepp lachte: »Und das fragt mich ein Tscheche?«

»Wir müssen mit der Zeit gehen und unseren Sexismus abbauen«, sagte Němec. »Bevor ich ins Koma fiel, hatte es keine Smartphones, kein Facebook und keine Gender Studies an den deutschen Universitäten gegeben. Im Sozialismus war Sexismus kein Thema. Männer und Frauen haben sich gegenseitig mit viel Lust auf ihre Organe reduziert.

Bei einer Brigade in der Witkowitzer Stahlhütte habe ich aus Versehen in den Frauenduschen geduscht und wurde dort von einer Horde nackter Kranführerinnen überrascht. Sie haben sich vor Lachen gebogen, als sie mich sahen, und haben mir etliche Ratschläge für die richtige Ernährung gegeben, damit mein Geschlechtsorgan noch wuchs. Eine klatschte mir sogar auf den nackten Hintern, als ich an ihr vorbeilief. Damals sind mir Frauen nie als das schwache Geschlecht vorgekommen.

Meine Mutter hat sowieso keine andere Autorität anerkannt als ihre eigene. Hier sind wir aber im Westen. Wir dürfen Frauen nicht mehr nur auf ihre Körperteile reduzieren, bevor sie uns selbst auf unsere Geschlechtsteile zu reduzieren anfangen. Dann haben wir die Gleichberechtigung, und alles ist Friede, Freude, Eierkuchen. Bis dahin lassen wir uns durch die geistige Schönheit der Frauen betören und nicht durch ihren Körper.«

»Wenn du beim Sex nur an ihre geistige Schönheit denkst, kriegst du keinen hoch!«, sagte Sepp.

»Das ist das Paradox des Geschlechtslebens«, sagte Nĕmec. »Dieses Paradox muss ich noch lösen.«

*

Zum Flüchtlingsheim musste Nĕmec mit der S-Bahn vom Münchner Ostbahnhof aufs bayerische Land hinaus fahren und dann weiter mit dem Bus. Das Gebäude stand am Rand der Provinzstadt Schamberg, in der es keine S-Bahn-Station gab. Früher war es ein Landgasthof mit dem Namen *Haus Hoffnung*. »Den Namen haben wir beibehalten, weil er passt«, hatte Frau Müller ihm am Telefon gesagt. Sie führte im Flüchtlingsheim das Büro einer Hilfsorganisation.

Nĕmec stieg aus dem Bus. Hier an der Bushaltestelle endete die Stadt: mit einer Tankstelle, einem Supermarkt und den letzten Wohnhäusern. Nĕmec sah über ein weites gelbes Rapsfeld hinweg ein großes Gebäude, das wie eine Festung aus dem Wald ragte. Das musste *Haus Hoffnung* sein. Es erinnerte ihn an das alte Kloster, in dem er Ende der Achtziger ein Jahr lang auf seinen Asylentscheid gewartet hatte. Keine Nachbarhäuser. Nostalgie kam auf, Glücksgefühle. Er hatte aber noch etwa einen Kilometer zu laufen.

Und schon sah er seinen ersten Flüchtling: Ein Araber? Oder ein Afghane? Der dunkelhäutige Mann stand mit einem älteren Herrn am Fußgängerübergang, wo Nĕmec auf die andere Straßenseite wechseln wollte. Für den sommerlich warmen Septembertag war der Herr in seinem grauen Anzug und einem braunen Mantel zu dick angezogen. »Das ist eine Ampel, Raschid!«, sagte er und zeigte hoch.

»Syrien wir auch haben Ampels, Herr Überzieher!«, sagte Raschid. »Ich leben Damaskus – Damaskus große moderne Stadt.«

Doch der ältere Herr hörte ihm nicht zu. »Du darfst über die Ampel nur dann gehen, wenn sie grün leuchtet. Verstehst du mich, Raschid? Das ist sehr wichtig!« Der Herr sah Raschid an und intonierte langsam: »Du ... gehen ... nur ... grün!« Der Syrer nickte.

Auf der anderen Straßenseite pinnten zwei Männer etwas an die Aushängetafel, die vor dem Supermarkt aufgestellt war. Eine Frau redete mit ihnen. Němec sah aber nur ihren Rücken, ihre langen Beine und ihren Po. Diesen Körperteil wollte er aber nicht wie Sepp weiter analysieren: Er war ja dabei, seinen Sexismus abzubauen. Dass ihre Figur sehr sportlich war, durfte er aber wohl denken.

Die blonde Frau mit kurzem Haar trug rote Adidas-Joggingschuhe und eine graue Jogginghose. Oben herum ein weißes ärmelloses Shirt. Sie verabschiedete sich von den Männern und joggte davon. Schon war sie auf einem Feldweg und lief Richtung Wald, wo das Flüchtlingsheim stand. Links vom Heim konnte Němec einige Betongebilde erkennen. Vielleicht ein Skatepark?

Eine joggende Frau war ihm sehr sympathisch. Němec trieb selbst viel Sport. Wie gern hätte er ihr Gesicht gesehen. Plötzlich hielt sie an, ging in die Hocke und lockte eine schwarz-weiße Katze zu sich, die auf dem Feld aufgetaucht war. Die Frau drehte sich zu Němec um. Doch sie war schon zu weit weg. Ihr Gesicht blieb ein Geheimnis.

Němec war sich sicher, die Katze würde sich nicht anlocken lassen. Katzen waren zu ungehorsam, noch dazu streunende Katzen in der freien Natur. Deswegen baute er ja Intelligenzspielzeug für Hunde und nicht für Katzen. Doch nach einem Augenblick des Zögerns schlich die Katze zu ihr, rollte sich auf den Rücken und ließ sich ordentlich durchkraulen.

Das hatte Němec bis jetzt nur bei Hunden gesehen, noch niemals bei einer Katze, obwohl er auf dem Land aufgewachsen war. Nostalgische Erinnerungen an seine Kindheit in den Wäldern und auf den Wiesen seiner tschechischen Heimat malten ihm schöne Bilder im Kopf. Sehr gern würde er der Frau seine Geschichte erzählen und sich ihre erzählen lassen. Mit Mühe löste er seinen Blick von ihr.

Ihre Gesprächspartner von der Aushängetafel gingen gerade zu den parkenden Autos am Seitenstreifen neben der Bushaltestelle. Beide Männer um die fünfzig. Der eine in einem schicken Anzug streckte die Hand aus, und KLACK! – die Scheinwerfer eines neuen, silbern glänzenden Mercedes leuchteten kurz auf.

Die strenge Miene des Mercedesbesitzers und sein schwarzer Scheitel, der wie angeklebt aussah, wirkten geradezu angsteinflößend. Zum Glück hatte Němec in seinen 13 Jahren im Koma jede Furcht verloren. Wenn du so lange tot warst, macht dir das Leben keine Angst mehr. Belustigt blieb er stehen und genoss die Szene.

Um den Anzugsträger herum hoppelte ein Mann an Krücken, der Němec bekannt vorkam. Wo hatte er diesen Mann nur schon einmal gesehen? Němec konnte hören, wie der große Mann im Anzug gerade dozierte: »Zu meiner festlichen Einführung als Bürgermeister sind sogar Leute aus München gekommen. Der ganze Ort war voll. Auch auf den Wiesen um unsere Stadt standen Massen von Leuten. Das war die größte

Bürgermeister-Inauguration aller Zeiten. Leider hat es die Lügenpresse zu verschleiern versucht. Vor allem der *Schamberger Anzeiger*. Der hat schon vor der Bürgermeisterwahl über meine Gegenkandidatin Bohr nur Gutes berichtet, mich hat man ständig mit Schmutz beworfen. Ich habe danach der Journalistin der Zeitung gesagt: ›Ihr seid *Fake News*!‹«

Der Mann an Krücken nickte heftig: »Sie hamms ihr rischdsch gem, Herr Birgermoasta! Mir haddn Schbäzi von do Pegida gsagt, de Bohr leided in do Pizzeria *Nero* an Pädophilen-Ring.« Sächsischer Dialekt mit einer bayerischen Note. Plötzlich wusste Němec, woher er den Mann kannte.

»Das müssen wir untersuchen!«, sagte der Scheitelträger. Beide Männer stiegen in den silbernen Mercedes und fuhren davon.

Auf der Aushängetafel las eine Oma den neu angebrachten Zettel. »Der Fatzke will die Flüchtlinge vertreiben«, sagte sie zu Němec. »Er hat Angst um seinen Besitz. Die Flüchtlinge tun doch niemandem was. Ein hübscher Junge aus dem Flüchtlingsheim hilft mir immer mit der Einkaufstasche. Ein Syrer. Yaver kommt auch aus Syrien. Yaver kümmert sich um verletzte Vögel und bringt sie zu mir«, fügte sie hinzu und schlurfte davon.

Obwohl Němec keinen Fatzke kannte, las er den Zettel:

Keine Fremden in unserer Gemeinde!
Informationsabend am 29.09. um 17 Uhr im Gemeindesaal.
Bürgermeister Armin Eichelbauer

Němec riss den Zettel ab und stopfte ihn in die Tasche. Er wollte nicht, dass man das Flüchtlingsheim schloss. Er musste drei Monate lang ehrenamtlich arbeiten und wollte sich nicht gleich wieder ein neues Flüchtlingsheim suchen müssen.

Vor dem Supermarkt stand ein Obdachloser mit einer grünen Mütze mit Bommel und in einem langen Filzmantel, obwohl die meisten Menschen jetzt im Spätsommer immer noch kurzärmelig herumliefen. Mit einer Flasche Tegernseer Helles in der Hand hielt er eine Rede an die Vorbeilaufenden: »Nicht einmal der Kommunismus konnte dem Kapitalismus und der offenen Gesellschaft etwas anhaben. Aus den Schlachten des 20. Jahrhunderts ist der Kapitalismus als Sieger hervorgegangen, weil er das Prinzip der Konkurrenz zu seiner Hauptideologie erhob. Doch von der Konkurrenz ist es nicht weit zu Neid und Hass. Überall in der westlichen Welt greifen jetzt die größten Profiteure des kapitalistischen Systems mit Lügen nach der Macht und verführen uns mit Versprechen, die sie nicht halten können. Der Kapitalismus und die offene Gesellschaft schaffen sich von innen ab. Leistet Widerstand! Baut Dämme!«

Die Passanten lachten über den Prediger und liefen weiter. Sie hatten andere Sorgen als den Untergang der freien Gesellschaft.

Němec steckte ihm einen Fünf-Euro-Schein in die Tasche. »Du solltest bei einem Poetry Slam auftreten«, sagte er. »Dort hört man dir fünf Minuten lang zu.«

Er marschierte weiter. Schon von Weitem sah er den Namen des Flüchtlingsheims am Giebel prangen: *Haus Hoffnung.* Links vor dem alten Landgasthaus standen Mülltonnen. Ein kleines, sicher arabisches Mädchen kam aus dem Hof gelaufen. Sie machte eine Mülltonne auf, kletterte hoch, bückte sich immer tiefer in die Tonne, und PLUMPS! – sie stürzte hinein.

Němec sprang hinzu und fischte das Mädchen aus dem Müll. In ihren kleinen Händen hielt sie zwei leere Joghurtbecher. »Telefon!«, sagte sie und lachte Němec an. Dabei zeigte sie ihm eine breite Zahnlücke.

Němec streckte die Hand nach ihrem Kopf, sie zuckte zurück, Němec schnappte sich trotzdem die Bananenschale, die ihr Haar schmückte, und zeigte sie ihr.

»*Shukran!*«, sagte das Mädchen ihr Danke auf Arabisch. Mit den Joghurtbechern in den Händen hüpfte sie ausgelassen in den Hof zurück.

Němec erinnerte sich, wie er als kleiner Junge selbst aus zwei Kompottblechdosen eine Sprechanlage gebastelt hatte: Ein Loch im Dosenboden, dort war ein Faden befestigt, der beide Dosen verband – und schon konntest du mit der Dose am Ohr mit einem Freund telefonieren, der in die andere sprach.

Nur fragte Němec sich, ob das Schnurtelefon auch mit Plastikbechern funktionierte. Das musste er unbedingt ausprobieren. Er guckte in die Mülltonne, ob darin noch zwei leere Joghurtbecher lagen. In einem Flüchtlingslager spendeten leere Joghurtbecher Glück. Leider fand er keine mehr.

Gleich hinter dem Eingang ins Flüchtlingsheim lag das Büro einer Hilfsorganisation. Němec klopfte an die Tür und trat ein. Dabei ging ihm der tschechische Trinkspruch durch den Kopf: »Trete ein und schade nicht!«

Was für eine Überraschung! Im Zimmer tanzte eine gut gebaute Brünette um die vierzig zwischen einem großen Tisch und einigen Regalen herum, die mit Formularen und anderem Papier beladen waren. Dabei goss sie mit einer kleinen

Plastikkanne Blumen und sang einen Schlager von Helene Fischer:

>*Ich schließe meine Augen, lösche jedes Tabu,*
Küsse auf die Haut, so wie ein Liebes-Tattoo, oho, oho ...«

Němec hörte der tanzenden Dame zu, musste sich dabei allerdings musikalisch etwas umpolen: Heute beim Frühstück hatte er bei Spotify *Hell's Bells* von AC/DC laufen lassen.

>*Deine Augen ziehen mich aus*«,

und:

>*Spür', was die Liebe mit uns macht.*«

In ihrem Sommerkleid mit gelben Sonnenblumen auf grünem Grund sah die Tänzerin wie ein großer Schmetterling aus, der eine ganze Blumenwiese mit sich trug. Němec' Klopfen hatte sie wohl nicht gehört.

»Ich bin Němec!«, sagte Němec, brachte damit aber die korpulente Dame nicht aus der Fassung.

»Oh, wie schön!«, zwitscherte sie, tanzte wie eine Ballerina auf ihn zu und streckte ihm ihre Hand hin. »Sie sind der neue Ehrenamtliche, oder? Wir haben miteinander telefoniert. Ich heiße Müller!«

Plötzlich entzog sie ihm ihre Hand. »Entschuldigung, ich bin total feucht!« Němec starrte sie an, sie wurde aber nicht verlegen, sondern kicherte und sagte: »Ach, ich wollte nur sagen, ich habe feuchte Hände.«

Němec lächelte und sagte charmant: »Über Schweißhände habe ich gerade gestern bei Wikipedia etwas gelesen.« Er holte sein Smartphone heraus, tippte ein paarmal auf den Touchscreen und las vor: »Schweißhände sind oft mit einem hohen psychosozialen Druck bis hin zu Einschränkungen bei der Berufs- oder Partnerwahl verbunden.«

Jetzt starrte Frau Müller zur Abwechslung Němec an: »Äh … keine Schweißhände! Ich hatte die Hände feucht vom Blumengießen.«

Sie lief zum großen Schreibtisch und fischte dort zwischen den Papieren einen Schlüssel hervor. »Ich habe mit Frank gesprochen, unserem Hausmeister. Er würde Ihnen im Heim ein Zimmer bereitstellen.«

In diesem Moment streckte ein großer, dürrer Mann um die sechzig seinen Kopf ins Büro. Diesen Mann kannte Němec sehr gut von diversen Bildern. Er hatte seine Sprachkünste auf CDs gebannt.

»Sind Sie mit dem berühmten Komiker Karl Valentin verwandt?«, wollte Němec ihn fragen, doch Frau Müller kam ihm zuvor: »Das ist unser Hausmeister Frank Ott. Und das ist Herr Němec, Herr Ott … äääh … Herr Němec … äääh … Herr Ott … äääh … ja, Kruzifix, wer ist denn jetzt wer von euch!« Irgendwie hatte Němec Frau Müller doch in Verlegenheit gebracht.

Sie kicherte wieder, klopfte sich auf die Stirn und ließ sich auf ihrem mit Leder bezogenen Drehstuhl nieder. »Ich bin heute so durcheinander, Jungs! Ich muss diese vielen Papiere der Flüchtlinge abarbeiten. Sie kennen sich damit nicht aus, die Armen! Raus mit euch!«

Kapitel 3,
in dem Němec einen Flüchtling von seiner U-Boot-Krankheit zu heilen versucht

»Bruni ist die Beste!«, sagte Frank im Flur. Němec nickte. Er mochte sie auch. »Ohne Bruni wären unsere Flüchtlinge verloren. Komm, ich zeige dir dein Zimmer.«

Ein paar Kinder flitzten mit einem alten Gummiball an ihnen vorbei. Gegenüber dem Büro lag die Gemeinschaftsküche. Die Tür war geöffnet. Am Herd stand eine Matrone und backte Fladenbrot. In der großen Pfanne brutzelte es laut.

»Wie bei uns im Flüchtlingslager«, sagte Němec zu Frank. »Unsere Spinde waren voll mit Öl, Mehl und Margarine aus unseren Essenspaketen. Bis die libanesischen Mütter angefangen haben, daraus fürs ganze Lager Fladenbrot zu backen.«

Sie gingen weiter durch den langen Flur. Němec wunderte sich etwas: »Das sieht nicht wie ein altes Hotel aus. Auch das Gebäude erinnert mich an das Kloster, in dem ich selbst ein Jahr lang als Flüchtling verbracht habe.«

»Das war auch ursprünglich ein Kloster«, sagte Frank. »Nach der Säkularisierung haben es die Vorfahren des alten Remscheid von der Gemeinde erworben und zu einem Golfhotel umgebaut. Irgendwann sind sie aber pleitegegangen.

Den Golfplatz hinter dem Wald hat ihnen der Opa unseres Bürgermeisters Eichelbauer abgekauft.«

Durch die Tür links von ihnen drangen Schreie. Frank klopfte an und steckte den Kopf ins Zimmer: »Gajur! Wenn du Albina noch einmal etwas antust, rufe ich Bruni!«, brüllte er hinein. »Verstehst du? Frau Müller!« Aus dem Zimmer kam ein Murren, und Frank schlug die Tür wieder zu. »Gajur und Albina sind Albaner. Gajur hat Albina schon mal verprügelt. Bruni wollte ihn sofort aus dem Heim schmeißen, doch Albina selbst hat sie angebettelt, Gajur noch eine Chance zu geben. Unsere Machos respektieren Brunis Autorität normalerweise. Wenn sie eine Frau auch nur anrühren, fliegen sie raus. Die meisten unserer Jungs sind aber in Ordnung. Arschlöcher gibt's überall.«

»Das stimmt«, sagte Němec. »Zu uns ins Lager ist einmal eine Zeitschriften-Drückerkolonne gekommen. Tanja aus Serbien haben sie versprochen, sie könne alle möglichen Frauen- und Modezeitschriften umsonst haben, wenn sie ihnen nur ein paar Formulare unterschreibe. Tanja konnte wenig Deutsch und hat etliche Abos unterschrieben. Wir durften damals nicht arbeiten, bekamen pro Monat 50 Mark und einmal alle zwei Wochen ein Essenspaket. Ein paar Tage später sind bei Tanja und ihrem Mann Zoran Rechnungen für 800 Mark eingetrudelt. Zoran hat Tanja deswegen die Zähne eingeschlagen.«

»Der Idiot hätte den Leuten von der Drückerkolonne die Zähne einschlagen sollen«, sagte Frank. »Hat sie mit ihm dann zumindest Schluss gemacht?«

»Nein!«, sagte Němec. »Zoran hat mit Tanja Schluss gemacht. Weil sie keine Zähne mehr hatte.«

Frank runzelte die Stirn. »Unglaublich! Bei uns im Flüchtlingsheim tauchen auch oft Hyänen auf, die den armen

Schweinen hier etwas verkaufen wollen.« Er schlug Němec auf die Schulter. »Schön, dass du da bist! Besser, wenn ein Ehrenamtlicher in der Nacht vor Ort ist. Ich lebe mit der Familie am anderen Ende von Schamberg. Die anderen Ehrenamtlichen wohnen in den umliegenden Dörfern.«

»Einen älteren deutschen Herrn mit einem Flüchtling habe ich an der Bushaltestelle getroffen«, sagte Němec. »Er hat dem Flüchtling, einem Syrer, erklärt, wie er über eine Ampel gehen müsse.«

Frank lachte: »Ich kann mir vorstellen, wer's war.«

»Manche Menschen können sich nicht mehr erinnern, dass sie dir etwas schon einmal erklärt haben, und erklären es dir immer wieder«, sagte Němec. »Dem Vater einer Bekannten hat man vor Jahren wegen seiner Epilepsie-Anfälle den Hippocampus entfernt. Also den Teil des Gehirns, der wichtig ist fürs Lernen und fürs Gedächtnis. Ein Mann ohne Hippocampus kann keine neuen Erinnerungen formen. Er lebt im ›Hier und Jetzt‹ wie ein Buddhist.

Als meine Bekannte klein war, hat ihr Vater ihr jeden Tag von Neuem erklärt, wie man Schnürsenkel knotet. Sie hat deswegen ein Kindheitstrauma und ein schweres psychologisches Bindungsproblem. Das hängt wohl mit den Schnürsenkeln zusammen. Nicht verschnürte Schuhe sind ja auch ein großes Bindungsproblem.«

»Vielleicht hat man bei mir auch dieses Hippodingsbums entfernt«, sagte Frank. »Ich saufe, weil ich immer vergesse, wie schlecht es mir nach dem letzten Saufen gegangen ist. Der Mensch mit dem Flüchtling an der Ampel war sicher der alte Überzieher. Er denkt, alle Flüchtlinge kommen aus dem Dschungel.«

Němec nickte: »Der Mensch mag es, wenn in der Nahrungskette noch jemand unter ihm steht.«

»Überzieher hat einen Erklärungstick. Seine Frau hat sich von ihm scheiden lassen, weil er ihr ständig alles erklären wollte. Seitdem bekommt sie Panikattacken, wenn jemand nur zu reden anfängt. Weil Überzieher sie nicht mehr belabern konnte, ist er Flüchtlingshelfer geworden. Einige Heimbewohner haben sich schon wieder in ihre Heimat ausweisen lassen, weil sie Überziehers Erklärungslitaneien nicht mehr hatten ertragen können.«

Plötzlich tauchte am Ende des Flurs ein etwa zwanzigjähriger Mann mit kurzem schwarzem Kraushaar auf. Er wirbelte mit einem Nunchaku in der Luft herum: zwei harte Holzstücke, verbunden mit einer Kette.

»Vorsicht!«, zischte Frank Němec zu. »Das ist Amar. Der Typ ist gefährlich! Auch ein Albaner.«

Schon ging der albanische Kämpfer an ihnen vorbei, grüßte nicht und schwang weiter seine Ninja-Waffe durch die Luft.

»Stopp!«, rief Němec.

»Scheiße«, sagte Frank und sah Němec verwundert an. »Was machst du?«

Amar drehte sich um, wirbelte aber immer weiter mit dem Ding herum. Dabei sah er Němec mit einem bösen Blick an. Němec war um zwei Köpfe größer als er. Amar sah aber wie eine richtige Kampfmaschine aus. Muskeln quollen aus seinem Tanktop.

»Lass ihn!«, sagte Frank. Klang da Angst in seiner Stimme?

Doch Němec lächelte nur. Mit einem schnellen Griff entwendete er Amar seinen Nunchaku. Der Kämpfer glotzte Němec verdutzt an.

»Du musst grüßen!«, sagte Němec zu ihm. »Sonst bekommst du die U-Boot-Krankheit. Gegen die gibt es nur ein einziges Mittel, weißt du: Lächeln und Grüßen. Außerdem spielen hier Kinder. Sie haben Angst vor deinem Gerät. Wenn du mit den Kindern spielen willst, dann nur ohne dein Gerät. Ab jetzt ist der Nunchaku im Heim verboten, verstanden?« Er gab ihn Amar zurück. »Draußen kannst du weitermachen. Am besten im Wald. Damit auch die Tiere etwas zu lachen haben.«

»Jesses!«, sagte Frank und versteckte sich hinter Němec. Doch Amar fing nicht wieder an, seinen Nunchaku durch die Luft zu schwingen. Er drehte sich um und lief aus dem Haus.

»Amar ist extrem gefährlich!«, sagte Frank. »Er hat hier Leute terrorisiert. Zum Glück hat Lemlem ihn etwas ruhiggestellt. Wie hast du's geschafft, ihm das Ding abzunehmen?«

Němec zuckte mit der Schulter. »Ich trainiere jeden Tag. Mit Spielzeug kenne ich mich gut aus. Wer ist denn Lemlem?«

Doch Frank überging die Frage. »Amar ist morgen zum Glück weg. Bruni wollte ihn aus dem Heim schmeißen. Er wird aber sowieso zurück nach Albanien geflogen. Ich wünsche keinem Flüchtling eine Abschiebung. Dem Typen aber schon.«

»Ich mag Menschen mit psychischen Störungen«, sagte Němec. »Die haben immer etwas Interessantes zu erzählen.«

»Was ist das, diese U-Boot-Krankheit?«, fragte Frank.

Auch Němec erklärte liebend gern: »Die U-Boot-Krankheit bekommen Menschen, wenn sie mit vielen anderen Menschen lange Zeit auf engstem Raum verbringen. Gegen die U-Boot-Krankheit hilft nur eins: Du musst jeden, den du triffst, grüßen und anlächeln. Dann grüßt und lächelt er zurück, statt dir eine zu verpassen. Hundertmal am Tag musst du dieselbe Person grüßen und dabei lächeln.

Manchmal hilft das trotzdem nicht. Einmal habe ich im Sammellager einen tschechischen Roma vorbildlich gegrüßt und angelächelt, und der hat mir gleich eine gescheuert und dabei gebrüllt, ich hätte mich über ihn lustig gemacht. In einem Lager geht's blümerant zu, und das ist gut so, sonst würden sich die Bewohner langweilen.«

»Bruni sei Dank hätten wir hier nur wenige Probleme, wenn uns Bürgermeister Eichelbauer nicht welche machen würde«, sagte Frank. »Seit seiner Wahl hetzt er so gegen das Heim, dass die Leute im Ort keine Flüchtlinge mehr haben wollen.«

»Das scheint heutzutage normal zu sein«, sagte Němec. »Meine Freunde in Tschechien mögen auch keine Flüchtlinge, obwohl sie die nur aus dem Fernsehen kennen.«

Frank rang die Hände. »Im Fernsehen schaut man sich mit großem Interesse jeden Abend Flüchtlinge an, draußen vor der Tür aber nicht so gern.«

Němec nickte. »Viele Menschen mögen keine Fremden, obwohl sie den anderen selbst fremd sind, wenn sie nur die Nase vor die Tür stecken.

Ein deutscher Nachbar in München hat sich seiner Frau so entfremdet, dass er unter einer Drahtpyramide schlafen musste, damit ihn ihre Gedanken nicht störten. Er hielt sie für eine Vampirin. Um sich vor ihr zu schützen, hat er sich mit Knoblauch einbalsamiert und aß jeden Morgen eine ganze Knolle davon.

Unser Busfahrer hat ihm ein Busverbot erteilt, weil er wie die Sau gestunken hat. Außerdem ließ der Nachbar die ganze

Zeit Winde fahren, meinte aber, das seien die bösen Geister seiner Frau, die ihm entweichen. Solche unangenehmen Folgen kann Entfremdung mit sich bringen.«

»Manche Menschen sind sogar sich selbst fremd«, sagte Frank. »Ich entfremde mich mir immer, wenn ich Drogen nehme.«

Mit Interesse wandte Němec sich ihm zu: »Welche Drogen nimmst du denn?«

»Bier, Kaffee und Kuchen! Wenn ich Alkohol oder Kaffee trinke, spielt mein Dopamin-Belohnungssystem verrückt. Ich werde depressiv und unerträglich. Schon ein Kaffee macht mich fertig.« Frank blieb vor einer Tür stehen. »Und jetzt hat mich der blöde Albaner völlig aus der Bahn geworfen, verdammt! Wollen wir bei mir einen Kaffee trinken?«

»Und was sagt dein Belohnungssystem dazu?«, fragte Němec.

»Du kannst mich mal …«, sagte Frank.

»Wo sind die ganzen anderen Leute?«, fragte Němec und sah sich in dem leeren Flur um, bevor er in Franks Zimmer trat.

»Die meisten haben schon eine Arbeitserlaubnis. Die bekommen sie als Asylbewerber nach einem Vierteljahr. Jetzt will der bayerische Staat aber aus unerfindlichen Gründen den Leuten wieder verbieten zu arbeiten, bevor sie in Deutschland als Flüchtlinge anerkannt werden. Obwohl viele sich nur dank ihrem Job bei uns ganz gut integriert haben.«

In seinem Büro bot Frank Němec einen Stuhl an. Das Zimmer sah eher wie eine Werkstatt aus: Blechregale. Überall lagen Zangen, Hämmer, Schraubenzieher, Bohr- und andere kleine Maschinen.

Jetzt werkelte Frank aber nur an seiner Kaffeemaschine. »Gut, dass du über Nacht im Heim bleibst; Němec! Sollten die Flüchtlinge doch aneinandergeraten, wird im Ort noch mehr gegen sie gehetzt.«

»Ich habe am Aushang an der Bushaltestelle gelesen, dass der Bürgermeister nicht glücklich mit den Flüchtlingen sei«, sagte Němec.

»Der hetzt am meisten. Eichelbauer wollte *Haus Hoffnung* und den umliegenden Wald dem alten Remscheid schon immer abkaufen und hier eine supermoderne Hotelanlage bauen. Der Golfplatz gehört ihm ja schon. Remscheid ist ein ausgedienter Schriftsteller, der bekommt nur ein bissl Rente von der Künstlersozialkasse. Trotzdem wollte er das Hotel nicht an Eichelbauer abtreten. Remscheid mag ihn zum Glück nicht.

Den Eichelbauer mag hier eigentlich niemand, trotzdem hat man ihn zum Bürgermeister gewählt. Eichelbauer hat den Leuten versprochen, die Gemeinde so gut zu führen wie seine eigene Immobilienfirma. Natürlich wirtschaftet er aber vor allem in die eigene Tasche.

Zum Glück konnte Remscheid dann das alte Hotel an den Landkreis vermieten. Der Vertrag läuft aber in drei Monaten aus. Der Bürgermeister macht Remscheid wieder Druck und hetzt im Ort gegen Flüchtlinge. Damit die Leute Remscheid auch Druck machen.«

Nach dem Kaffee zeigte Frank Němec sein Zimmer. »Für dich ist es auch besser, wenn du hier ein Zimmer hast. So musst du nicht jeden Tag zwischen Schamberg und München pendeln. Mach's gut! Ich muss jetzt ein Bier trinken.«

»Hast du nicht gesagt, dass dir auch Alkohol schadet?«, fragte Němec.

Frank lachte grimmig. »Mir schaden alle Drogen: Alkohol, Koffein, Nikotin, Zucker und Kartoffelchips. Nur muss ich den Entzug immer ganzheitlich angehen und mit allen Drogen auf einmal aufhören. Der Kaffee macht mich nervös, ich bekomme Herzklopfen und zittrige Finger. Um mich zu beruhigen, muss ich jetzt ein Bier trinken. Sonst schlafe ich die ganze Nacht nicht. Bis dann!«

Sie traten hinaus in den Flur. An der gegenüberliegenden Tür redeten zwei Schwarzafrikaner miteinander. Frank stampfte davon, glücklich wegen der Aussicht auf sein Bier. Eine lange, dürre Gestalt in blauer Arbeitsmontur. Němec stand in der offenen Tür seines neuen Zimmers und guckte ihm nach. »Ist es nicht zu früh für ein Bier?«, rief er.

Frank drehte sich um und brüllte: »Besser Bier im Magen als Wasser in der Lunge!«

Das wunderte Němec etwas, da es ein Spruch des virtuellen tschechischen Philosophen Jára Cimrman war. Er wandte sich an die zwei Schwarzen. »Die tschechische Kultur erobert die Welt!«, sagte er laut und schlüpfte in sein Zimmer. Er stellte sich ans Fenster und guckte hinaus. Er sah einen Waldweg und noch etwas: Die Frau in den roten Adidas-Schuhen joggte gerade zurück in die Stadt. Plötzlich hielt sie an einem Holunderbusch an, der mit großen Dolden schwarzer Beeren behangen war.

Němec sah wieder nur ihren sportlichen Rücken und hoffte, sie würde sich zu ihm umdrehen. Doch sie streckte nur die rechte Hand aus und streichelte sanft die schwarzen Holunderbeeren. Fasziniert beobachtete Němec, wie sie ihren blonden Kopf zu den Beeren senkte und wohl ihren Duft einsog. Welchen Duft haben Holunderbeeren? Kurz darauf joggte sie weiter. Das Herz von Němec machte einen Salto mortale, überlebte aber das Kunststück.

Seine Neugier trieb ihn zu einem kurzen Spaziergang in den Wald. Dort schnupperte er an den Holunderbeeren, glaubte aber nur den zarten Duft der Liebe zu spüren. Bald würde er jedoch erfahren, dass sich zwischen dieser Frau und ihm Vorurteile auftürmten, groß und massiv wie Felsen. Dieselben Felsen, die *Haus Hoffnung* langsam zu zermalmen drohten.

Kapitel 4,
in dem Němec immer tiefer in den Strudel der Ereignisse ums Flüchtlingsheim eintaucht und sich Feinde und Freunde anlächelt

Den Rest des Vormittags kickte Němec vor dem Heim mit ein paar afghanischen Kindern. Der vierjährige Tarik lief hinter dem Ball her wie ein Besessener und kreischte »Ribery« und »FC Bayern«. Er war endlich in seinem gelobten Fußballland angekommen.

Tariks Mutter stand an der Tür und sah ihnen lächelnd zu. Eine junge Frau mit Kopftuch. Aus seinen eigenen Lagerzeiten wusste Němec, dass viele muslimische Frauen scheu waren und sich von fremden Männern ungern ansprechen ließen. Vor allem die Verheirateten, die vom Land kamen. Daran wollte er sich selbstverständlich nicht halten. Seine grundsätzliche Überzeugung war, dass man alle Menschen volllabern musste, unabhängig von ihrer Kultur, ihrem Geschlecht, ihrer Nationalität und ihrer Herkunft. Deswegen machte Němec Pause mit dem Fußball und ging zu ihr.

Doch statt zu labern, hörte Němec sich ihre Geschichte an. In gebrochenem Deutsch erzählte sie: Ein Jahr lang sei sie mit ihrem Mann und Tarik auf der Balkanroute nach Deutschland unterwegs gewesen. Ihren Mann habe sie am

Stacheldrahtzaun in Ungarn verloren. Er habe den Stacheldraht angehoben, damit sie und Tarik darunter auf die andere Seite kriechen konnten. Ihr Mann aber schaffte es selbst nicht mehr nach Ungarn, da ungarische Polizisten angelaufen kamen.

Diese Szene spielte Tariks Mutter mit Händen und Füßen nach. Scheu war sie nicht. Schon drei Monate lebten Tarik und seine Mutter in Deutschland. Seit dem Zwischenfall in Ungarn hatten sie von Tariks Vater nichts mehr gehört. Das Familienhandy wurde ihnen auf der Balkanroute gestohlen.

»Tarik!«, rief die Mutter und schob etwas auf Paschtu nach. Tarik kam angelaufen, sie beide verschwanden im Gebäude. Sicher hatte sie »Essen!« gerufen, dachte Němec. Er hatte einen Mordshunger.

Zum Mittagessen hatte Frau Müller von zu Hause einen Topf mit Bolognese-Soße mitgebracht. Frank kochte in der Gemeinschaftsküche Spaghetti dazu. Geschlemmt wurde in Frau Müllers Büro.

»Manchmal überlege ich, ob Peperoni auch Drogen sind«, sagte Frank und schnitt sich zwei davon in seine Bolognese. »Soll ich damit auch aufhören?« Er nieste. »Habe Heuschnupfen, und das im September! Schon den ganzen Tag brennen mir die Augen!« Er rieb sich die Augen mit den Fingern und heulte auf: »Scheiße! Hab vergessen, mir die Hände zu waschen!« Er sah Bruni und Němec mit Augen rot wie bei einem Angorakaninchen an: »Ich bin ein Vollidiot!«

»Du bist ein Mann, Süßer!«, sagte Frau Müller und fügte hinzu: »Das läuft aber auf dasselbe hinaus.« Sie wandte sich an Němec: »Duzen wir uns? Ich bin Bruni!«

»Němec«, sagte Němec.

Nach dem Essen wollte Němec eine Runde durch den Wald drehen.

»Ich komme mit!«, sagte Frank.

Bruni seufzte: »Männer chillen, Frauen arbeiten. Das war schon immer so.« Němec und Frank sahen sie erstaunt an. »Chillen« gehörte nicht zu ihrem normalen Wortschatz.

»Kennt ihr diesen russischen Witz?«, fragte Bruni. »Ein kalter Morgen an der Wolga. Dicker Nebel. Eine Frau paddelt gegen den Strom und schwitzt. Am anderen Ende des Boots liegt ein Mann und raucht gemütlich. Plötzlich taucht vor ihnen ein anderes Boot auf, das von Kuzma Kuzmowitsch gesteuert wird.

›Hey, Wolodja!‹, ruft Kuzma dem rauchenden Mann auf dem ersten Boot zu. ›Wo fährst du so früh hin?‹

›Guten Morgen, Kuzma!‹, ruft der rauchende Mann. ›Ach, immer nur Stress! Muss meine Frau in die Entbindungsklinik bringen.‹«

Nur Bruni selbst lachte über ihren Witz, sie explodierte fast und klopfte sich dabei vergnügt auf ihre kräftigen Oberschenkel.

Frank und Němec starrten sie verblüfft an. »Bis gleich, Bruni!«

An der Straße vor dem Flüchtlingsheim filmte ein Kamerateam Bürgermeister Eichelbauer bei einem Interview. Umgeben von einer Gruppe Zuschauer. *Haus Hoffnung* bildete den Hintergrund.

Frank ärgerte sich: »Der lässt nicht locker!«

»Ein Fernsehteam?«, fragte Němec. »Bayerischer Rundfunk?«

Frank schüttelte den Kopf. »Ach, was! Die drehen für Facebook und YouTube. Der Bürgermeister hetzt gegen uns auf allen Kanälen. Twitter ist sein Lieblingsspielzeug.«

Sie näherten sich der Gruppe. Eichelbauer stand mit dem Rücken zu ihnen und sprach ins Mikrofon: »Heutzutage hören die Regierung und die Eliten dieses Landes nicht auf den kleinen Mann! Mit Schweiß und Tränen haben wir kleine Leute das Land nach dem Krieg wiederaufgebaut, und jetzt wird es Terroristen und kriminellen Ausländern ins Maul gestopft. Die Eliten da oben wissen nicht, was das Volk braucht, was sich im Volke tut. An der Frankfurter Börse zocken verbrecherische Banker und Aktienhändler mit unserem Geld und unserem Reichtum. Der Rest unseres Geldes wird kriminellen Ausländern in den Rachen geschoben.«

»Du bist doch die fetteste Elite, die es gibt, Eichelbauer!«, brüllte Frank in seinem Rücken. »Und der größte Aktienbesitzer weit und breit!«

Der Bürgermeister stoppte mit erhobener Hand die Dreharbeiten und zeigte auf Frank. »Du warst schon immer ein Störenfried, Ott!« Er drehte sich zu seinem Kamerateam um: »Führt ihn ab!« Ein junger Mann im Anzug, ein echter Gorilla, flüsterte ihm etwas ins Ohr. Der Bürgermeister winkte ab und drehte sich wieder zu den Zuschauern: »Mir wurde nie etwas geschenkt. Als ich zwanzig war, hat mir mein Vater lediglich eine Million gegeben. Und was habe ich daraus gemacht? Milliarden! Ich besitze die meisten Immobilien im Lande. Euch allen wird es so gut wie mir gehen, wenn ihr auf mich hört. Der alte Bürgermeister hat hier Chaos hinterlassen. Ich bringe alles wieder in Ordnung. Zuerst müssen aber die Terroristen verschwinden. Habt ihr's gestern in den Nachrichten gehört? Welche Verbrechen Flüchtlinge in Schweden begangen haben?«

»Welche denn?«, rief Frank. Doch die Zuschauer starrten ihn feindselig an. »Der will doch nur unser Geld!«, sagte

Frank. Seine lange, hagere Karl-Valentin-Gestalt war vor lauter Verzweiflung ganz gebückt. Frank litt nicht nur an seinem Dopamin-Belohnungssystem, er litt an der Welt. Němec tätschelte ihm den Arm. »Wieso glaubt ihr diese Lügen?«, rief Frank. Niemand machte den Mund auf, niemand lächelte.

»Immobilienhandel ist eine sehr feine Angelegenheit, Herr Bürgermeister«, sagte Němec. »Ich habe mal einen Immobilienhändler gekannt. Er hat von einer Genossenschaft für ein paar symbolische Mark Tausende von Wohnungen gekauft, weil die Genossenschaft pleitegegangen war. Dabei hat er versprochen, die Wohnungen nicht gleich weiterzuverkaufen und die alten Mieter dort so lange wohnen zu lassen, bis sie selbst ausziehen oder sterben würden.

Gleich nach dem Kauf hat der Immobilienhändler Trupps mit Blechtöpfen und Holzlöffeln ins Viertel geschickt. Jede Nacht wurde auf Töpfen getrommelt, bis die Rentner ausgezogen sind und der Immobilienhändler die Wohnungen verkaufen konnte. Das hat er aber nur gemacht, weil er ein Menschenfreund war. Er wollte, dass junge Familien mit Kindern sich eine Wohnung kaufen konnten. Den Rentnern ging's dann im Altenheim hervorragend!«

Mit großen Augen glotzte der Bürgermeister Němec an.

»Sie haben grüne Augen, Herr Bürgermeister!«, sagte Němec. »Grün finde ich schön! Grüne Augen zeugen von Ihrer Güte, auch wenn's wissenschaftlich nicht belegt ist. Bei uns im Städtchen hat ein Grünäugiger gelebt, und der war sexuell sehr aktiv. Dass grüne Augen Sex-Appeal und erotische Ausstrahlung bedeuten, ist hingegen wissenschaftlich bewiesen. Das hat sich in unserem Städtchen auch bestätigt.

Unser Grünäugiger hat bei uns den Spitznamen Bock getragen, weil er ...«

»Was ist das für ein Idiot?«, fragte der Bürgermeister.

Frank packte Němec am Arm. »Komm, wir sprechen im Wald mit den Vögeln. Die sind gscheiter als die Leute, die einen solchen Bürgermeister wählen! Wenn du dir mal viel Blödsinn reinziehen willst, kannst du Eichelbauer bei Twitter folgen.«

»Das ist eine gute Idee«, sagte Němec, holte sein Smartphone heraus, suchte bei Twitter Armin Eichelbauer und klickte auf »Folgen«. Gleich der letzte Tweet des Bürgermeisters amüsierte Němec:

Es gibt keinen Klimawandel. Nur hin und wieder Föhn. Glaubt nicht der Klimawandel-Lobby!

Nach dem hübschen Waldspaziergang setzte Němec seinen Lauf durch *Haus Hoffnung* fort. Er klopfte an jede Tür, und wenn die Zimmerinsassen nicht bei der Arbeit, in einem Integrationskurs, in einem Sprachkurs oder einfach nur draußen in der Sonne oder im Wald waren, redete er mit ihnen und ging weiter.

In einem großen Zimmer mit acht leeren Eisenbetten fand er nur einen schwarzen Mann um die vierzig. In einem billigen Jogginganzug saß er auf seiner Matratze: Glatze mit großen Ohren, die wie Satellitenschüsseln aussahen. Ein Bart mit silbrigen Strähnen darin. Nur etwas kleiner als Němec und schlank.

»Servus!«, sagte Němec.

Der Schwarze hielt einen Brief in der Hand, lachte breit mit seinem unglaublich breiten Mund und sagte in gutem

Deutsch, jedoch mit einem starken Akzent: »Ich bin nach der Genfer Konvention als Fl*u*chtling anerkannt! Mann!« Er schüttelte den Kopf, als ob er das selbst noch immer nicht glauben konnte, stand auf und gab Němec die Hand: »Lemlem!«

Aha!, dachte Němec, dieser Lemlem, der den Afghanen mit seinem Nunchaku nach Franks Worten »ruhiggestellt« hatte. Er reichte ihm die Hand: »Lolek!«

Die beiden starrten sich an und bekamen einen Lachanfall. Sie hockten sich auf ein Eisenbett und ließen sich auf der Matratze einige Minuten durchschütteln wie auf stürmischer See.

»Vier l in zwei Namen sind zu viel«, sagte Němec, »auch wenn l der schönste Laut der deutschen Sprache ist – zu viel schadet von allem. Du kannst Němec zu mir sagen. Damit wir überhaupt ins Gespräch kommen ...«

Nach Němec' »*i*überhaupt« und »Gespre*ä*ch« lachte Lemlem wieder und sagte: »Ich kann auch keine Umlaute aussprechen, versuche es aber gar nicht erst und sage einfach u statt ü und e statt ö. Das ä ist kein Problem, das sprechen auch die Leute aus Bayern wie e aus.«

»Eine gute Strategie!«, sagte Němec. »Wo hast du so gut Deutsch gelernt?«

»Ich habe in *Egypten* Germanistik studiert«, sagte Lemlem und zeigte auf einen Stuhl.

Doch Němec sagte: »Sitzberufler sind für Alzheimer anfällig.« Er stellte sich ans offene Fenster.

»Ich sitze gern, bin aber kein Sitzberufler«, sagte Lemlem. »Ich bin ein *Bushman*! Bist du auch ein Fluchtling?«

»Ein Ex-Flüchtling«, sagte Němec. »Ich bin Tscheche, lebe aber schon seit 28 Jahren in Deutschland.«

»Ich komme aus Eritrea.«

Němec sah hinaus. Draußen im Wald liefen einige schwarze junge Männer ziellos hin und her. »Wie die Jungs da draußen?«

Lemlem kam mit zwei Orangen zum Fenster und reichte Němec eine davon. »Ja, das flanierende Volk«, sagte er. »Ich rede ihnen stendig zu, sie sollten was machen, sie tun aber nix und laufen nur herum. Sie lernen nicht, sie suchen keine Arbeit. Als ob ihnen die Flucht ihre ganze Energie ausgesogen hette. Ihr faulen Secke!«, brüllte er plötzlich. Seine jungen Landsleute draußen sahen nicht herüber, sondern verschwanden tiefer im Wald.

Ein Mann in einer schwarzen Jeans und einem kurzärmeligen Karohemd ging am Haus vorbei. An der Schulter hing ihm eine große Stofftasche. »Diesen Kerl habe ich im Heim noch nicht gesehen«, sagte Němec.

»Das ist Yaver«, sagte Lemlem. »Der läuft auch den ganzen Tag durch den Wald. Ein komischer Typ. Spricht nicht und bescheftigt sich nur mit Vegeln. Er fotografiert sie. Hin und wieder schleppt er auch verletzte Vegel an und bringt sie zu einer alten Frau nach Schamberg. Sie pflegt sie und lesst sie wieder frei.«

Němec erinnerte sich an die Oma, die er nach seiner Ankunft im Ort getroffen hatte. »Ich kenne die Frau. Sie hat Bürgermeister Eichelbauer als Fatzke bezeichnet.«

Lemlem nickte: »Im letzten Herbst hat uns hier die ganze Stadt begrußt. Der alte Burgermeister hat für uns ein Fest organisiert. Im Fruhjahr ist er aber gestorben. Bei der Neuwahl hat Eichelbauer knapp gewonnen. Ich kummere mich nicht um die Lokalpolitik, das hat mir alles Bruni erzehlt.«

Eichelbauer hetzt seitdem gegen uns. Die Helfte der Schamberger grußt uns nicht mehr. Ich bin mir sicher, das Heim wird's in drei Monaten nicht mehr geben. Schade! Es ist mein drittes Fluchtlingslager. Hier hat Bruni etwas Besonderes geschaffen. Hier fuhlt man sich wie ein Mensch, auch wenn man keinen Ausweis hat.«

»Dann sollten wir gucken, wie wir Geld auftreiben und *Haus Hoffnung* dem Besitzer abkaufen«, sagte Němec. »Bevor Eichelbauer es kauft und dichtmacht.«

»Ich mag Träumer«, sagte Lemlem. »Das Gebäude kostet sicher eine Million. Ein Riesending ist das.«

»Schauen wir mal.« Němec zeigte noch einmal nach draußen. »In der großen Tasche trägt Yaver seine Kamera, oder?«

»Ja«, sagte Lemlem. »Die hat ihm die alte Vogelfrau geschenkt.« Lemlem kicherte. »Yavers Kamera hat ein riesiges Teleobjektiv. Damit kann er von hier aus Vegel an der Nordseekuste ablichten. Yaver zeigt die Kamera aber ungern den Leuten aus der Ortschaft, deswegen tregt er sie in der Tasche versteckt. Einige Einheimische waren schon auf unsere Smartphones neidisch. Auch wenn ein Smartphone auf der Flucht Leben retten kann.«

Yaver verschwand aus Němec' Sicht. »Vielleicht sind deine jungen Landsleute von ihrer Flucht traumatisiert?«, sagte er. »Nicht jeder kommt mit einer anderen Kultur sofort zurecht. Einmal hat mein Vater gewollt, dass ich in unserem Garten Unkraut jäte. Statt Unkraut habe ich aber aus Versehen alle Gurkenpflanzen herausgerissen. Dafür hat mein Vater mich so verprügelt, dass ich noch jahrelang keine Gurken mehr essen konnte. Damals bin ich mit der Kultur meines Vaters auch nicht zurechtgekommen.«

»Mir war fruher die deutsche Kultur genauso fremd«, sagte Lemlem. »Jetzt lerne ich deutsche Kultur schon seit zwanzig Jahren kennen. Jeden Tag.« Er zeigte auf sein Bett und seinen Eisennachttisch, auf dem viele Bücher herumlagen.

Plötzlich tauchte im Wald Amar auf, der Kung-Fu-Albaner. Er wirbelte mit seinem Nunchaku herum, als würde der mit einem Motor angetrieben. »*I kill you, nigger!*«, rief Amar Lemlem zu, das Gesicht dunkelrot vor Anstrengung. »*I'll make you ready, you dog! Nigger! I kill you!*«

Němec schälte weiter seelenruhig seine Orange, die er von Lemlem bekommen hatte. Lemlem stellte seinen Fuß auf die niedrige Fensterbank, als wollte er nach draußen klettern. Amar lief davon. Lemlem runzelte die Stirn, seufzte und nahm den Fuß von der Fensterbank herunter. Schon war Amar wieder da, diesmal mit einem Messer in der Hand. »*I kill you, nigger! I'll catch you like a fish and eat your lungs!*«

»Fische haben keine Lungen, du Pfosten!«, brüllte Lemlem. Noch einmal machte er Anstalten, durchs Fenster zu klettern, doch Amar flüchtete auch jetzt. Lemlem schüttelte den Kopf. »Ganz irre, der Typ!«

Als Amar draußen zum dritten Mal mit seinem Kill-Ruf auftauchte, warf Lemlem seine Orange durchs offene Fenster. Die Orange erwischte Amar mitten auf der Stirn. Ohne einen Mucks von sich zu geben, kippte Amar um.

»Ein erstaunlich guter Treffer«, sagte Němec.

»Jetzt mussen wir den Trottel wiederbeleben«, sagte Lemlem und kletterte endlich durchs Fenster. Němec hinterher. Doch bevor sie bei Amar anlangten, sprang der Albaner hoch. Mit dem Ruf »*I kill you, nigger!*« verschwand er in den Büschen.

»Zum Gluck sind wir den Typen bald los!«, sagte Lemlem. Zurück in das Zimmer der Eritreer gingen sie gesittet durch den Haupteingang. Lemlem wollte »Bruni nicht verergern«.

Kurz darauf hockten Lemlem und Němec am Tisch im Zimmer der Eritreer.

»Warst du in Deutschland schon bei einer deutschen Party?«, fragte Lemlem. Er fing wieder an, laut zu lachen, er brüllte vor Lachen und schlug sich dabei mit den Handflächen auf die Beine. Zwischen den Salven stieß er hervor: »Am Anfang habe ich ein paar Wochen in Munchen gewohnt. Dort haben mich deutsche Freunde zu einer echten deutschen Party eingeladen. Mann! Die Geste haben zur Party Essen mitgebracht.«

»Wie, Essen mitgebracht?«

»Na, zur Party! Jeder musste etwas zu essen mitbringen!«

»Ach so«, sagte Němec. »Das hat mich am Anfang in Deutschland auch überrascht. Bei den Partys Anfang der Neunziger ist jeder mit einer Schüssel Nudelsalat aufgetaucht. Wirklich, Nudelsalat! Etwas so Perverses habe ich noch nie gegessen. Bis ich entdeckt habe, dass die Deutschen Nudeln sogar zum Gulasch essen. Wenn ein Restaurant in Tschechien zu Gulasch Nudeln servierte, würde man dem Restaurant die Lizenz entziehen. Zum Gulasch gibt's Knödel oder Brot, und damit basta. In der sozialistischen Tschechoslowakei hast du aber zu einer Party auch nie Essen mitgebracht. Dort ist man ja zu einer Party gegangen, um sich umsonst satt zu essen.«

»Genau!«, rief Lemlem. »Wenn ein Besucher zu uns in Eritrea Essen mitgebracht hette, hette er meine Mutter *schwerst* beleidigt. Als ob der Besucher zeigen wollte, dass meine Mutter nicht kochen kann. Weißt du, was noch komischer ist? Auf einer Party in Deutschland stehen die Leute nur herum und reden, statt zu feiern. Tanzen nicht, singen nicht, nur reden. Nicht einmal Sex gibt es! Nur reden! Das Schlimmste aber: Man lesst dich ausreden!«

»Warum ist das so schlimm?«, fragte Němec. »Die Menschen hier freuen sich, wenn man sie ausreden lässt.«

»Das ist bei uns eine ganz schlimme Beleidigung! Als ob man dir zeigen mechte, es ist nicht interessant, woruber du sprichst. Ich finde es nicht nett, wenn man mich ausreden lesst und mich nicht hin und wieder unterbricht. Magst du einen Tee?«

»Ich stelle das Wasser auf«, sagte Němec. Neben dem Waschbecken stand auf einer Bank ein alter, zerbeulter Wasserkocher.

Lemlem tat jeweils einen Teebeutel in zwei Tassen und schüttelte den Kopf. »Zu Hause koche ich den Tee direkt in der Kanne. Dick und schwarz. Bittersuß – so wie das Leben.«

Němec schaltete den Kocher ein. »Mich hat am Anfang meines Studiums in Deutschland eine Kommilitonin zur Party in ihrer Wohnung in der Studentenstadt eingeladen. Am Ende hatte sie ein Wörtchen mit mir zu reden: Sie meinte, ich hätte an dem Abend acht Bier getrunken. Ich habe mich gleich entschuldigt, dass ich ihre Gastgeberinnengefühle nicht verletzen wolle, morgen aber an der Uni eine Prüfung hätte. Deswegen hätte ich mich mit dem Bier zurückgehalten und nur acht getrunken.

Sie hat aber gemeint, acht Bier seien zu viel. Das hat mich überrascht! Wenn ich bei einer Party in Tschechien nur acht Bier getrunken habe, hat man mich für einen Abstinenzler gehalten und mich nicht mehr zu Partys eingeladen. Man fühlte sich beleidigt. Die Tschechen wollen, dass du bei einer Party viel trinkst, denn wenn sie betrunken etwas anstellen, müssen sie sich dafür nicht schämen. Dann hat meine deutsche Bekannte noch gesagt, ich solle auch nicht so viel über Sex reden. Mit ihr habe ein deutscher Mann noch nie über Sex geredet, sagte sie. Ich habe ihr feierlich versprochen, nie mehr über Sex zu reden, dann hat sie mich aber beim Jonglieren im Englischen Garten erwischt. ›Hey! Wo hast du das gelernt?‹, hat sie gefragt.

›Das ist nicht schwer‹, habe ich gesagt. ›Das kann ich dir auch beibringen.‹

›Ich habe aber keine Bälle!‹, hat sie gesagt.

›Du kannst mit meinen Bällen spielen‹, habe ich gesagt. Das hat sich als das größte meiner kulturellen Missverständnisse in Deutschland herausgestellt. In München ist es lustig.«

»Wenn ich nicht muss, gehe ich nicht mehr nach München«, sagte Lemlem. »Letzte Woche wurde ich dort an einem Tag zwölf Mal von der Polizei kontrolliert. Ich mag keine Uniformen. Nur die weißen Uniformen der Zuckerbecker und Keche finde ich super.«

Kapitel 5,
in dem Němec erfährt, dass er Frauen immer noch
nicht versteht – es ihm aber gefällt

Am Spätnachmittag seines ersten Tages als ehrenamtlicher Helfer für Flüchtlinge stand Němec draußen vor *Haus Hoffnung*. Die Luft war frisch und warm, der Spätsommer wehrte heldenhaft den Frühherbst ab: Ein schöner Tag.

Němec sah hoch zum Giebel des Hauses, las den Schriftzug, schaute noch höher und verfolgte mit dem Blick einen Mäusebussard, der über dem Dach kreiste. Eine verrückte Welt ist das, dachte Němec, in der ein Mäusebussard Mäuse auf dem Dach eines Gebäudes sucht.

Němec war ein Berg von einem Mann: nahezu zwei Meter groß, breite Schultern. Sein Gesicht strahlte vor Zufriedenheit wie die Sonne über ihm. Seine blauen, gutmütigen Augen passten zu dem klaren bayerischen Himmel.

Plötzlich tauchte auf dem Dach des niedrigeren Nebengebäudes Tarik auf, der fußballbegeisterte Junge. Er stand auf dem Rand des Daches, etwa vier Meter über dem Boden, und lächelte verzückt.

»Vorsicht!«, rief Němec. »Beweg dich nicht!« Aus dem Flüchtlingsheim kam Tariks Mutter gelaufen. Als sie Tarik auf dem Dach sah, begann sie auf Paschtu zu klagen.

»Lauf aufs Dach!«, brüllte Němec. »Ich passe hier auf!« Tariks Mama drehte sich schlagartig um und lief zurück ins Gebäude.

»Fangen!«, rief Tarik und sprang. Zum Glück hatte Němec schon vor einem Jahr, nach dem Aufwachen aus dem Koma, angefangen, exzessiv Kung-Fu zu trainieren. Mit dem Jonglieren hatte er schon damals in der Tschechoslowakei angefangen; nach dem Koma jonglierte er zwei Stunden am Tag. Seine Sinne und seine Reaktionsfähigkeit waren schärfer und geübter denn je. Er hüpfte zur Wand und fing Tarik mit den Armen auf. Tarik kuschelte sich bei ihm an und sagte: »Mein Papa!«

Němec guckte nach oben. Auf dem Dach stand Tariks Mutter. Sie starrte nach unten und sagte kein Wort. »Mor!«, rief Tarik. Er wand sich aus Němec' Armen und lief ins Gebäude.

»Du scheinst ein glücklicher Mensch zu sein!«, sagte Bruni Müller. Sie war aus dem Heim gekommen und hatte sich zu Němec gesellt. Man hätte die Angestellte der Hilfsorganisation für die Heimleiterin halten können, so zuständig, wie sie sich für alles fühlte. Aber es gab im Heim keine Leitung, nur Bruni und den Hausmeister Frank. In der Welt der Asylanträge, Duldungen und Arbeitserlaubnisse agierten viele Beamte des Bundesamts für Migration und Flüchtlinge oder des Landratsamts oder des Jobcenters streng nach Vorschrift, während Bruni und Frank und die ehrenamtlichen Helfer des Heims ständig ihre Kompetenzen überschritten, um Flüchtlinge versorgen zu können. Eine Brise ließ Brunis grünes Kleid sanft um ihre Beine flattern, und die Sonnenblumen darauf wiegten sich im Wind.

Mit seinem schönsten Lächeln sagte Němec zu ihr: »Ich will dir nicht widersprechen, Bruni. Dass ein Mann einer Frau nie widersprechen sollte, hat meine Mutter mir mithilfe eines großen Holzlöffels beigebracht. Außerdem hatte ich drei ältere Schwestern. Widerspruch wurde bei uns sofort bestraft.«

Bruni kicherte.

»Gut, dass du darüber lachen kannst, Bruni«, sagte Němec. »Das hat mich meine Mutter auch gelehrt. Bevor sie mir wegen eines Streichs den Hintern versohlte, hat sie immer gesagt: ›Jede noch so traurige Sache hat ihre lustige Seite, Lolek! Du musst sie nur finden.‹

Wenn meine Mutter selbst die lustige Seite eines Ereignisses gefunden hatte, lief sie bei uns im Städtchen von Haus zu Haus und erzählte es jedem, damit sie das Lustige nie vergaß und auch selbst ständig etwas zu lachen hatte. Am liebsten erzählte sie den Nachbarinnen von meiner Pubertät und meinen damit verbundenen körperlichen Problemen. Jedes Publikum war meiner Mutter recht. Sogar meiner großen Liebe Anna hat meine Mutter lustige Geschichten über mich erzählt.«

»Ich mag lustige Liebesgeschichten«, sagte Bruni und guckte verträumt gen Himmel. »Sicher war deine Mutter sehr beliebt im Ort.«

»Das schon«, sagte Němec. »Trotzdem sind die Nachbarinnen vor ihr geflüchtet oder haben sich versteckt. Wenn sie sich auf die endlosen Monologe meiner Mutter einließen, kamen sie nicht zum Einkaufen und zum Kochen, und dann gab's zu Hause Ehekrach. Meine Mutter war der Hauptscheidungsgrund in unserem Städtchen.«

»Du bist lustig!«, sagte Bruni. Wieder einmal hob eine Brise ihr blumiges Sommerkleid. Doch Němec setzte seine Erzählung unbeeindruckt fort.

»Einmal hat sich eine Nachbarin unter unserer Brücke über den Fluss versteckt, um von meiner Mutter nicht vollgelabert zu werden, und wurde dort von einer Bisamratte gebissen. An dieser Sache fand die Nachbarin aber keine lustige Seite. Die Bisamratten hatte Fürst Joseph Colloredo-Mansfeld 1905 von einer Jagdreise aus Alaska nach Böhmen mitgebracht. Er setzte die Tiere im Hüttenteich auf seinem Gut Doberschisch aus, das bei Prag liegt. Von dort breiteten sich die Bisamratten mit großer Geschwindigkeit über ganz Europa aus. Ein Tier ist wie ein Mensch, Bruni – wenn's ihm schlecht geht, zieht es dorthin, wo's besser ist. Darüber wundern sich viele Menschen in Europa jetzt.«

»Nicht nur in Europa«, sagte Bruni. »Bei uns in Schamberg auch.«

»Schamberg gehört zu Europa«, wollte Němec sie korrigieren, doch er fand keine Lücke in Brunis Rede, da sie sofort weitersprach.

»Ich habe wegen der Flüchtlinge ständig Scherereien mit einigen Leuten in der Gemeinde. Auch wenn ich von hier komme und wir uns gut kennen. Der größte Ausbeuter und Immobilienhai am Ort, Armin Eichelbauer, der Bürgermeister, will unser Heim dem Besitzer abkaufen und die Flüchtlinge vertreiben. Der Pachtvertrag läuft in drei Monaten aus. Unsere Flüchtlinge müssten dann in ein großes, gut bewachtes Zentralflüchtlingslager mit vielen Hunderten anderen ziehen. Ich war in einem: Das ist kein Heim mehr, das ist ein Getto, in dem man nur auf seine Abschiebung wartet. In unserer Gemeinde sind die Flüchtlinge auf einem guten Weg, sich zu integrieren.«

»Kann man mit Herrn Remscheid nicht reden? Er bekommt jetzt doch die Miete für das Gebäude vom Staat, oder?«

»Die reicht ihm nicht. Er hat Schulden und würde *Haus Hoffnung* sehr gern verkaufen. Er hat auch schon ein Angebot vom Fatzke ... äh ... von Eichelbauer bekommen. Trotzdem hält Remscheid immer noch zu den Flüchtlingen. Sie sind brave Leute, keine Terroristen. Warum ihnen die Einheimischen verübeln, dass sie vor Krieg davongelaufen sind, verstehe ich nicht.« Bruni sprach immer leiser und starrte die rechte Hand von Němec an. Schnell ließ er dort zwischen den Fingerknöcheln ein Zwei-Euro-Stück kreisen.

»Ich trainiere, wo ich nur kann«, sagte er mit einem Lächeln. »Ich habe mich 13 Jahre lang nicht bewegen können. Muss das jetzt nachholen.«

Bruni tätschelte ihm den Arm: »Das verstehe ich.«

»Wenn bei uns ein Krieg ausbräche, würden wir sogar nach Syrien ziehen, um dem Schlamassel zu entkommen«, sagte Němec. »Auch die größten Moslembekämpfer. So wie die Bisamratten am Anfang des 20. Jahrhunderts bis nach Spanien gezogen sind. Sie haben die Europäische Union sozusagen vorweggenommen. Leider sind Bisamratten keine hübschen Tiere. Wurst aus Bisamratten schmeckt aber vorzüglich, wenn man sie mit viel Knoblauch und Majoran würzt.«

Bruni wurde blass und schluckte einige Male heftig. Němec fiel plötzlich eine verblüffende Ähnlichkeit zwischen ihr und einer Frau auf, die er einmal gekannt hatte. An wen erinnerte sie ihn nur?

»Ein schöner Name!«, sagte er und zeigte zu dem Holzschild am Giebel.

»Das haben unsere ehrenamtlichen Helfer angebracht. Die machen viel, obwohl sie auch aus unserer Gemeinde kommen. Es gibt viele gute Menschen hier. Wie überall auf der Welt.«

»Eine Sache muss ich dich fragen, Bruni«, sagte Němec. »Ich habe 1988 selbst ein Jahr lang in einem Flüchtlingslager gelebt, dort hat aber niemand Deutsch gekonnt. Hier sprechen einige Flüchtlinge schon recht gut Deutsch. Obwohl die meisten erst seit ein paar Monaten hier sind. Wie kommt das?«

»Ich bringe ihnen selbst Deutsch bei«, sagte sie und errötete. Als ob es eine Sünde wäre, Deutsch zu unterrichten.

»Die Flüchtlinge lernen aber schnell.«

»Ich habe ein sehr gutes System entwickelt. Du kannst mal mitmachen, Němec.«

»Gern«, sagte Němec. »Ich war von Sprachen schon immer begeistert. Deswegen habe ich Informatik studiert.« Bruni kicherte, und Němec fügte hinzu: »Meine Mutter sagte oft: ›Solange die Sprache lebt, ist der Mensch nicht tot!‹«

»Du bist ein Spaßvogel, Němec!« Bruni zeigte in den Himmel: »Sieh dir die Wolke an! Schön wie ein Gedicht. Auch die Alpen sieht man heute ganz klar.« Sie deutete zu einer Holzbank an der Wand des Flüchtlingsheims. »Wollen wir uns dort hinsetzen und den Blick genießen?«

»Gut«, sagte Němec. Auf der Bank lag die neueste Ausgabe des *Spiegel*. »Ich habe gerade etwas über Ölüberschussländer gelesen.«

Unter der Wucht von Němec' böhmischen Umlauten kicherte Bruni wieder. »Ich finde deinen tschechischen Akzent sehr lustig. Wie der Akzent von Švejk!«

»Mit Verlaub, Bruni, Švejk hatte keinen Akzent, weil er nur Tschechisch sprach.«

Němec' Belehrung brachte sie wieder zum Kichern: »Du bist wirklich komisch!« Plötzlich rief sie: »Oh, guck! Ein Tagpfauenauge!« Sie streckte die Hand aus, und der Schmetterling landete wie dressiert auf ihrer Handfläche.

Vor Freude fing sie plötzlich an, wie ein kleines Mädchen zu tanzen, die Handfläche gen Himmel gestreckt, mit dem schönen Schmetterling darauf – ihre 100 Kilo auf Schwung. Schön!, dachte Němec. Er musste unbedingt tanzen lernen.

Bruni hörte auf zu tanzen und sah einer weiblichen Gestalt entgegen, die auf dem schmalen Asphaltweg vom Skatepark zur Straße auf einem Skateboard angefahren kam. Die Frau hüpfte vom Board und trat darauf, sodass ihr das Brett wie ein gehorsamer Hund in die Hand hüpfte. Mit dem Brett unter dem linken Arm marschierte sie schnellen Schrittes über die Wiese zum Flüchtlingsheim, auf Bruni und Němec zu. Bruni war zu einer Litfaßsäule erstarrt. Der Schmetterling flatterte davon. Als ob er nur in Bewegung zu bändigen wäre.

Bruni wachte auf: »Oh, Gott!«, murmelte sie. »Ist die heute aber drauf!« Sie sprang auf, rief »Ich muss gehen!« und lief zum Parkplatz auf der anderen Seite des Flüchtlingsheims.

»Wolltest du hier nicht die Aussicht genießen?«, fragte Němec.

»Auch ich bin auf der Flucht«, rief Bruni über die Schulter, bog um die Hausecke, und weg war sie.

So starrte Němec die Frau mit dem Skateboard an, wie sie auf ihn zukam. Sie war etwa vierzig Jahre alt, also sechs Jahre jünger als Němec, und vierzig Kilo leichter als Bruni: schulterlanges blondes Haar, Sommersprossen, lange Beine, eine sportliche Figur. Rote Adidas-Sportschuhe. Sie sah sehr aufgewühlt aus, ja, wütend.

Doch das Komischste war: Němec kannte sie. Und nicht erst seit heute früh, als er an der Bushaltestelle nur ihre roten

Adidas und ihren Rücken gesehen hatte. Er kannte sie schon, seit er 15 gewesen war. Im Vergleich zu damals war sie allerdings ganz schön sportlich geworden: in der Früh joggen, jetzt mit einem Skatboard unter dem Arm. Und den Sport sah man ihr an.

Sie kam immer näher. Němec war baff. »Anna?«, sagte er, als sie drei Schritte von ihm entfernt war. Eher unbeabsichtigt entfuhr ihm: »Du hast jetzt eine super Figur!« Als er Anna vor 26 Jahren zum letzten Mal gesehen hatte, war sie etwas molliger gewesen. Bei ihrem Treffen vor 14 Jahren hatte er sie nur kurz durch die Heckscheibe ihres Autos gesehen, bevor sie ihn überfahren hatte.

»So 'ne blöde sexistische Anmache, du verfluchter Jugoslawe!«, kreischte sie, wohl unter dem Eindruck seines Akzents. »Die Neger haben dir gesagt, wie ich heiße, und jetzt machst du dich über mich lustig?« Sie wuchtete ihm ihre rechte Faust in den Schritt.

Němec krümmte sich vor Schmerz. »Ich bin Tscheche! Kein Jugoslawe! Ich habe wohl eine andere Anna gemeint!«, versuchte er zu rufen, doch nur ein ferkelähnliches Quieken kam aus ihm heraus. Der Schlag hatte gesessen.

»Armin wird euch hier alle vertreiben, ihr verdammten Sexistenschweine!«, kreischte sie, drehte sich um und lief davon, ohne zurückzublicken. Jetzt wusste er, warum Bruni so schnell verschwunden war. Und noch eins wusste der gute Migrant Němec: Er war wieder verliebt.

Es war erneut Zeit, Briefe zu schreiben. Die Notiz-App auf seinem Smartphone eignete sich dafür vorzüglich:

Liebe zartstarke Sportlerin,

mach Dir keinen Kopf wegen des Schlags, den Du mir verpasst hast. Du befreundest Dich mit einer fremden Katze, Du staunst über Holunderbeeren, Du berührst sie zart, Du saugst ihren Duft ein. Bei so viel Poesie ist es allzu verständlich, wenn Du auch hin und wieder einem Typen eins auf die Glocken gibst. Um in der Realität und zartstark zu bleiben, Süße.

Dein Němec

Nur hatte er keine E-Mail-Adresse von Anna. Ihre Handynummer auch nicht, um ihr den Brief per WhatsApp zu schicken. Das machte aber nichts. Er würde ihr den Brief sowieso nicht zukommen lassen. Trotzdem fühlte er sich gut. So gut, als hätte er gerade einen Liebesbrief geschrieben.

Kapitel 6,
in dem Němec erfährt, warum ihn die neue Anna in die Hoden geboxt hat und dass auch Polizistinnen Opfer von Sexismus werden können

Nach seinem ersten Tag in *Haus Hoffnung* übernachtete Němec in seiner Wohnung in München. In der Früh packte er eine Menge Wäsche in seine große Reisetasche. Dabei fand er im Schrank eine Flasche Sliwowitz. Die hatte ihm im Krankenhaus zusammen mit seinen anderen Sachen Herr Brunner ausgehändigt, als er dort vor einem Jahr nach seinem dreizehnjährigen Koma entlassen wurde.

»Schade, dass du weggehst«, hatte Brunner damals gesagt. »Du wirst uns fehlen. Vor ein paar Wochen aus dem Koma aufgewacht, und schon bist du in der Klinik bekannt wie ein bunter Hund.«

Er reichte Němec die Flasche Sliwowitz. »Komisch, dass der Schnaps deinen Unfall überlebt hat. Normalerweise fällt man ins Koma, wenn die Flasche leer ist, hi, hi, hi … Wozu hast du die überhaupt dabeigehabt? Du wolltest damals doch deine Freundin besuchen, oder?«

»Ich wollte Anna überreden, es noch mal mit mir zu versuchen, wo ich doch damals ein frischer deutscher Doktor war. Anna liebte Sliwowitz!« Němec nahm die Flasche in die Hand.

»Über 13 Jahre alt! Der Sliwowitz muss jetzt richtig gut sein. An solchen Sachen sieht man die Unterschiede zwischen den Völkern. In einem tschechischen Krankenhaus hätte eine volle Flasche keinen Tag überlebt, in Deutschland hält sie 13 Jahre aus.«

Jetzt stopfte Němec den Sliwowitz in die Tasche. Seit dem Koma trank er keinen Alkohol mehr, da Alkohol ihn am Denken hinderte. Das konnte er sich jedoch als Hundedenkspielzeug-Erfinder nicht mehr leisten. Um den Lebensabschnitt mit Anna abzuschließen, sollte der Schnaps aber vernichtet werden, und das von ihm höchstpersönlich. Vielleicht würde ihm ein Muslim im Flüchtlingsheim bei diesem symbolischen Akt helfen.

Nachdem die Tasche gepackt war, telefonierte er mit Tschechien. Er bat seine Mitarbeiter, ihm das Hundedenkspielzeug, das sie für ihn herstellten, an *Haus Hoffnung* zu schicken. Neues Spielzeug entwarf er normalerweise an seinem Notebook und ließ die Pläne der tschechischen Firma zukommen. In München hatte er das Spielzeug an den Hunden der Nachbarn getestet. Jetzt musste er auf dem Land in der Gegend ums Flüchtlingsheim Testhunde finden.

»Mach's gut, Standa!«, sagte Němec auf Tschechisch ins Telefon. »Ich muss los. Die Flüchtlinge warten.«

»Welche Flüchtlinge?«

»Ich muss mich jetzt um Flüchtlinge kümmern. In einem Flüchtlingslager.«

»Ich dachte, in den Lagern in Deutschland hocken jetzt Deutsche«, sagte Standa. »Und die Flüchtlinge regieren bei euch, zusammen mit der Merkel. Ich würde einem Terroristen nicht ein Stück Brot geben, und ihr in Deutschland ladet dieses Dreckspack nach Europa ein. Damit uns diese ganzen Muslime umbringen? Ein Abschaum ist das, genauso wie die Zigeuner bei uns!«

»In meinem Städtchen in Mähren war ein Kinderheim«, sagte Němec. »Die meisten Kinder darin waren Roma. Mit vielen war ich befreundet. Etwa fünf hat's in jeder Schulklasse gegeben. Meine Mutter hat den Kindern aus dem Kinderheim hin und wieder Süßigkeiten gebracht.

Einmal hat meine Mutter wegen eines Nachbarn ein Backhendl zubereitet. Er hat bei uns die Waschmaschine repariert. Nach der Reparatur ist er in die Küche gekommen, und meine Mama hat ihm eine Backhendlkeule auf den Teller gelegt.

›Ich verstehe nicht, dass du dich ständig mit diesen schwarzen Fressen im Kinderheim abgibst‹, sagte der Nachbar.

Meine Mama starrte ihn an und stammelte dann: ›Das sind doch Kinder!‹

›Das sind keine Kinder!‹, sagte der Nachbar. ›Das sind Kreaturen!‹

Er griff nach seiner Keule, doch meine Mutter riss ihm das schöne Stück aus der Hand und brüllte: ›Raus hier! Du alter böser Schwanz!‹

Der Nachbar ist beleidigt aus unserem Haus getrottet, meine Mutter hat sich zu mir umgedreht, mir vorsichtshalber eine Ohrfeige gegeben und gesagt: ›Damit du dir merkst, dass du solche Ausdrücke nicht benutzen darfst.‹« Němec machte eine Pause, die vor Bedeutung knisterte. »Weißt du, was meine Mutter war?«

In der Leitung herrschte zuerst Stille, dann sagte der tschechische Mitarbeiter von Němec verunsichert: »Was meinst du?«

»Meine Mutter war ein Mensch«, sagte Němec. »Und jetzt sputest du dich, damit mein neues Denkspielzeug bald fertig ist, sonst muss ich dir auch dein Backhendl entziehen.«

Er spülte schnell das Geschirr ab. Es lohnte sich nicht, die Spülmaschine einzuschalten. »Wie ist das Wetter?«, fragte er sein Smartphone. Die Wetter-App war so pessimistisch, dass er besser selbst aus dem Fenster schaute: Sonne! In Jeans und einem blauen T-Shirt mit der Aufschrift »Bademeister« auf der Brust brach er nach *Haus Hoffnung* auf.

Gleich in der Straßenbahn erlebte Němec ein Abenteuer: Er musste Leben retten. Eine deutsche Oma versuchte, einen Fahrkartenautomaten zu überreden, ihr eine Fahrkarte zu verkaufen: »Sakra, kriege ich die Fahrkarte, oder nicht?« Doch der Automat schien die gute Oma nicht zu verstehen. Auch dann nicht, als sie ihn beschimpfte: »Blöde Maschin!«

»Das ist kein Smartomat!«, rief ein älterer Herr in einem braunen Anzug. »Sie müssen einen Knopf drücken, der Fahrkartenautomat versteht keine andere Sprache als Knöpfedrücken.«

Doch die Oma antwortete nicht und schimpfte weiter auf die »blöde Maschin«.

Die Straßenbahn beschleunigte plötzlich, der Ruck entriss der Oma die Haltestange, und die Oma flog rückwärts.

Němec schaffte es im letzten Augenblick, hinzuspringen und sie unter den Armen aufzufangen. Sonst wäre die alte Frau mit dem Hinterkopf auf dem Boden aufgeschlagen. So hatte sie ihn nur sanft mit dem Hintern berührt, bevor Němec sie wieder hochhievte. Den »Bademeister« auf der Brust trug er heute fälschlicherweise, ging es ihm durch den Kopf. Er hätte sein orangenes T-Shirt mit der Aufschrift »Lebensretter« anziehen sollen: Gestern Tarik, heute die Oma. Nicht schlecht.

Die Oma stellte sich wieder an den Automaten. »Was soll ich drücken?«, fragte sie, ohne Němec anzusehen.

»Sie sollten sich bei dem Herrn bedanken!«, rief der ältere Mann und zeigte auf Němec. »Er hat Ihnen das Leben gerettet.«

Doch die Oma wollte nur mit dem Automaten reden, der ihrer Sprache nicht mächtig war: »Wo soll ich drücken?«

»Wo fahren Sie hin?«, fragte Němec und trat zum Automaten. »Ich lag 13 Jahre im Koma. Auch wenn ich ein technischer Typ bin, hat es mich nach meinem Aufwachen doch überrascht, wie weit die Technik fortgeschritten war. Vor meinem Unfall im Jahr 2002 hat man gerade angefangen, Handys zu benutzen. Als ich aber vor einem Jahr aus dem Krankenhaus kam, sah ich überall in der Stadt Leute, die nicht mehr miteinander gesprochen haben, sondern mit komischen Kästchen mit Displays. So eins habe ich mir auch gleich kaufen müssen.

So ist das mit der Technik. Sie verführt uns, sie zu lieben, manchmal aber auch zu vorschnellen Taten, die wir dann schnell bereuen. Ein Freund hat mit seiner Freundin am Handy Schluss gemacht. Bis er nach Hause kam, hatte er sich's aber anders überlegt. Er rief die Freundin an.

Doch sie hat zu ihm gesagt: ›Jetzt ist es vorbei, mein Lieber. Jetzt habe ich dich und alle Beiträge über dich und alle deine Fotos bei Facebook gelöscht. Und wenn du nicht mehr in meiner Chronik bist, existierst du für mich nicht.‹

Wenn es keine Handys geben würde, hätte er mit dem Telefonieren warten müssen, bis er nach Hause kam, um sie von dort mit seinem Festnetztelefon anzurufen und mit ihr Schluss zu machen. Bis dahin hätte er sich's aber sicher anders überlegt.«

»Ich habe kein Handy«, sagte die Oma. »Handys machen uns blöd. Wo soll ich drücken?«

Němec inspizierte den Automaten. »Solche Geräte sollten einfach zu bedienen sein, auch wenn sie manchmal tückisch sind. Letzte Woche habe ich im Theater neben einer Dame gesessen. Die Vorstellung sollte gleich beginnen. Das Licht im Saal war noch an, alle waren schon still und freuten sich auf das Stück. Plötzlich kam ›bssss‹ aus der Tasche der Dame, als ob sich dort eine Wespe versteckt hätte. Die Leute drehten sich zu ihr um. Die Dame wurde ganz rot, steckte die Hand in die Tasche und versuchte die Wespe auszuschalten. Es ging aber nicht. Am Ende musste sie die Wespe aus der Tasche holen, nur war's keine Wespe, das Ding war walzenförmig, sah wie eine Apollo-Rakete aus und vibrierte, es war ein …«

Němec wollte schon »ein Vibrator« sagen, in diesem Augenblick fiel ihm aber ein, dass er zu einer Oma sprach, in deren Jugend es wohl keine Vibratoren gegeben hatte. Sicher wusste die Oma nicht, was ein Vibrator war. Schon öfter hatte er sich vorgenommen, möglichst wenige Fremdwörter zu verwenden. Damit die Leute ihn verstanden. Deswegen zögerte er kurz und sagte: »… es war ein Handy. Ein walzenförmiges!«

»Ich habe kein Handy«, sagte die Oma noch einmal. »Handys machen uns blöd. Wo soll ich drücken?«

»Wo fahren Sie hin?«, fragte er noch einmal.

»Zum Gasteig.«

»Dann müssen Sie diesen Knopf drücken«, sagte Němec, drückte aber für sie.

Sie warf Geld hinein. Ihren Geldbeutel hielt sie fest umklammert. »Sind Sie Ausländer?«, fragte sie.

Um der Oma nach ihrem bösen Sturz unangenehme *News* zu ersparen, sagte Němec: »Nein! Ich bin Deutscher. Nur kann ich keine Umlaute aussprechen. Deswegen hält man mich manchmal für einen Ausländer.« Wieder hat er den Tschechen in sich verleugnet. Er schämte sich aber nicht, sondern lächelte nur, weil er bereits am eigenen Leib erfahren hatte, wie relativ es ist, einem bestimmten Volk anzugehören.

»Das habe ich gleich gewusst, dass Sie kein Ausländer sind«, sagte die Oma. »Ein Ausländer würde einem Menschen in Not nie helfen. Der würde mir noch das Geld stehlen. Danke, dass Sie mir mit der Fahrkarte geholfen haben. Wirklich vielen Dank! Sonst müsste ich schwarzfahren.«

»Ich will mich ja nicht einmischen«, sagte der ältere Herr im braunen Anzug, »aber wieso ist es Ihnen viel wichtiger, nicht schwarzzufahren, als das Leben nicht zu verlieren? Hätte der gute Mann Sie nicht aufgefangen, wären Sie jetzt tot. Dafür haben Sie sich nicht bedankt. Nur für die Fahrkarte.«

»Kümmern Sie sich um Ihren Dreck, Sie dummer Mensch!«, schnauzte die Oma ihn an und schlurfte nach vorne.

»Die Vorurteile nehmen so viel Platz im Hirn ein, dass man dadurch verblödet«, sagte der Herr im braunen Anzug zu Němec. »Ich bin auch schon siebzig und muss deswegen aufpassen. Sie sind Tscheche, oder? Den tschechischen Akzent erkenne ich immer. Ich habe viele Freunde in Prag.«

»Ich auch!«, sagte Němec. »Und aufpassen muss ich auch höllisch. 13 Jahre war ich nicht auf der Welt, und jetzt komme ich mir wie ein kleiner Junge vor. Sogar meine Klassenkameraden sind jetzt 13 Jahre älter als ich.«

*

Mittags gähnte die Flüchtlingsunterkunft vor Leere. Die Jungs aus Eritrea kickten am nahen Bolzplatz oder waren am Schamberger See beim Baden, die Syrer und Afghanen machten Besorgungen in der Stadt. Němec und Bruni tranken Kaffee im Büro am Haupteingang des Heims.

Heute trug Bruni ein hellblaues Kleid, das ihr bis zu den Knien ging. Diesmal blühten Rosen in verschiedenen Farben darauf: von Hellrosa bis Dunkelrot.

»Die blonde Frau hat mich gestern in die Weichteile geboxt«, sagte Němec.

»Du Armer!«, sagte Bruni, stand auf und machte einen Schritt auf Němec zu. Er hatte plötzlich ein Déjà-vu, in seinem Kopf lief ein Film ab, über seinen ersten Fahrradunfall, den er mit 8 Jahren gehabt hatte. Seine Mutter war angelaufen gekommen, als er vorm Haus vom Fahrrad stürzte, weil er gegen die Bordsteinkante gefahren war. Sie hatte ihm auf sein aufgeschlagenes Knie gepustet. Frauen pusten auf Verletzungen, ging es Němec jetzt durch den Kopf. Reflexartig klappte er seine Knie zusammen und hockte da wie ein schüchternes Mädchen. Zum Glück setzte Bruni sich wieder.

»Das ist kein Problem für mich, geboxt zu werden, Bruni«, sagte er. »Egal wo ich mich hinsetze oder hinstelle, überall bekomme ich etwas ab. Ich bin sozusagen eine wandelnde Zielscheibe. Das war schon immer so, es hat mich aber nie gestört. Jeder Schlag ist eine neue Geschichte. Als Angehöriger eines kleinen Volkes bin ich sowieso etwas masochistisch veranlagt – da tut manchmal ein wohl platzierter Schlag geradezu gut.

Bei uns im Städtchen hockte oft ein kleiner Mann in der Kneipe, der jeden Tag Watschen brauchte. Nach vier Bier sagte er zu einem der Gäste: ›Ich bin der Kuckuck‹, und beschimpfte den anderen so lange, bis der ihm eine Watsche verpasst hat. Manche Stammgäste haben ihm sicherheitshalber gleich eine Ohrfeige gegeben, wenn sie in die Kneipe kamen – um Ruhe zu haben.«

Brunis Kichern schien ein ständiger Begleiter ihrer Gespräche zu werden. Da Němec das Lachen der Frauen gefiel, freute er sich darüber und sprach weiter.

»Im Sozialismus hat man uns schon in der Schule auf die Watschen im Leben vorbereitet. Einmal hat mich unser Lehrer geohrfeigt, er dachte, ich hätte die Seiten in seinem Klassenbuch zusammengeklebt. Außerdem hat er mir einen Verweis gegeben. Als sich dann herausstellte, dass die Seiten mein Sitznachbar Ladik verklebt hatte, verpasste der Lehrer mir noch eine, weil ich's nicht gleich gesagt hätte.

Ich habe den Lehrer gebeten, zumindest den Verweis wegen des verklebten Klassenbuchs zurückzunehmen, er sagte aber: ›Nö, der bleibt so! Mit dem Verweis gewähre ich dir einen Vorschuss. Du wirst schon was anstellen, du Halunke!‹ Und dann hat er mir noch eine Backpfeife gegeben, um das Geschäft zu besiegeln.«

Obwohl Němec Bruni gern noch ein paar andere Geschichten aus seinem Leben erzählt hätte, besann er sich auf seine ursprüngliche Frage: »Bist du gestern geflüchtet, damit die Frau dich nicht boxen konnte? Sie hat unsere Bewohner aus Eritrea als Neger beschimpft.«

»Anna Huber hat sich da in etwas hineingesteigert. Sie skatet oft im Skatepark. Früher haben dort unsere Jungs aus Eritrea jeden Tag herumgehangen und dumme Sprüche abgelassen, während sie skatete, auch sexistische. Anna hat sich bei mir deswegen mehrmals beschwert und sogar mit einer Anzeige und der Polizei gedroht. Ich habe die Jungs gebeten, sich die blöden Sprüche zu sparen. Anna lässt aber nicht locker. Sie meint, alle Afrikaner seien übergriffig. Vielleicht hat sie mit Männern aus Afrika Pech gehabt, weil sie selbst so schön blond ist.«

Diese Begründung verstand Němec nicht: Warum sollte gerade eine blonde Frau Pech mit Schwarzen haben? Zuerst speicherte er aber ihren Namen ab: Anna Huber. Kann man eine bestimmte Anna Huber bei Facebook finden?

»Wenn andere schimpfen, kann es einen auch bilden«, sagte er. »Als ich klein war, haben sich bei uns in der Straße einmal zwei Nachbarinnen so schön beschimpft, dass ich von diesem Tag an alle tschechischen Bezeichnungen für weibliche und männliche Geschlechtsorgane und Körperausgänge wusste. In der Schule hätte ich Jahre gebraucht, um diesen Wortschatz zu lernen.

Außerdem hat der Streit mich zum Denken angeregt, weil ich mich fragte, warum man sich vor allem mit den Bezeichnungen für Körperausgänge beschimpft und nicht für Körpereingänge.

Schon damals wurde mir aber klar, dass es sehr schwierig sein muss, Nationen davon abzuhalten, Kriege zu führen, wenn schon zwei Nachbarinnen nicht vor einem Krieg miteinander zurückschreckten. Sicher sind die zwei Nachbarinnen auch bei Facebook. Vielleicht haben gerade diese zwei bei Facebook mit dem Schimpfen auf andere angefangen, und jetzt haben wir die Bescherung.«

Bruni seufzte. »Anna und ich waren früher beste Freundinnen. Seit einem Jahr redet sie mit mir aber nur, wenn sie sich über unsere Schwarzen beschweren will. Früher war sie ein lieber und umgänglicher Mensch.« Bruni seufzte noch einmal. »Auch Annas und meine Freundschaft hat Bürgermeister Eichelbauer kaputt gemacht.«

»Wie denn das?«, fragte Němec.

»Das erzähle ich dir ein anderes Mal. Ich habe jetzt keine Lust, an die alten Geschichten zu denken. Die Afrikaner haben Anna auf dem Skatepark auf jeden Fall arg zugesetzt. Vor allem zwei aus unserem Heim, die aber schon abgeschoben worden sind. Die beiden waren richtig üble Burschen. So schlimm wie Amar aus Albanien. Der verlässt uns heute zum Glück.

Schlecht Erzogene gibt's aber überall. Anna hat zum Skaten oft ihre Tochter Laura mitgenommen. Einmal hat die Kleine wegen der Pöbeleien geweint. Anna will mit ihrem Schimpfen nur Dampf ablassen. Das machen viele, um die Sachen nicht in sich hineinzufressen.«

Damit hatte sie Němec wieder mal an seine Mutter erinnert. »Meine Mutter sagte immer: ›Durchs Schimpfen verhindert man nicht, dass man etwas in sich hineinfrisst, das Schimpfen frisst einen auf.‹«

Bruni nickte und rührte etwa zwei Kilo Zucker in ihren Kaffee. Sie sah Němec an, der sie dabei beobachtete, und sagte: »Ich mache gerade eine Trennkostdiät – nur Zucker!« Sie kicherte wieder und setzte ihre Erzählung fort: »Ich habe Anna versucht zu erklären, dass alle achtzehnjährigen Männer auf der ganzen Welt so sind. Den Jungs in diesem Alter schießen Hormone aus den Ohren. Wenn man ein paar achtzehnjährige Burschen aus Niederbayern in ein Lager sperrte, würden sie in einer großen Gruppe bei einer hübschen Frau auch solche Sprüche reißen. Die Sprüche waren ja nicht viel anders als das, was unsere Politiker öffentlich über Frauen sagen: dass sie gut ein Dirndl füllen würden oder dass sie große süße Mäuse seien, die man gern vernaschen würde.

›Warum sollen jetzt die Afrikaner die Notgeilheit vieler Männer ausbaden?‹, habe ich Anna gefragt. Wenn ein reicher weißer Mann eine Frau blöd anmacht, halten viele Menschen ihn für etwas ungestüm. Wenn's ein Afrikaner macht, halten sie ihn für ein Tier.

Anna hat mich aber beschimpft. Von wegen, ich würde den Sexismus verharmlosen. Deswegen habe ich unseren Jungs den Skatepark verboten. Damit wir keine Unannehmlichkeiten mehr bekommen.«

»Anna hat mir gestern eine verpasst«, sagte Němec. »Hängen ihr die Geschichten so lange nach?«

Bruni schüttelte den Kopf. »Lemlem aus Eritrea hat mir gesagt, dass jetzt eine andere Gruppe von Afrikanern aus der Nachbargemeinde in den Skatepark kommt. Diese Männer sind schon länger in Deutschland als unsere und wohl ganz üble Burschen. Leider kann Anna einen Afrikaner nicht vom anderen unterscheiden. Sie denkt immer noch, sie werde von den Jungs von hier belästigt. Das hast du gestern ja selbst erlebt, Němec. Dich hat Anna auch für einen Afrikaner gehalten.«

»Für einen Jugoslawen!«, sagte Němec.

Bruni sah ihn mitleidig an. »In die Weichteile geboxt, sagst du? Soll ich mir das ansehen? Ich habe kurz Medizin studiert, musste damit aber aufhören, weil ich kein Blut sehen kann.«

Němec presste seine Knie noch fester zusammen. »Mir tut nichts weh, danke.«

Bruni seufzte. »Wo kommen wir denn hin, wenn man anfängt, ehrenamtliche Helfer zu verprügeln?«

»Das ist heutzutage ganz normal, dass man Ehrenamtliche verprügelt«, sagte Němec. »Gestern habe ich in der Zeitung gelesen, Partygäste in einem Gasthaus hätten ehrenamtliche Feuerwehrleute vermöbelt, als diese angerückt waren, um ein brennendes Nebengebäude zu löschen. Die Partygäste wollten beim Feiern nicht durch Löscharbeiten gestört werden.«

Mit einem verträumten Lächeln guckte Němec gegen die Zimmerdecke, als ob dort der Sternenhimmel wäre. »Wenn Anna Huber Anzeige erstattet, besucht uns wohl die Polizei. Darauf freue ich mich. Eine Uniform sorgt für Ordnung. Und Ordnung muss sein, sonst würden wir nur wie die Affen von Baum zu Baum springen und fressen und saufen und uns verlustieren und nicht arbeiten.«

Plötzlich musste Němec sich fragen, ob er nicht eher darauf hoffte, er könnte mit Anna Huber wieder ein kleines Gespräch führen, wenn sie die Polizei ins Haus bringen würde. Zum Beispiel könnte sie ihm noch einmal in die Hoden boxen. Bei diesem Gedanken musste er selbst kichern. Um den Ernst des Gesprächs mit Bruni nicht zu stören, setzte er seine Ausführungen fort.

»Nimm ein Bonobo-Affenmännchen: Das hockt nur ständig mit einer Erektion da. Wenn ein Weibchen vorbeigeht, setzt es sich sofort drauf. Die Bonobos nehmen sich alles, was sie haben können. Was man sich nicht gleich nimmt, ist fünf Minuten später vielleicht nicht mehr zu haben. Im Sozialismus ist es uns wie den Bonobo-Affen gegangen: Du hast nicht etwas gekauft, wenn du es gebraucht hast, sondern wenn es etwas gegeben hat. Sonst wurde es sofort von einem anderen Genossen verwertet.

Zum Glück haben wir uns so zivilisiert, dass sich jeder in die Stadt trauen kann und keine Frau befürchten muss, Männer mit Erektionen vorzufinden, die sich auf sie draufstürzen. Und kein Mann muss Angst haben, dass wildfremde Frauen sich bei ihm draufhocken. Wenn jemand diese schöne Ordnung stören will, ist die Polizei sofort da.«

Da der Zufall immer schon Němec' treuer Begleiter war, hörten Bruni und er gerade in diesem Augenblick laute Stimmen aus dem Flur. Bruni seufzte: »Streiten jetzt schon wieder die Afghanen mit den Syrern?« Sie lief aus dem Büro, Němec ihr hinterher.

Doch im Flur putzte der Hausmeister Frank gerade einen Polizisten und eine Polizistin runter, die zwei Jungs aus Eritrea eskortierten. Die jungen Eritreer wirkten jetzt nicht phlegmatisch wie gestern, als sie durch den Wald flaniert waren, sondern verängstigt. Vom anderen Ende des Flurs kam Nadim, ein etwa dreißigjähriger Syrer, den Němec auch schon kennengelernt hatte.

»Was soll das?«, brüllte Frank die Polizisten an. »Wieso seid ihr reingekommen, Kruzifix? Habt ihr einen Durchsuchungsbefehl?«

»Wir ...«

»Sie gehen sofort raus«, sagte Bruni ganz ruhig zu den Polizisten. »Sonst rufe ich die Polizei!«

»Hä?«, sagte die Polizistin.

»Wir haben die zwei Schwarzen am See ohne Papiere erwischt«, sagte der Polizist.

»Na, das ist hoch kriminell!«, sagte Frank. »Zwei Afrikaner habt ihr beim Baden ohne einen Ausweis erwischt, was? Im Sommer einen Kilometer von einem Flüchtlingsheim entfernt. Sicher Terroristen, oder? Habt ihr zur Verstärkung auch die Antiterroreinheit gerufen?«

»Wir nix haben Tasche!«, sagte einer der jungen Eritreer.

»Ja, nix Tasche!«, sagte der andere Eritreer und zeigte auf seine Klamotten: Beide Jungs trugen billige Rocker-Sandalen, Bermudas und Tanktops. »Nix Ausweis tragen. Wenn tragen, kaputt!«

»Die meisten von uns hier ansässigen, vom Schicksal gebeutelten Flüchtlinge haben nur eine dreiteilige grüne Aufenthaltsgestattung, noble Dame«, sagte Nadim, der bei der Gruppe angelangt war. Dabei hatte er sich der jungen Polizistin zugewandt und schien von ihr stark beeindruckt zu sein. Hat Nadim ihr sogar zugezwinkert?, fragte Němec sich. Zu seiner Verwunderung sprach Nadim ein sauberes Deutsch wie Lemlem, jedoch mit einem starken arabischen Akzent und sehr blumig. Wo hatte er diese Sprache gelernt? »Einige Flüchtlinge zählen zu ihrem Besitz nur den weißen Zettel im A4-Format, Verehrteste.«

Die Polizistin runzelte die Stirn. Sicher hatte man sie noch nie mit »noble Dame« und »Verehrteste« angesprochen. Woher hatte Nadim nur seinen Wortschatz? Weiter kam Němec mit seinen Gedanken nicht. Er war kein Multitasker, und Nadim setzte seine Ansprache fort.

»Den weißen Zettel bekommen wir vom deutschen Staate überaus freundlich ausgehändigt, wenn uns unser treuer Begleiter auf der Flucht aus unserer süßen Heimat, unser alter Pass, genommen wird. Die Aufenthaltsgestattung ist auch aus Papier und groß wie ein mit Liebe gefülltes Herz. Wenn man diese uns sehr teuren Dokumente zum See mitnimmt, erleiden sie unermesslichen Schaden, Madame.«

»Niemand hat euch hergebeten«, sagte der Polizist, der Nadim bei seiner Ansprache verblüfft angesehen hatte.

»Euch auch nicht«, sagte Frank. »Raus hier!«

Die Polizisten gingen hinaus. Alle zusammen warteten sie vor dem Eingang, während die zwei Eritreer die Aufenthaltsgenehmigungen aus ihrem Zimmer holten. Gleich waren sie mit den Papieren zurück. Die Polizisten drehten ab.

»Schön, dass du dich für die Jungs einsetzt, auch wenn sie aus einem anderen Land kommen«, sagte Němec zu Nadim.

»Wir sind hier alle eine große Familie!«, sagte Bruni. Frank seufzte, widersprach aber nicht.

Doch Nadim hörte ihnen gar nicht zu, sondern starrte nur die Madame Polizistin an, die mit ihrem Kollegen zum Einsatzwagen an der Straße marschierte.

»Wie hübsch die Lady trotz ihres strammen Soldatenschritts ihre Hüften schwingt«, sagte Nadim. »Madame Generale! Mit der würde ich gern in einem See aus Liebe baden, he, he …« Plötzlich wachte er aus seiner Verzückung auf, fasste sich erschrocken an den Mund und warf einen besorgten Blick zu Bruni.

»Ich habe alles gehört, Herr Rahimi«, sagte Bruni. »Statt Liebesromane bekommen Sie von mir zum Deutschlernen von jetzt an Bücher über Sexismus und darüber, wie Männer mit Frauen im Amt umgehen sollten.«

Liebesromane?, fragte Němec sich. Lernt Nadim Deutsch aus alten Groschenheften? Danach hörte sich seine blumige Sprache auch an.

»Jawohl, unsere Wohltäterin!«, sagte Nadim.

»Hast du Tabak dabei?«, fragte Frank Nadim. »Der Stress hat mir mein ganzes Dopamin entzogen. Ich muss mein Belohnungssystem wieder ankurbeln.«

Bruni winkte ab und ging ins Haus.

Nadim reichte Frank Tabak, er drehte sich eine. »Irgendwie ist man schon schizophren, oder? Ich weiß, dass das Rauchen schadet und rauche trotzdem.«

»Bald wirst du einsehen, dass das Rauchen nicht viel bringt«, sagte Němec. »Du ziehst nur Rauch rein und bläst ihn wieder raus. Nicht einmal besoffen wirst du davon. Aber der Mensch wäre nun mal kein Mensch, wenn er sich unkompliziert verhalten würde. Meine Mutter warnte mich oft: ›Lolek, vom Rauchen trocknet dein Sack aus!‹, rauchte aber selbst wie ein Fabrikschornstein. Bis dann, Jungs! Ich muss meinen Kaffee zu Ende trinken.«

Bevor er in Brunis Büro zurückkehrte, hockte er sich kurz mit seinem Smartphone in die Küche. In das Suchfeld bei Facebook tippte er »Anna Huber« eine. Doch Anna Huber spielte die Nadel und Facebook den Heuhaufen. Ein hoffnungsloses Unterfangen, Anna bei Facebook finden zu wollen.

Kapitel 7,
in dem Němec Bruni seine Liebesgeschichte mit Anna
erklärt und Bruni eine Rettungsaktion startet

Wieder in Brunis Büro, erzählte Němec Bruni seine eigene Geschichte mit der Polizei: »Als ich nach einem Jahr Sammellager in Deutschland politisches Asyl bekam und das Lager verlassen konnte, nahm mich gleich die Polizei in Nürnberg wegen eines Raubüberfalls fest. Die Polizisten zeigten mir ein Foto, auf dem ich mit einer Pistole in einer Bank stand. Ich habe mich sofort erkannt, nur wusste ich von nichts.

Bei der Polizei war's aber sehr schön. Ein Polizist hat mir seinen rechten Zeigefinger im Gummihandschuh in den Anus gesteckt. Zuerst habe ich gedacht, er würde bei mir eine Vorsorgeuntersuchung machen. Deutschland sei schon so weit entwickelt, dass deutsche Polizisten ärztliche Aufgaben übernahmen. Wohl wollte der Polizist aber nur gucken, ob ich dort eine Pistole versteckt hätte.

Zum Glück hatte ich während des Überfalls 200 Kilometer weiter im Biergarten in Aying schwarz als Küchenhilfe gearbeitet. Nach einem Tag in U-Haft hat die Biergarten-Chefin mein Alibi bestätigt, und die Polizisten haben mich wieder laufen lassen. Sie sagten aber, ich solle in den nächsten Monaten besser nicht meine Wohnung verlassen, wenn ich nicht erschossen werden wolle – nach meinem Doppelgänger mit der Pistole werde bundesweit gefahndet.

So bin ich aus dem Lager sofort in ein neues gerutscht, nur in ein kleineres und ohne andere Leute: Monatelang hockte ich in meinem Zehn-Quadratmeter-Zimmer in einem Wohnheim und traute mich nicht raus. Glaubst du wirklich, dass Anna wegen der Belästigungen am Skatepark Anzeige bei der Polizei erstattet?«

Bruni winkte ab. »Soll sie ruhig. Ich kann unseren Jungs doch keinen Stress machen, weil sie schwarz sind. In Deutschland gilt ein Angeklagter so lange als unschuldig, bis seine Schuld bewiesen ist.«

Němec mochte Bruni immer mehr.

Sie goss sich eine neue Tasse Kaffee ein. »Oh, jetzt hätte ich Lust auf ein Croissant vom Bäcker Backbacher.« Sie sog tief die Luft ein. »Wenn ich mir Backbachers Croissants nur vorstelle, rieche ich sofort ihren herrlichen Duft, und das Wasser läuft mir im Mund zusammen.

Als ich vor zwei Jahren im Kindergarten in der Stadt gearbeitet habe, hat Anna mir jeden Morgen zwei Croissants vom Backbacher mitgebracht. Damals ist ihre Laura gerade in den Kindergarten gekommen. Jeden Morgen um acht lief Anna beim Backbacher vorbei, brachte Laura zu uns und gab mir zwei Croissants. Hmmm, dieser Duft – lecker!

Bäcker Backbacher bäckt die besten Buttercroissants in Bayern. Ich kann leider nicht hin. Der Bäckereileiter ist ein Ex-Freund von mir. Er hat mir Hausverbot erteilt, als ich mit ihm Schluss gemacht hatte.« Sie ahmte eine männliche Stimme nach und brüllte: »»Bei uns kriegst du keine Brötchen mehr, du blöde Kuh, du!‹ Dieser Typ hatte wirklich keinen Stil! Ständig am Aufregen: ›Wie schneidest du das Brot? Das macht man doch nicht so!‹« Bruni kicherte, und ihr beeindruckender Körper bebte, als ob sie die Gedanken an die schönen alten Zeiten abschütteln wollte.

Němec legte schnell ein paar Stichworte in seinem Gedächtnispalast ab: *Bäcker Backbacher, Anna, Croissants, um acht Uhr am Morgen.*

»Wie schmeckt dir mein Kaffee?«

Diese Frage hatte Němec befürchtet. Er nippte an seiner Tasse und runzelte die Stirn. Was sollte er zu diesem Kaffee sagen, wenn er höflich, aber auch ehrlich bleiben wollte?

Bruni kicherte wieder. »Ich mache den Kaffee nicht so stark.«

»Dünn, aber kräftig!«, sagte Němec. »Was ich dich noch fragen wollte, Bruni: Als ich 1988 im Flüchtlingslager in Niederbayern gesessen habe, waren dort Tschechen, Polen, Albaner und viele andere Flüchtlinge vom Balkan und aus allen möglichen afrikanischen Ländern. Dann noch Perser, viele Menschen aus dem Libanon und anderen arabischen Staaten. Vor Kurzem habe ich aber in der Zeitung gelesen, dass man heute versucht, Flüchtlinge nach Herkunftsländern zu trennen. Damit es in den Flüchtlingsunterkünften zu keinen Spannungen kommt.«

Bruni spendete Němec ein kokettes Lächeln, erklärte ihm aber gleich recht nüchtern die Sachlage. »In Bayern gilt die Regel: Eine Flüchtlingsunterkunft – eine Nationalität, ein Geschlecht. Ich mag aber keine Gettos. Frank und ich haben hart gearbeitet, dass bei uns Flüchtlinge aus allen möglichen Nationen leben dürfen: Männer, Frauen, aber auch Familien mit Kindern.

Wir müssen nur schauen, dass es keinen Stress gibt. Damit das Landratsamt die Flüchtlinge nicht in andere Unterkünfte verlegt oder sogar in Zentrallager, wie es jetzt immer üblicher wird. Unsere Bewohner kommen zum Glück gut miteinander aus. Sie sind mittlerweile deutscher als ich und du … du hast doch die deutsche Staatsbürgerschaft bekommen, Němec, oder? Hast du deswegen Prüfungen ablegen müssen?«

»Jawohl, Bruni! Man fragte mich aus, wer der Bundeskanzler sei und ob die Hauptstadt von Bayern München sei oder Mogadischu. Außerdem musste ich eine Deutschprüfung ablegen.«

»Eine Deutschprüfung? Hast du davor nicht an einer deutschen Hochschule studiert und in Deutschland einen Doktortitel gemacht? Du konntest doch Deutsch.«

»Ordnung muss sein, Bruni. Akademiker sind manchmal die größten Deppen. Unser Physikprofessor hat nur den Studentinnen unter die Röcke gestarrt, sich dabei aber ständig die Brille geputzt und von der Unschärferelation geredet.«

»War die Prüfung schwer?«

»Nicht sehr«, sagte Němec. »Nur konnte meine Deutschprüferin am Landratsamt selbst nicht so gut Deutsch. Lange haben wir über die korrekte Schreibweise des Wortes ›Cunnilingus‹ gestritten, bis meine Deutschprüferin einsah, dass ich darin viel mehr Erfahrung hatte als sie.«

Bruni wurde wieder mal rot. »Du redest aber ganz schön viel über Sex. Schlüpfrig ist das nicht, eher direkt. Normalerweise sprechen Männer mit Frauen nicht so.«

»Ich mache keinen Unterschied, ob ich mit einer Frau oder mit einem Mann spreche. Das wäre doch sexistisch, wenn ich da einen Unterschied machen würde.«

Bruni überlegte und kicherte: »Mit dem Cunnilingus hast du mich aber auf den Arm nehmen wollen, oder? Man würde dir doch bei einer Deutschprüfung im Kreisverwaltungsreferat nie ein Diktat mit dem Wort ›Cunnilingus‹ diktieren?«

»Ich bitte um Verzeihung, Bruni, wieder mal habe ich Wörter verwechselt. Wir haben nicht über Cunnilingus diskutiert sondern über das Wort ›Sisyphusarbeit‹.«

»Na, na, Němec! Wie konntest du Cunnilingus denn mit Sisyphusarbeit verwechseln?«

»Wenn du mich so fragst, Bruni, kommt es mir auch etwas komisch vor. Ich habe manchmal merkwürdige Assoziationen.«

»Wozu hast du überhaupt die deutsche Staatsbürgerschaft gebraucht? Tschechen sind doch jetzt EU-Bürger. Deswegen können sie in Deutschland leben und arbeiten.«

Němec sah Bruni mit seinen großen blauen Augen an. »Wegen Anna, Bruni! Nur wegen Anna. Ich bin 1988 mit meiner Freundin Anna aus der Tschechoslowakei nach Deutschland geflüchtet. Anna war Tschechin, ich hatte aber gedacht, dass ich von der Abstammung her ein Deutscher sei, weil mein Opa auf Tschechisch Deutscher geheißen hatte, also Němec.

Nachdem ich deutsche Papiere bekommen hätte, wollten Anna und ich heiraten, und dadurch wäre meine tschechische Freundin auch eine Deutsche geworden. Nur hat sich in Deutschland herausgestellt, dass mein Ururopa seinen Nachnamen von den Tschechen erhalten hatte, weil er als tschechischer Wandermusiker in Deutschland unterwegs gewesen war.

Nachdem Anna und ich das in Deutschland erfahren hatten, hat Anna ihre Mutter in der sozialistischen Tschechoslowakei ins Stadtarchiv geschickt, damit sie in den Matrikeln nach deutschen Vorfahren ihrer Familie forschte. Dort hat Annas Mutter tatsächlich eine Ururoma gefunden, die Deutsche gewesen war. Plötzlich ist der Deutsche in mir zum Tschechen mutiert, meine tschechische Freundin Anna aber zu einer Deutschen.

Anna wurde als Spätaussiedlerin anerkannt, hat vom deutschen Staat die deutsche Staatsbürgerschaft bekommen und eine finanzielle Entschädigung, weil sie ihr Deutschtum unter den Tschechen hatte so lange verstecken müssen, auch wenn sie damals nicht gewusst hatte, dass sie eine Deutsche war und das nur versteckte.

Ich musste als Tscheche in ein Asylbewerberlager. In der Tschechoslowakei waren Anna und ich schon drei Jahre zusammen gewesen, Anna als Tschechin und ich als Deutscher, plötzlich hat sich aber die geopolitische Lage unserer Beziehung geändert: Mein Blut hat mich im Stich gelassen – keine deutsche Blutzelle darin, zumindest der Matrikel nach.

Nur mein deutscher Name ist mir geblieben. Als ich nach einem Jahr aus dem Asylbewerberlager herauskam, kurz vor der Samtenen Revolution in Prag, hat Anna mir gesagt: ›Menschen sollten nur Partner aus dem eigenen Volk heiraten. Wir zwei sind zusammengewachsen, ohne zusammengehört zu haben.‹ Sie beendete unsere Beziehung.«

»Du Armer!«, sagte Bruni.

Němec lächelte sie an. »Arm bin ich nicht, Bruni! In einer Beziehung erlebt man die lustigsten Geschichten. Der geliebte Mensch geht, die Geschichten bleiben. Wenn du sie in dein Geschichtenalbum einordnest. Arm sind Menschen, die keine Geschichten erleben.«

»Hast du Anna seitdem nicht mehr wiedergesehen?«

»Nicht direkt. Bin nur kurz ihrem Auto begegnet. Als sie damals unsere Beziehung beendet hatte, nahm ich mir vor, Doktor zu werden und dann Deutscher – damit wollte ich Anna beeindrucken. Zwölf Jahre lang haben wir uns nicht gesehen, ich habe nur gelernt.

Mit meinem frischen Doktorzeugnis und als deutscher Staatsbürger habe ich sie besucht und an ihrer Villa in Bogenhausen geläutet. Sie war inzwischen leider reich geworden, weil sie BWL studiert hatte. Nicht wie ich Naturwissenschaften. Doch sie öffnete nicht die Tür. Ich ging ums Haus herum, dabei hat Anna mich mit ihrem Sport-BMW überfahren, als sie schnell rückwärts aus der Garage fuhr. Sicher unbeabsichtigt. Anna konnte nie rückwärts einparken.

Danach lag ich 13 Jahre lang im Koma. Liebe ist aber stärker als das Koma: Ich wachte auf und habe Anna sofort angerufen. Sie hat aber gesagt: ›Blut ist nicht Papier, mein Lieber! Ich bin Deutsche, und du bist Tscheche. Egal, welche Urkunden du mir zeigst.‹

Außerdem war sie ziemlich sauer auf mich, weil sie mich überfahren hatte. Sie hatte damals deswegen für ein Jahr ihren Führerschein abgeben müssen, auch wenn's aus Versehen war. Das hatte sie stark beeinträchtigt. Nicht einmal meine Facebook-Freundschaftsanfrage hat sie angenommen.«

Bruni wickelte sich eine Strähne ihres langen brünetten Haars um den Finger. »Das tut mir leid!«, sagte sie.

Němec sah sie verwundert an. Er fühlte sich nicht bemitleidenswert, er genoss seine unglückliche Liebesgeschichte. Lächelnd erzählte er weiter: »Außerdem wollte man mir plötzlich meinen Doktortitel aberkennen: Jemand hat mich angezeigt, ich hätte mein Abiturzeugnis gefälscht. Das Schicksal wollte nicht, dass Anna und ich wieder zusammenkommen. Anna ging nicht mehr ran, wenn ich sie anrief. Sie unangemeldet besuchen konnte ich auch nicht. Damit ich nicht wieder im Koma landete.«

Bruni schüttelte den Kopf. »Hat deine Ex-Freundin dich kein einziges Mal im Krankenhaus besucht? Nachdem du aus dem Koma aufgewacht bist?«

Jetzt schüttelte Němec den Kopf.

»Du wurdest also von deiner Ex-Freundin mit dem Auto überfahren und bist deswegen für 13 Jahre ins Koma gefallen. Und seitdem hast du mit ihr nur ein einziges Mal gesprochen?«

»Eigentlich zweimal«, sagte Němec. »Das zweite Mal aber nur per SMS. Gleich nach meiner Gerichtsverhandlung wegen der Urkundenfälschung habe ich Anna eine Nachricht geschickt. Ich teilte ihr mit, dass ich verurteilt wurde und Sozialarbeit für Flüchtlinge verrichten muss. Und sie hat mir auch geantwortet. Darüber habe ich mich sehr gefreut!«

»Na, siehst du«, sagte Bruni. »Was hat sie geschrieben?«

»Idiot!«

»Und was noch?«

»Nichts!«

Bruni stutzte. »Du bist doch wegen der Fälschung deines Abiturzeugnisses verklagt worden, oder?«

»Ja, das stimmt«, antwortete Němec. »Ein paar Wochen nachdem ich aus dem Koma erwacht war, hat jemand an meine alte Uni einen anonymen Brief geschickt, ich hätte mein Abiturzeugnis gefälscht.«

»Wer hat in Deutschland gewusst, dass du kein Abiturzeugnis hattest und trotzdem studiert hast?«

Němec überlegte. »Hmmm ...«, sagte er. »In Deutschland nur Anna!« Bruni runzelte die Stirn. »Das alles ist nicht mehr von Belang«, sagte Němec. »Ich habe einsehen müssen, dass Anna mich nicht haben will. Mein Traum hat sich aber erfüllt. Schon mit 15 habe ich mir in der Tschechoslowakei vorgestellt, wie schön es wäre, unter meinen Landsleuten zu leben. Jetzt bin ich echter Deutscher.«

Bruni wunderte sich. »Warum hast du nur ein Deutscher sein wollen, Němec? Sogar schon in der sozialistischen Tschechoslowakei? Das verstehe ich wirklich nicht.«

»Meine Mutter hat vor dem Zweiten Weltkrieg als Tschechin einige Monate bei einer deutschen Familie im Sudetenland gelebt, und das Mädchen aus der sudetendeutschen Familie verbrachte diese Zeit bei den Eltern meiner Mutter. Die Kinder wurden einfach ausgetauscht, damit sie die andere Sprache lernen. In der Vorkriegs-Tschechoslowakei haben das untereinander jeweils eine tschechische und eine deutsche Familie ›ausgehandelt‹. Deswegen sagte man im Tschechischen dazu, ›být na handlu‹, was auf Deutsch etwa ›auf Handel sein‹ bedeutet. Jetzt heißen solche Leute Austauschschüler. Heutzutage werden diese Sachen unter den Ländern ausgehandelt, damals unter den Familien. Je schneller uns die Verkehrsmittel aufgrund des technischen Fortschritts zusammenbringen können, umso mehr entfernen wir uns voneinander.

Als ich klein war, hat meine Mutter mir oft erzählt, wie schön es bei den Deutschen gewesen sei. Nur vor den deutschen Umlauten hat sie mich gewarnt: ›Die Deutschen werden schon als kleine Kinder unter Androhung von Strafe gezwungen, Umlaute zu lernen – diese Folter für die Zunge!‹ Ansonsten hat sie aber bei der sudetendeutschen Familie nur lustige Geschichten erlebt. Wahrscheinlich hat meine Mutter auch meinen Vater geheiratet, weil er damals glaubte, deutscher Abstammung zu sein.«

Bruni schüttelte den Kopf. »Als ich an der Uni war ...«

»Bruni an der Uni«, reimte Němec unwillkürlich, zum Glück lautlos.

»Als ich an der Uni war, wollte keiner meiner deutschen Kommilitonen Deutscher sein. Alle haben Amerikaner, Engländer und Franzosen um ihre Herkunft beneidet. Sogar ein Holländer zu sein, wäre einem Deutschen nach dem Zweiten Weltkrieg lieber gewesen als ein Deutscher.«

»Das hat mich damals bei meinen deutschen Studienkollegen auch gewundert«, sagte Němec. »Viele haben sich fürs Dritte Reich geschämt. Aber warum? Sie haben damals nicht gelebt. Ich habe schon in der sozialistischen Tschechoslowakei die neue weltpolitische Situation analysiert. Die Deutschen sind heutzutage nun mal die Guten in der Welt.«

Bruni hätte sich bei dieser Feststellung fast das Auge mit dem Löffel ausgestochen. Sie stellte die Tasse wieder auf den Tisch und fragte: »Wie kommst du denn auf diesen Quatsch?«

Němec lächelte weiter sein gewohntes Lächeln. »Kein Quatsch, Bruni. Die Deutschen haben im Zweiten Weltkrieg die halbe Welt in Schutt und Asche gelegt. Das schlechte Gewissen hinterlässt Spuren in ganzen Völkern. Deswegen sind die Deutschen in sich gegangen und haben nach dem Krieg ihre Herzen gepflegt. Wo ist denn die Friedensbewegung so stark gewesen? Der Umweltschutz? Wo sind die Grünen zuerst ins Parlament gekommen? Wo wurde die soziale Marktwirtschaft so breit propagiert? Nur noch in Schweden gibt es so viele gute Menschen wie in Deutschland. Die Schweden sind jetzt gut, weil sie im Dreißigjährigen Krieg halb Europa abgemurkst und vergewaltigt haben.«

Bruni schien diese völkerpsychologische Erklärung von Němec wieder für einen seiner Witze zu halten und kicherte dabei, doch Němec ließ sich dadurch nicht aus dem Konzept bringen und fuhr ernsthaft fort:

»Als ich nach Deutschland geflüchtet bin, konnte ich mich vor Helfern kaum retten. Jeder Deutsche wollte mir helfen. Wo ich nur hinkam. Eine Frau hat mir in München umsonst ihre Luxuswohnung zur Verfügung gestellt. Ich bin nur auf der Straße stehen geblieben, und schon kam jemand zu mir und rief: ›Hey! Tscheche! Brauchst du Hilfe?‹

Jeden Tag wurde ich von jemand anders zum Essen eingeladen. Ich musste gar nicht kochen. Wenn ich nur irgendwo zu Besuch war und sagte, ich bräuchte Möbel oder ein Fernsehgerät, wollte mir sofort ein Deutscher seine Möbel und seinen Fernseher schenken und behauptete, er wolle sich sowieso einen neuen kaufen. Während in der sozialistischen Tschechoslowakei der Kampf ums Dasein herrschte.«

Bruni lachte laut auf. »Jetzt übertreibst du aber!«

»Nein! Überall auf der Welt gilt Deutschland als die Bastion der freien Welt, in der gute Menschen leben. Deswegen flüchten ja so viele Menschen nach Deutschland. Die Massen an Flüchtlingen sind sozusagen Deutschlands Qualitätssiegel. Zumal eine Million Muslime aus der Türkei das deutsche Wirtschaftswunder mitgestaltet hat. Deutsche, die jetzt rufen, ›Muslime gehören nicht zu uns!‹, kommen mir wie ein Metzger vor, der eine Goldmedaille für die beste Wurst bekommt, dabei aber schreit: ›Nein! Ich tue nur verdorbenes Fleisch rein.‹ Die gute Stimmung in Europa haben nicht Flüchtlinge verdorben, sondern ›Patriotische Europäer‹.« Němec schenkte sich noch einen kräftige Schluck des dünnen Kaffees ein. »Ein Gutmensch …«

»Du solltest den guten Menschen nicht mit dem Gutmenschen verwechseln«, sagte Bruni. »Das Wort ›Gutmensch‹ verwenden bei uns jetzt viele als Beschimpfung.«

»Das ist in meiner alten Heimat auch so«, sagte Němec. »›Gutmensch‹ heißt auf Tschechisch *dobrak*. Einmal hat ein Mitschüler in der sozialistischen Tschechoslowakei meine drei Freunde und mich als ›beschissene Gutmenschen‹ beschimpft, weil wir seine Brotzeit einem kleinen Roma-Mädchen geschenkt hatten. Wir mussten ihn verhauen, so lästig wurde er. Dass er von vier Gutmenschen verprügelt wurde, hat ihn aber noch wütender gemacht. Ein Schlechtmensch schämt sich, wenn ein Gutmensch ihn verdrischt.«

Bruni seufzte. »Da bekommt man als Deutscher Angst vor so viel Verantwortung der Welt gegenüber.«

»Du musst keine Angst haben, Bruni«, sagte Němec. »Deutschland hat sich bereits normalisiert. Die schlimmen Sachen, die ich vor zwei Jahren über Fremde und Sinti und Roma und Muslime nur in Tschechien, Polen, der Slowakei oder Ungarn hören und lesen konnte, kannst du jetzt auch in Deutschland hören und lesen. Geh nur auf Facebook oder zu einer Pegida-Demonstration, und du bekommst das ganze Schlechte auch auf Deutsch serviert. Wie schon so oft macht die Menschheit sich selbst unglücklich. Nur unsere Geschichten und das Lachen kann uns niemand wegnehmen. Die gibt es immer noch für jeden umsonst, der leben und lachen will.«

Wellness-Musik tönte plötzlich durch Brunis Büro. Bruni nahm ihr Handy ab: »Müller!« Sie hörte zu und wurde blasser und blasser. »Ich komme gleich!« Sie legte auf. »Ich muss nach München. In die Klinik. Ein paar Jugendliche aus Schamberg haben einen unserer jungen Afghanen verprügelt. Dieses Arschloch Eichelbauer hetzt und hetzt. Dabei weiß er, was er tut. Das wird noch böse enden.« Sie packte ihre Handtasche und lief zur Tür.

»Ruf mich an, wenn du Hilfe brauchst!«, rief Němec ihr nach.

Eine Stunde später meldete Bruni sich am Telefon. »Alles in Ordnung. Man hat Faruk nur die Nase gebrochen. Er hatte sich mit vier betrunkenen Jungs aus dem Dorf geprügelt. Sie haben behauptet, Faruk habe angefangen. Zum Glück hat's Zeugen gegeben.«

»Bürgermeister Eichelbauer hat getwittert, dass vier Afghanen einen deutschen Jungen verprügelt haben«, sagte Němec. »Jetzt herrscht bei Twitter Empörung. Man hat den Tweet schon einige Hundert Male retweetet.«

Bruni schwieg kurz und sagte dann: »Zurzeit siegen Lügen! Wir dürfen aber nicht aufhören zu kämpfen.«

»Du bist meine Heldin«, sagte Němec. »Bis morgen!« Er packte gerade ein Paket aus, das er aus Tschechien bekommen hat. Das neue Hunde-Denkspielzeug. Seine beste Erfindung bis jetzt. Fiffi musste sich zu seinem Leckerli richtig durchknobeln. Ein großer Würfel mit vier Türen und einigen Hebeln. Nur wenn Fiffi mit der Pfote die richtige Hebelkombination tappte, ging ein Glastürchen auf, hinter dem sich ein Leckerli versteckte. Jetzt musste Němec nur noch einen geeigneten Hund finden, um das neue Intelligenzspielzeug zu testen.

Kapitel 8,
in dem die polnische Putzfrau Agata neue Möpse
haben will

Jeden Tag begann Němec schon traditionell mit Brunis Brühe, die Kaffee sein sollte. Doch heute wollte Němec Bruni überraschen. Um Viertel vor acht in der Früh sattelte er ihr Fahrrad und radelte nach Schamberg zum Bäcker Backbacher. Manchmal muss man dem Zufall etwas nachhelfen.

Er stellte das Fahrrad im Fahrradständer am Bioladen neben der Bäckerei ab. Plötzlich wurde es dunkel. Er sah zum Himmel, eine große Wolke schwamm unter der Sonne. Nach Regen sah es aber nicht aus.

Jemand klopfte ihm auf die Schulter. Der Vogelbeobachter Yaver mit seiner großen Tasche, in der er seine Kamera vor neidischen Blicken versteckte. In der Hand trug Yaver einen kleinen Käfig. Darin hockte verängstigt ein Spatz.

»Flügel brechen«, sagte Yaver und zeigte auf den Vogel. »Frau Holler machen gesund Spatz.« Er nickte zur Baumkrone einer Linde, die etwa zehn Meter weiter ein kleines Stück hinter der Bäckerei stand. »Guck! Rotkehlchen. Rotkehlchen selten.«

Tatsächlich, auf einem Zweig war ein kleiner rundlicher Vogel mit orangenroter Stirn, Kehle und Brust gelandet.

Die Tür der Bäckerei ging auf. Anna kam mit Laura an der Hand aus dem Laden. In diesem Augenblick leuchtete die Sonne wieder in ihrer ganzen Herrlichkeit auf, die Wolke war vorbeigezogen.

Was jetzt? Němec hatte Anna ansprechen wollen, sollte er sie hier treffen. Aber zuerst lieber nicht in Anwesenheit von Laura. Er wollte Annas Tochter keine Angst machen. Wie ihre Mama auf einen Mann reagieren würde, dem sie vor Kurzem in den Unterleib geboxt hatte, konnte Němec nicht wissen.

Zum Glück hatte sich Anna zunächst nach links gewandt. Bevor sie ihn rechts entdecken konnte, entdeckte sie das Rotkehlchen. Obwohl Němec sie bis jetzt nur dreimal gesehen hatte, wusste er, dass sie wie die alten Taoisten lebte und sich gern die Welt ansah.

Sie sagte etwas zu Laura. Mit vorsichtigen Schritten näherten sich die beiden dem niedrigen Lindenbaum. Das Rotkehlchen blieb auf seinem Zweig sitzen. Anna bückte sich zu Laura und flüsterte ihr ins Ohr, sicher schöne Märchen über das Rotkehlchen, leider konnte Němec kein Wort verstehen.

Die Kleine trug eine große Papiertüte mit Semmeln in der Hand, auf dem Rücken einen kleinen roten Rucksack. Anna hatte heute hübsche dunkelrote Lackschuhe an und ein leichtes rotes Sommerkleid mit weißen Punkten.

Er war bereit, hinter die Litfaßsäule neben ihm zu springen, sollten Anna und Laura sich zu ihm umdrehen. Zur Vorsicht stellte er sich schon einmal hinter Yaver, auch wenn er ihn um einen ganzen Kopf überragte.

Doch plötzlich bremste ein silberner Mercedes am Straßenrand. Das Dach war heruntergefahren. »Anna! Kommt schnell«, brüllte Bürgermeister Eichelbauer. »Ich muss zu einer Sitzung!« Das Rotkehlchen flog davon.

Laura drehte sich um und sagte, von Eichelbauer abgewandt: »Idiot!« So schnell konnte Němec nun auch wieder nicht hinter die Litfaßsäule springen. Aber Laura kannte ihn nicht. Und Anna sah nicht in seine Richtung. Sie zerrte Laura hinter sich her zu dem silbernen Mercedes. Beide stiegen ein.

*

»Du bist mein Lebensretter!«, sagte Bruni zum Němec, als er ihr in ihrem Büro auf einem Teller zwei Croissants reichte. Sie schob die Tastatur ihres Computers nach vorne und stellte den Teller davor. Nirgendwo auf dem Tisch sonst gab es einen freien Platz. Brunis Bürotisch ächzte unter Tonnen von Formularen.

Auch der Papierkram von Frank lag darauf: Amtsmitteilungen und Verordnungen in Sachen Flucht und Migration und Gemeinschaftsunterkünfte. Franks Zimmer war eine Werkstatt und Frank von Papieren sowieso überfordert. Bruni saß zwar im Heim für ihre Hilfsorganisation, kümmerte sich aber auch um Franks Büroarbeit. Er hielt das Heim mit seinem Werkeln am Laufen und half den Flüchtlingen bei vielen anderen praktischen Sachen, die eigentlich nicht in seine Zuständigkeit als Hausmeister fielen. Bruni war der Kopf und die Organisatorin im Heim, Frank ihre ausführende Hand, auch wenn jeder von ihnen von anderswo sein Gehalt bezog und sie im Grunde keine offizielle Verbindung zueinander hatten.

Angesichts des Papierbergs auf ihrem Bürotisch hielt Bruni ihre volle Kaffeetasse in der Hand und sah sich ratlos um. Die

Tasse war mit einem großen roten Herzen bemalt, weil Bruni ein großes Herz hatte. Kurz entschlossen stand Bruni auf, stellte den Kaffee auf den Teller mit den Croissants, nahm einen Stapel Papiere vom linken Tischrand und legte ihn auf den Boden. Sie setzte sich wieder. Doch statt den Kaffee auf den freien Platz zu stellen, stellte sie ihn auf den Papierstapel auf dem Tisch daneben, schwang graziös ihre nackten Beine hoch und legte ihre Füße in braunen Riemchensandalen auf dem frei gemachten Platz ab.

Němec war beeindruckt. Fasziniert sah er zu. Aber er starrte nicht ihre voluminösen, jedoch festen Beine an, sondern die große Kaffeetasse, die sich durch das Gewicht der Beine gefährlich zur Seite neigte und zu stürzen drohte. Waren die Formulare und Amtsmitteilungen in Sachen Flucht und Migration auf dem Stapel unter der Tasse standhaft genug, um eine Kaffeeattacke zu überleben? Würde das deutsche Asylrecht dem ersten dünnkräftigen Gewitter standhalten? Fällt die Tasse um oder fällt sie nicht um?, fragte Němec sich.

»Unser Lager in Niederbayern kam mir wie das biblische Babylon vor«, sagte er, als die Kaffeetasse in ihrer Schieflage auszuharren schien. »Wir hatten nur eine Küche, für alle Nationen gemeinsam. Dort haben alle miteinander geredet, doch niemand hat den anderen verstanden. Dann ist in unserem Lager ein Albaner aufgetaucht, Ermal. Er konnte gut Deutsch und hat mir deswegen stundenlange Vorträge gehalten. Ermal hat viel mehr geredet als ich, sogar noch mehr als meine Mutter!«

»Ist das überhaupt möglich?«, fragte Bruni. »Und wovon hat er geredet?«

»Das hat er nie gesagt!«, sagte Němec, was Bruni wieder belustigte. »Als Koch hat sich Ermal aber hervorgetan. Der bayerische Staat hatte eine Firma beauftragt, uns unsere Essenspakete zu liefern. Man wollte den alleinstehenden Männern im Lager wohl das Kochen beibringen: Öl, Mehl, Margarine, Zwiebeln. Was in den Essenspaketen verfaulen oder schimmeln konnte, war verfault und angeschimmelt. Nur die Zwiebeln hielten etwas länger.

Ermal hat daraus oft ›Zwiebelragout‹ gemacht, wie er's nannte: kiloweise in Ringe geschnittene Zwiebeln mit viel Öl in der Pfanne gebraten, stark mit Knoblauch und Peperoni versetzt, die ihm seine Familie aus dem Kosovo schickte.

Ermal zwang die anderen Flüchtlinge, sein köstliches Zwiebelragout zu essen. Einmal hat er sogar das große Zwiebelragoutfressen veranstaltet.«

Plötzlich erinnerte Němec sich, an wen die vollschlanke, hübsche Bruni ihn erinnerte: an Andréa in dem französischen Film *Das große Fressen*.

Beglückt fuhr er fort: »Drei etwa zwanzigjährige Mädchen aus Tschechien bekamen von dem Zwiebelragout solche Blähungen, dass es in der Nacht in unserem Gang donnerte wie bei einem Gewitter in den Alpen. Ich wollte bei den Mädchen am Abend Pfeffer holen, doch einer der Winde pfefferte mich aus ihrem Zimmer, und ich musste arg gegen weitere Winde ankämpfen, um wieder hineinzukommen.

Die jungen Tschechinnen waren unglücklich und jammerten die ganze Nacht und beteuerten, dass sie nur ausnahmsweise solche gewaltigen Gase entwickelten, dass hoffentlich kein deutscher Mann entdecken würde, was für ein Gewitter sie im Lager verursachten, und dass sie nie mehr ein Zwiebelragout essen und stattdessen lieber hungern würden.

Ich versuchte sie zu trösten, sie trompeteten mich aber ununterbrochen zu, niemand konnte meine Worte verstehen. Milena ließ am Tisch so einen fahren, dass die Tischdecke davon flatterte wie ein Schmetterling.

Lisa lief aufs Klo, berichtete aber danach, dass sie die Klobrille gar nicht berührt habe, so schwebte sie dank ihrem Düsenantrieb nach dem Zwiebelragout.

›Das ist doch kein Problem!‹, tröstete ich die Mädchen. ›In Indien gehört es zum guten Ton, nach dem Essen dem Gastgeber mit höflichen Entgasungen zu signalisieren, wie einem sein Essen gemundet habe.‹

Leider ist an diesem Tag kein deutscher Journalist ins Lager gekommen, sonst hätte es Schlagzeilen gegeben: ›Ausländer bringen frischen Wind nach Deutschland‹.«

Bruni kicherte und sagte wieder mal: »Ihr Tschechen seid ein Volk von Švejks.«

KLOPF, KLOPF, KLOPF. Die polnische Putzfrau Agata kam ins Büro. Sie sprach schlechter Deutsch als die Flüchtlinge im Lager. Den Deutschkurs von Bruni besuchte Agata nicht. In der Hand hielt sie einen Eimer voll mit schmutzigem Wasser. In der anderen einen Wischmopp. Hinter Agata schlüpfte der Syrer Nadim ins Büro und grüßte alle: »Krys Kot!«

»Sie müssen es ›Grüß Gott‹ aussprechen, Nadim!«, sagte Bruni. »Das setzt sich aus Grüßen und Gott zusammen. Mit Kot hat Gott nichts zu tun.«

»Was ist Kot, unsere Wohltäterin?«, fragte Nadim.

Němec wollte ihm das erklären, doch Bruni stoppte ihn. »Ich glaube, das müssen wir jetzt nicht weiter ausführen«, sagte sie und drehte sich wieder zu Nadim. »Jeder Gruß hat seine Bedeutung, sogar das ›Moin‹ in Hamburg bedeutet eigentlich, ›Morgen‹ oder besser gesagt: ›Guten Morgen!‹ Haben Sie verstanden, Herr Rahimi?«

»Jawohl, Gnädige!«, sagte Nadim. »Ich habe Sie vollkommen verstanden. Deutsche lieben es kurz.«

Bruni lächelte zufrieden. »Nadim ist mein bester Schüler, auch wenn er in Syrien noch kein Wort Deutsch konnte!«

Němec wunderte sich über Nadims ausgezeichnetes Deutsch. Lemlem hatte Deutsch in seiner alten Heimat gelernt, Nadim aber nicht. Bruni war wohl eine begabte Lehrerin. Nur Nadims Aussprache ließ noch zu wünschen übrig. Und seine blumige Wortwahl erinnerte Němec an alte Zeiten, in denen man sich nicht schämte, Worte wie »Herz« und »Liebe« auszusprechen.

Agata schubste Nadim zur Seite. »Wo ist Hausmeister?«, fragte sie. »Ich brauche neue Möpse!«

Nadim und Němec starrten ihre großen Brüste an und waren neugierig, wie sie den Austausch bewerkstelligen wollte. Und warum?

»Wie bitte?«, fragte Bruni. Agata zeigte auf ihren Wischmopp. Bruni lächelte. »Ach, so! Sie meinen Mopps, Wischmopps, oder? Möpse sind etwas ganz anderes, Agata, Möpse sind …« Němec und Nadim hörten den zwei Frauen interessiert zu und waren etwas enttäuscht, als Bruni, zuerst etwas durcheinander, doch dann mit dem ihr eigenen Charme, ihre Erklärung zu Ende führte: »… Möpse sind kleine Hunde.«

»Okay«, sagte Agata, »dann brauche ich Wischmopps! Aber nicht nur eine Wischmopps. Ich brauche zwei Wischmoppse, wenn eine Wischmopps ist kaputt.« Agata drehte sich wieder zur Tür. »Lass mich durch!«, sagte sie zu Nadim. »Ich muss Eimer schütteln.«

»Ausschütten, Agata!«, korrigierte Bruni.

»Zwei Möpse schön schütteln!«, sagte Nadim mit einem Grinsen, und Bruni bot ihm einen Kurs über den Umgang mit deutschen Frauen an.

»Ich bin Polin!«, sagte Agata.

Trotzdem schämte Nadim sich sofort und gelobte Besserung.

Bruni hat die Jungs fest im Griff, dachte Němec. Er musste auch aufpassen, damit ihm nichts Sexistisches herausschlüpfte. Konnte er das aber überhaupt – aufpassen, was er sagte?

»Man sagt oft etwas anderes, als man denkt«, mischte er sich ins Gespräch ein, um vorzubeugen. »Manchmal sind aber nicht wir schuld, sondern die Sprache selbst. Zwischen Tschechen und Polen gibt es viele sprachliche Missverständnisse.« Er drehte sich zu Agata. »Wie sagt man auf Polnisch ›wer sucht im Geschäft‹?«

»*Kto schuka we sklepje*«, sagte Agata.

»Sehen Sie«, sagte Němec. »Auf Tschechisch sagt man den Satz genauso, doch auf Tschechisch bedeutet er: ›Wer poppt im Keller?‹«

Bruni lachte laut auf. »Du Schlawiner, du!«

Agata sah die beiden etwas verdutzt an und marschierte aus dem Büro, um ihren Eimer »zu schütteln«.

»Hat die anmutige Postbotin heute ein süßes Schreiben gebracht, das mein ungeduldiges Herz erfreuen würde?«, fragte Nadim Bruni. Sie reichte ihm drei Briefe. Nadim griff danach und steckte sie dann enttäuscht in die Jackentasche: »Wieder nichts für mich!«, sagte er ungewohnt nüchtern.

Bruni tätschelte seinen Arm. Der Syrer wollte vor so viel Frau zurückweichen, stand jedoch an der Wand. So musste er die weibliche Nähe über sich ergehen lassen, was ihm sichtlich unangenehm war. In Syrien hatten ihn wohl fremde Frauen nicht getätschelt.

»Sich von einer Frau anfassen zu lassen gehört zur Integration, Herr Rahimi«, sagte Bruni, die seine Scheu bemerkt hatte.

»Wenn ich aber eine Dame auch nur flüchtig berühre, heißt es dann nicht, ich hätte sie unsittlich berührt, Gnädigste? Das haben Sie uns doch in Ihrem überaus lehrreichen Deutschunterricht erklärt.«

Němec wunderte sich, wie viele Bereiche der Deutschkurs von Bruni umfasste.

Da Bruni auf Nadims Einwand keine Antwort einfiel, musste Němec die sexuelle Aufklärung des Syrers übernehmen: »Wenn zwei Menschen keine Beziehung haben, ist dem so, Nadim. Eine Frau fasst an, ein Mann grapscht an. Dieser Unterschied ist biologisch begründet, denn ein Mann will von einer Frau aufgrund seiner Biologie immer angegrapscht werden. Eine Frau will nur dann angegrapscht werden, wenn sie den Mann mag. Und auch von ihm erst, wenn alles passt: wenn der Mann sich nicht zu blöd angestellt hat, wenn er seine Socken nicht auf dem Esstisch hat liegen lassen und wenn alle Rechnungen bezahlt sind. Wenn ein Mann dagegen eine nackte Frau sieht, ist ihm jede unbezahlte Rechnung herzlich wurscht.«

Bruni hatte bei dieser wissenschaftlichen Erklärung zuerst die Stirn gerunzelt, lächelte Němec aber dann doch dankbar an und versuchte Nadim zu trösten: »Irgendwann können Sie …«

Da Němec gern die Sätze der anderen vervollständigte, vervollständigte er diesen jetzt auch: »... mich angrapschen.« Zum Glück nur im Kopf.

Bruni wollte sowieso etwas anderes sagen, und das sagte sie auch: »Irgendwann können Sie sich auch über Ihren Flüchtlingsbescheid freuen, Herr Rahimi!« Sie drehte sich zu Němec um. »Herr Rahimi wartet schon sehr lange darauf, als Flüchtling anerkannt zu werden, die Brieftaube des Bundesamts für Migration und Flüchtlinge kann ihn aber nicht finden.«

»Das passiert hin und wieder auch in den heutigen ordentlichen Zeiten, dass ein Brief seinen Adressaten nicht findet«, sagte Němec. »1988 hat ein Libanese bereits seit fünf Jahren in unserem Asylbewerberlager in Niederbayern gehockt. Zuerst war er jahrelang durch alle Flüchtlingslager in Deutschland geirrt wie der Fliegende Holländer durch die Weltmeere, ohne einen einzigen Brief von den Behörden zu bekommen. Seinen Pass hatte er nach der Ankunft in Deutschland abgeben müssen. Erst nach Jahren hat sich herausgestellt, man hatte seinen Namen bei der Passabgabe so falsch notiert, dass ihn seine Duldung nie erreichte.

Vielleicht erreicht dich dein Asylbescheid auch erst nach Jahren«, versuchte Němec den Syrer zu beruhigen. »Bis dahin kannst du's dir hier gemütlich machen. Im Flüchtlingsheim hast du's gut, du liegst auf der faulen Haut und bekommst 380 Euro dafür. So ohne Ausweis musst du keine Entscheidungen treffen, alles erledigt der deutsche Staat für dich.

Deswegen beneiden dich jetzt viele Menschen und demonstrieren gegen euch Muslime. Sie möchten auch so ein feines Leben wie du haben. Um alles kümmert sich der Staat.: Trotzdem darfst du labern, was du willst, weil dir sowieso keine Sau zuhört. Freu dich einfach darüber, dass du dir den ganzen Stress mit dem Leben sparst. Ich bringe dir Schafkopf bei, dann bist du in Bayern voll integriert. Wir spielen hier Karten und haben unseren Spaß. Nicht mal mit Frauen bekommst du Probleme, weil dich sowieso keine haben will ...«

»Ich möchte aber von Liebe träumen«, sagte Nadim. Beim Sprechen malte er mit den Händen Bilder in die Luft. Němec hatte noch nie einen Menschen gesehen, der so prächtig gestikulierte. Nadim fummelte mit den Händen in der Luft wie ein Kung-fu-Kämpfer und redete weiter: »Stattdessen träume ich jede Nacht nicht ruhmreiche Träume, dass man mich in meine an Krieg und Terror leidende Heimat abschiebt und der IS mir das Haupt abschlägt. Ich möchte aber von der süßen saftigen Kirsche meiner ...« Plötzlich fiel Nadim in seiner Entzückung wohl ein, dass Bruni auch dabei war. Er begann etwas zu stottern und vervollständigte seinen Satz: »... von der süßen saftigen Kirsche meiner Mutter ... äääh ... von der Kirsche im Garten meiner ehrwürdigen Eltern träumen.«

»Nur von einer einzigen Kirsche?«, fragte Bruni stirnrunzelnd, und Nadim warf die Hände in die Luft. Diese Geste verstand Němec als: »So ist es, auch wenn ich mich darüber selbst wundere!«

»Das sind die sogenannten Emigrantenträume«, sagte Němec. »In unserem Sammellager in Niederbayern Ende der Achtziger haben wir uns jeden Tag beim Frühstück erzählt, was wir in der Nacht geträumt haben.

Mein Zimmernachbar wurde im Traum oft beim Pilzesammeln von als Bären verkleideten tschechoslowakischen Spionen in die Diktatur entführt. Ich wurde von der tschechoslowakischen Stasi öfter beim Sex erwischt. Also beim Sex im

Traum, denn es gab im Lager keinen anderen Sex. In der letzten Sekunde vor meinem Orgasmus hat ein Stasi-Mann mich von hinten an den Haaren gepackt, mich von meiner Geliebten heruntergezogen und mich in die sozialistische Tschechoslowakei entführt. Dort musste ich, statt Geschlechtsverkehr zu genießen, in einer Grube in Jáchymov Uran abbauen. Diese Nötigung fand ich besonders pervers. Solche Träume hat jeder Flüchtling.«

»Němec, du solltest mit deinen Sexgeschichten nicht die armen Syrer verderben, die von Liebe träumen«, sagte Bruni.

»Entschuldige, Bruni«, sagte Němec. »Die Tschechen halten Liebe und Sex für dasselbe.«

Nadim guckte Němec an und sagte: »Wir träumen in unseren Nächten von der Abschiebung! Die schwarzen Nächte ersticken mit ihren schweren Schwingen unsere Sehnsucht nach Liebe.«

Němec klopfte ihm auf die Schulter.

Bruni schüttelte den Kopf. »Sie sollten wirklich eher von Liebe träumen, Nadim, das ist schöner!« Sie wandte sich an Němec. »Ich bringe unseren Bewohnern bei, wie sie in Deutschland gebildete Frauen als Partnerinnen gewinnen ...«

Obwohl Němec skeptisch war, ob man eine gebildete Lebenspartnerin fand, wenn man sich in einem Sammellager befand, also am Ende der Nahrungskette, nickte er wohlwollend und sagte seinen Schlusssatz: »Ein Mensch ohne einen Ausweis und ohne Zugehörigkeit führt ein unkompliziertes Leben, nämlich keins.«

Bruni überhörte ihn und lächelte Nadim an. »Nadim lernt hundert deutsche Vokabeln am Tag. Ich habe ihm eine Kiste mit Liebesromanen geschenkt. Nadim übersetzt sie mithilfe des Wörterbuchs ins Arabische und schreibt jedes Wort auf, das er nicht kennt. Wenn er hundert neue Vokabeln hat, lernt er sie gleich auswendig. Mit diesem Wortschatz übersetzt er dann den arabischen Text ins Deutsche und vergleicht ihn mit dem Original. So lernt er unsere Sprache. Eine gute Methode, oder?«

Němec nickte, weil er mit der gleichen Methode Deutsch gelernt hatte. Nur hatte er damals nicht Liebes-, sondern Horrorgroschenhefte ins Deutsche übersetzt, die er von einer Theologielehrerin bekommen hatte, als er im Flüchtlingslager war. Er musste sich mit Nadim anfreunden, dachte er jetzt, um zu sehen, welche Blüten Liebe und Horror zusammen trieben.

Damit wollte Bruni ihm gleich behilflich sein: »Němec, kannst du mit Nadim für die Einstandsparty zu deinen Ehren am Abend ein paar Sachen im Lebensmittelladen einkaufen? Saft und etwas zum Knabbern?« Sie reichte Němec einen Hundert-Euro-Schein.

Brunis Lehrmethoden schwirrten Němec noch durch den Kopf. Wie hat sie die Flüchtlinge dazu gebracht, so schnell und so gut Deutsch zu lernen?, fragte er sich. Verteilt sie an die Flüchtlinge Gutscheine? Hat sie für die Leute den besten Kuchen der Welt gebacken? Eine fette, sahnige Schwarzwälder Kirsch-Integrationstorte mit viel Alkohol, um Muslime an bayerische Sitten zu gewöhnen?

Das Leben ist voller Geheimnisse, dachte Němec, trottete mit Nadim aus dem Büro und nahm sich vor, möglichst bald den Deutschkurs von Bruni zu besuchen.

»Ich muss eine duftende Zigarette zu mir nehmen, geschätzter Freund«, sagte Nadim. Sie gingen aus dem Heim und hockten sich auf die Bank an der Hauswand. Nadim drehte sich eine.

Němec fiel Bürgermeister Eichelbauer ein. Er twitterte oft Links zum »Kanal der besorgten Bürger« bei YouTube. Němec klickte den Link in einem neuen Tweet an.

Eichelbauer gab ein Interview. »Wir alle wollen Menschen helfen«, sagte er. »Nur müssen wir uns um die Sicherheit unserer Bürger zuerst kümmern. Die Flüchtlinge bedrängen unsere Frauen. Auch meine Freundin Anna wird am Skatepark unserer Gemeinde häufig von Schwarzafrikanern böse angemacht. Wir dürfen doch nicht erlauben, dass unsere Frauen belästigt werden.«

»Bei uns in Syrien werden Frauen trotz ihrer unbeschreiblichen Anmut und ihres ihnen angeborenen Drangs nach Freiheit gnadenlos unterdrückt«, sagte Nadim. »Unsere Systeme sind patriarchalisch, sie hindern die Wunderschönen am Fliegen, ihre anmutigen Flügel von der Sonne wärmen zu lassen. Doch auch in meinem wunderbaren Märchenland Syrien schlagen die Herzen der Menschen für das Neue, für Frieden und Freiheit. Die meisten arabischen Männer verehren Frauen, auch wenn sie diese so schön singenden Vögel im Kopftuch laufen lassen. Ich habe noch nie eine Frau ungebührlich behandelt. Jede Frau ist eine zart duftende Blume aus dem Paradies.«

»Wir Männer haben nicht nur unsere Natur, sondern auch unsere Kultur«, sagte Němec. »Unsere Natur versuchen wir mit unserer Kultur ständig in den Griff zu bekommen. Das ist aber auch ein großes Dilemma, weil uns unsere Natur großen Spaß macht. Zum Glück sind die meisten Frauen stärker als wir und können uns zähmen. Mit 17 war ich mit ein paar Freunden auf einem Jahrmarkt bei Ostrava. Dort habe ich den

Jazzigen Jirka kennengelernt. Er war schon 24. Vor einem kleinen Zirkuszelt hat er sich zum Kampf mit dem Bären angemeldet. Jedes Stück seiner Haut war mit Meerjungfrauen und anderen ansprechenden Bildern tätowiert.

›Das ist Jazzi!‹, sagte ein Freund. ›Der Typ war schon zweimal im Knast.‹

Der Zirkusmann hat Jazzi zu sich auf den Traktoranhänger gerufen und ihn ausgefragt, ob er für einen Kampf mit dem Bären geeignet sei. ›Treiben Sie Sport?‹, fragte er.

›Ja!‹, sagte Jazzy. ›Ich trinke Bier!‹ Damit hat er sich für den Kampf mit dem Bären voll qualifiziert.

Leider wurde der Kampf ein Desaster: Der Zirkusmann führte einen Bären in die Manege und rief nach Jazzi. Der kam aus dem Publikum angelaufen, kickte den Bären in den Schritt und rannte hinaus. Der Bär zerlegte das Zelt, und Jazzi wurde disqualifiziert.

Nach der Jahrmarktstanzparty nahm ich Jazzi mit nach Hause. Gut angetrunken schlüpften wir leise in mein Zimmer im Obergeschoss, damit uns meine Mutter nicht entdeckte. Ich legte mich in mein Bett, Jazzi schlief auf der Couch an der anderen Wand.

In der Nacht weckte mich Radau. Ich machte das Licht an. Jazzi stand an meinem Schreibtisch, mit dem er zusammengestoßen war, unten ohne. Oben trug er ein Tanktop. ›Ich muss pieseln!‹, sagte er.

›Das Klo ist im Erdgeschoss‹, sagte ich. ›Hast du keine Boxershorts?‹

›Ich laufe immer scharf!‹, sagte Jazzi.

›Und wenn dich unten meine Mutter erwischt?‹, sagte ich.

›Sie ist unberechenbar!‹

›Ich habe kein Problem damit, wenn deine Mutter mich nackt sieht.‹ Er lief die Treppe runter.

Schon war ich fast wieder eingeschlafen, da ließ mich ein wahnsinniges Gelächter im Bett hochschrecken. Ich kannte es nur allzu gut: Meine Mutter hatte einen Lachanfall bekommen. Und schon hörte ich, wie Jazzi die Holztreppe heraufgelaufen kam.

Außer Atem rauschte er zu mir ins Zimmer. ›Die hat mich ausgelacht!‹, brüllte er und schlüpfte in seine Hose. ›Das gibt's doch nicht! Die lacht mich einfach aus! Das ist mir noch nie passiert, dass mich eine Frau auslachte, wenn sie mich nackt gesehen hat.‹

›Ich hab dir gesagt, meine Mutter ist unberechenbar‹, sagte ich.

Beim Frühstück verhielt Jazzi sich wie ein Lämmchen. Fast hätte er meiner Mutter die Hand geküsst.«

Von den Fahrrädern rief Rashin Nadim etwas auf Arabisch zu.

»Ich muss Rashin mit seinem böse verletzten Stahlross helfen«, sagte Nadim zu Němec. »Die Gänge funktionieren nicht richtig.«

So hatte Němec jetzt endlich genug Zeit, um an einer traurigen Geschichte ihre lustige Seite zu finden: dass Anna wohl mit Bürgermeister Eichelbauer zusammen war. Er musste ihr einen zweiten Liebesbrief schreiben, den er nicht abschicken würde.

Er fing an, in seine Notiz-App zu tippen: »Liebes Rotkehlchen …« Ups! Was war das für ein Quatsch? Warum flatterte das hübsche Rotkehlchen ständig in seinem Kopf herum?

Liebe Anna,

Du bist meine Neugier. In mir perlte das Glück, als Du das Rot-
kehlchen bewundert hast, das Dich herbeigerufen hatte. Schon
bei den Kelten und den alten Germanen galt das Rotkehlchen als
Überbringer der Sonne. So auch heute: Eine Wolke hat die Sonne
verdunkelt, das Rotkehlchen landete an der Linde, Du kamst mit
Laura aus der Bäckerei, und die Welt badete wieder im Licht.
Weißt Du, dass das Rotkehlchen sehr gern badet? Wenn's kein
Wasser hat, emst es sich ein – es liest mit dem Schnabel Ameisen
auf und zieht sie durch sein Gefieder. Das Schönste aber: Das
Rotkehlchen lebt monogam. Konkurrenten vertreibt das Männ-
chen durch Gesang – es singt so lange, bis der Eindringling zu
singen aufhört und das Gebiet des glücklichen Paares verlässt.
Ich kann auch singen.
Liebe Grüße,
Dein Němec

Trotz mächtiger Bürgermeister-Konkurrenz konnte er weiter
lachen: Er sang sicher bessere Geschichten als Eichelbauer.

Kapitel 9,
in dem Steine fliegen, in schlechtes Deutsch verpackt

Nadim wollte die Briefe für seine Freunde auf sein Zimmer bringen. Němec ging mit. Unterwegs bekam Nadim per WhatsApp eine Nachricht. »Amir schreibt!«, sagte er lächelnd.

»Dein Sohn?«

»Mein Adoptivsohn!«, sagte Nadim stolz. »Einen echten Sohn, der mein liebendes Herz erfreuen würde, habe ich nicht, mein überaus freundlicher Freund. Amir habe ich nach meiner Flucht aus Syrien im Irak getroffen. Damals war der stramme Amir 13 Jahre alt, ein junger Adler. Eine Woche zuvor auf seinen eigenen Schwingen aus Syrien geflohen. Ein Iraker hat ihn seines Smartphones beraubt. Weil Amir kein Geld mehr sein Eigen nannte, hat der von Gier geleitete Mann ihn geschlagen, der böse Mensch. Amir und ich sind auf der Balkanroute dann zusammen nach Deutschland gepilgert, ins gelobte Land.«

»Mit 13 bin ich noch überall mit meiner Mutter hingegangen«, sagte Němec. »Gut, dass du dich um den Jungen gekümmert hast.«

»Das hat dem kleinen Prinzen auch nicht viel gebracht«, sagte Nadim. »Am Tag darauf hat uns arme Pilger die irakische Polizei aufgegriffen. Zwei Wochen lang mussten wir unter Schweiß und Tränen Steine auf einen verwunschenen Hügel tragen, auf dem der Polizeifürst sich ein Schloss bauen wollte. Zwei Wochen voller Leid und Entbehrung.«

»So wie die ganze Zeit auf der Balkanroute«, sagte Němec.

Nadim nickte. »Hier ist unser Zimmer.« Die anderen Syrer waren unterwegs.

Němec und Nadim setzten sich an einen wackligen Plastiktisch zwischen sieben Betten aus Stahlrohr. In einer Ecke stand ein altes Fernsehgerät, an der Wand einige Blechspinde.

»Wenn du als junger Soldat zum sozialistischen Militär eingezogen wurdest, gab's dort auch solche Blechspinde«, sagte Němec. »Die älteren Soldaten haben dich in einen solchen Spind eingeschlossen, dir durch den Lüftungsschlitz kleine Münzen reingeworfen, und du musstest die Musicbox spielen. Bei den Saufgelagen der älteren Soldaten habe ich oft die ganze Nacht gesungen.«

»Hast du das schöne Geld dann behalten dürfen, mein Wohltäter?«, fragte Nadim sichtlich interessiert.

»Ach wo!«, sagte Němec. »In der Früh wurde die Musicbox geleert.«

Nadim stand auf und ging zur Fensterbank. Der Wasserkocher zischte inzwischen und blubberte. Er goss das kochende Wasser in zwei Gläser, die fast bis zu einem Drittel mit Kaffeepulver gefüllt waren.

»Solchen Kaffee nennt man in Tschechien Totschläger«, sagte Němec.

Nadim lächelte und rezitierte:

»Der Kaffee muss so heiß sein
wie die Küsse eines Mädchens am ersten Tag,

so süß wie die Nächte in ihren Armen
und schwarz wie die Flüche der Mutter, wenn sie es erfährt.«

»Schön!«, sagte Němec. »Das hast du selbst gedichtet?«

»Nein, mein holder Freund!«, sagte Nadim. »Das ist eine süße arabische Weise. Aber kannst du mir etwas erklären, Hochgeschätzter? In Deutschland gibt es so viele hübsche Frauen, die allein ihre Blüten der Sonne entgegenstrecken. Will kein Mann diese entzückenden Frauen voller Poesie haben?«

»Ob man allein leben will, sollte man selbst entscheiden«, sagte Němec. »Bei uns im Städtchen hat der Kaninchenschlächter Kozak seine drei Töchter unter die Haube bringen wollen. ›Lasst uns, Vater‹, jammerten die Mädchen. ›Wir wollen allein sein!‹ ›Was ist schon eine Frau ohne Mann!‹, brüllte Kozak, der ständig besoffen war. ›Eine Frau ohne Mann ist unglücklich!‹ Dann verprügelte er alle drei mit seinem Ledergürtel, um ihnen zu zeigen, wozu sie einen Mann brauchten.

Marie ist vor ihm nach Prag davongelaufen und hat sich von Prostitution ernährt.

Anděla, die Zweite, hat einen Alkoholiker aus Ostrava geheiratet. Der war brav und gütig wie ein Engel, wenn er nichts getrunken hatte. Er kaufte ihr alles, was sie nur haben wollte: neue Möbel, einen neuen Fernseher, neue Kleider. Der Schnaps hat ihn aber manchmal innerhalb einer Stunde in eine Furie verwandelt: Zuerst hat er Anděla verprügelt, dann das Fernsehgerät aus dem neunten Stock des Plattenbaus geschmissen, die neuen Möbel zerhackt und die Kleider von Anděla in die Kloschüssel gestopft und darauf verschiedene unanständige Sachen gemacht. Als er einmal wieder ein neues Fernsehgerät vom Balkon werfen wollte, hat sich das Fernsehkabel um sein Handgelenk geschlängelt und verknotet und ihn die neun Stockwerke mit runtergezogen. Das Programm überlebte er nicht.

Der Jüngsten, Anna, hat das Schicksal ihrer Schwester zu denken gegeben: Als ihr Vater wieder einmal betrunken war, schnitt sie ihm die Kehle durch. Dafür bekam sie nur zwei Jahre wegen Notwehr. Jetzt führt sie einen Puff bei Ostrava und ist glücklich.«

Nadim hörte Němec zu und runzelte immer mehr die Stirn.

»Ich hab's dir erzählt, damit du weißt, dass es viele gute Gründe gibt, allein zu bleiben«, sagte Němec. »Wenn ich aber manchmal am Abend aus dem See tauche und sehe, wie Paare in meinem Alter am See entlang spazieren, sich an den Händen halten und zusammen lachen, weiß ich, dass jeder Vorteil des Alleinseins für die Katz ist.«

»*Assalam Alaikum!*« Langsam schlenderten auch die anderen Syrer ins Zimmer. Sie holten ihre Bücher und Hefte heraus und büffelten Deutsch. Womit motivierte denn Bruni ihre Schüler, so fleißig zu lernen?, fragte Němec sich wieder. Er musste unbedingt bald einen Sprachkurs von Bruni besuchen und das Geheimnis lüften.

Die drei Briefempfänger tauchten zuletzt und zusammen auf. Ihre Hände zitterten vor Spannung, als sie die Briefe aufmachten. Allen dreien wurde subsidiärer Schutz gewährt.

»Noch vor ein paar Monaten wurden alle Syrer als Flüchtlinge anerkannt, mein überaus freundlicher Gönner«, klärte Nadim Němec auf. »Damit hast du hier für drei Jahre eine Aufenthaltserlaubnis bekommen und konntest den Nachzug deiner Familie beantragen. Jetzt gewährt man uns höchstens den subsidiären Schutz. Diese Aufenthaltserlaubnis gilt nur ein Jahr, und du kannst keinen Nachzug der Familie beantragen. Alles ändert sich, nur in Syrien nicht: Der Krieg herrscht dort nach wie vor.«

Leider freuten Djamal, Rashin und Nuri sich nicht besonders darüber, dass sie vorläufig in Deutschland bleiben durften. Jeder von ihnen zog bei der Lektüre des Bescheids ein trauriges Gesicht:

»Alle Namen voll falsch«, sagte Djamal. »Polizei nehmen an Grenze weg unser Surija Pass. In neue Papier unsere Name falsch.« Dann murmelte er etwas auf Arabisch.

Nadim lachte. »Ein mir sehr angenehmer Freund wollte in unsere mit unseren Tränen getränkte alte Heimat zurückkehren, man fand aber seinen alten Pass nicht mehr, weil er unter einem anderen Namen abgelegt wurde.«

»Das Bundesamt für Migration und Flüchtlinge ist ein Saftladen«, sagte Fritz, ein ehrenamtlicher Helfer, der mit einem weiteren Syrer, seinem Schützling, ins Zimmer gekommen war, während Nadim gesprochen hatte. Fritz war Němec an seinem ersten Tag in *Haus Hoffnung* vorgestellt worden: ein Lehrer in Rente mit Bart und Glatze, der mit den Flüchtlingen ihre Behördengänge machte. Sonst würden sie sich im Bürokratie-Dschungel noch eher verlieren als in einem Schlauchboot auf dem Mittelmeer. Immer trug Fritz eine dicke schwarze Ledertasche mit Formularen und Schreibzeug unter dem Arm, den Waffen, mit denen man sich durch diesen Dschungel schlagen musste.

Fritz schüttelte angewidert den Kopf. »Seine Anerkennung bekommt ein Flüchtling nur auf Deutsch, und das auf sechs Seiten. Obwohl er meist nicht Deutsch kann und das

Amtsdeutsch schon überhaupt nicht. Damit muss er zur Ausländerbehörde im Landratsamt gehen und dort 22 Seiten Formulare ausfüllen. Die gibt's auf Deutsch und auf Arabisch, nicht aber in Farsi für die Iraner. ›Das kann man doch alles am Computer ausfüllen, damit die Namen und alles andere nicht ständig neu und falsch abgetippt werden‹, habe ich heute der Beamtin im Landratsamt gesagt, als ich mit Hamit dort war.

›An uns ist die digitale Revolution vorbeigegangen‹, hat mir die Beamtin geantwortet.

In den Formularen stehen dann Fragen wie: ›Waren Sie Mitglied des IS?‹ Oder: ›Waren Sie Mitglied von Al Qaida?‹ Glauben die Bürohengste, dass Terroristen sich in den Formularen als Terroristen outen, oder was? Diesen ganzen Schmarrn kann man sich doch sparen. Dann wären die Formulare kürzer, und die Verfahren würden nicht so lang dauern. Die falsch geschriebenen Namen sind aber das Ärgerlichste.«

»Ja, krass, Alta!«, rief Rashin. »Ich heiß Al Qadir! Ich heiß nicht Al Qaida! Voll daneben! Ich bin ein Rapper und kein Terrorist!«

»Das sollte euch doch freuen, dass eure Namen in euren neuen Ausweisen falsch geschrieben sind und man dadurch eure alten Pässe nicht mehr findet!«, sagte Němec. »Ohne einen Pass kann man euch auch nicht abschieben.

Ich habe in der Zeitung gelesen, der Bundesstaatsanwalt habe vom BAMF die Pässe aller Flüchtlinge gewollt, das BAMF habe das aber aus Datenschutzgründen abgelehnt. Ich glaube, das BAMF hat's in Wirklichkeit abgelehnt, weil man die Pässe den einzelnen Flüchtlingen sowieso nicht mehr zuordnen kann. Wenn man mit den neuen Ausweisen mit den falschen Namen nach den alten Pässen sucht, findet man nichts. Und das in Deutschland, im Land der Ordnung! Die Welt geht unter.«

»Das BAMF ist ein Saftladen«, wiederholte Fritz. »Macht's gut, wir sehen uns am Abend bei der Party! Und morgen bringe ich euch mit meinen Kollegen schöne Möbel aus Holz. Damit ihr es hier hübscher habt. Wir haben einen Sponsor gefunden.« Er zeigte auf die zerkratzten und zerbeulten Blechspinde und die kargen Bettgestelle und trottete aus dem Zimmer.

BUMM! Das Fensterglas war zersplittert. Im Zimmer landete ein schwerer, in Papier gewickelter Stein.

Alle Syrer hatten sich zu Boden geworfen, nur Němec sprang vom Stuhl auf und stand im Zimmer wie ein Fels in der Brandung.

»Auf den Boden, teurer Freund!«, brüllte Nadim blumig. »Sonst ereilt dich der Tod!«

»Ihr seid nicht mehr im Krieg, Jungs«, sagte Němec. »Ihr seid in einem zivilisierten Land.« Nach kurzem Nachdenken fügte er hinzu: »Ihr habt aber recht. In einem zivilisierten Land sollte man keine Steine in Zimmer werfen, in denen Menschen leben.« Er hob den in Papier verpackten Stein auf und wickelte das Papier ab. Nur zwei Sätze standen darauf:

»*Muzlime raus! Deutschland fir Deutschen!*«

»Wie schreibt man ›Muslime‹, Nadim?«, fragte Němec.

»Muslime«, schrieb Nadim auf ein Stück Papier.

»Du bist deutscher als der Täter!«, sagte Němec. »Denn wenn wir wissenschaftlich annehmen, dass eine Volkszugehörigkeit nicht genetisch vererbt werden kann, bleibt uns ein einziges objektives und sofort überprüfbares Kriterium dafür: die Sprache!« Er zuckte mit der Schulter. »Der Deutschnationale ist des Deutschen nicht mächtig«, fügte er hinzu und warf das Blatt angeekelt in den Abfalleimer.

Er hatte schon den Aushang des Bürgermeisters gelesen und den Bürgermeister bei seiner Hetze gegen das Flüchtlingsheim erlebt. Jetzt nahm er sich vor, die Bürgerversammlung zu besuchen, zu der der Bürgermeister die Gemeindebewohner in seinem Aushang eingeladen hatte.

»Komm«, sagte Němec zu Nadim, »wir gehen einkaufen.« Er wollte wieder mal etwas Lustiges erleben – so wie's seine Natur verlangte.

»Kennst du im Ort einen Hund?«, fragte Němec Nadim unterwegs zum Ausgang. »Ich muss mein neues Hunde-Intelligenzspielzeug testen.«

Nadim blieb empört stehen. »Ein stolzer Araber schließt keine Freundschaften mit triebgesteuerten, kläffenden Wesen! Hunde sind unreine Tiere.«

»Oh, das habe ich vergessen«, sagte Němec. »Während meines Studiums war ich in Tunesien und habe dort Hunde tatsächlich nur frei und wild rumlaufen sehen. Vor allem um Müllhaufen herum. Gibt's bei euch wirklich keine Haushunde?«

»Die Hunde in den arabischen Ländern und hier unterscheiden sich wie Tag und Nacht, unser Wohltäter«, sagte Nadim. »In einem arabischen Land beißt dich der Hund und läuft in die Wüste. Hier beißt dich der Hund und läuft zu seinem Herrn. Ein Araber braucht keinen Haushund zum Freund, ein Araber ist mit Menschen befreundet.«

Entweder musste Němec allein nach einem Testhund für sein neues Hunde-Intelligenzspielzeug suchen, oder er fragte Lemlem.

Němec' Smartphone begann wie ein vom Frühling berauschter Vogel zu zwitschern. Němec guckte nach.

»Briefe der Liebe, holder Herr?«, fragte Nadim.

»Leider nicht«, sagte Němec. »Habe bei eBay gleich acht Bestellungen für mein Hunde-Denkspielzeug bekommen. Zurzeit geht Hunde-Denkspielzeug weg wie warme Semmeln. Vielleicht sollte ich ein Start-up gründen, in der Firma alle Bewohner aus dem Flüchtlingsheim beschäftigen und mit dem Startkapital *Haus Hoffnung* als Firmensitz kaufen. Damit uns Bürgermeister Eichelbauer nicht vertreiben kann.«

»Da kommen auf uns unerfreulich düstere Zeiten zu«, sagte Nadim. »Mir sind der von der Bürde seines bösen Herzens gezeichnete Bürgermeister Eichelbauer und seine besorgten Bürger lieber als Hunde.«

Kapitel 10,
in dem Němec seiner Traumfrau in einem ungünstigen
Augenblick wiederbegegnet

»Fahren wir mit dem fabelhaften Stahlross, geschätzter Freund?«, fragte Nadim vor dem Heim. Er zeigte an die Seite, an der etwa 30 Fahrräder in Fahrradständern standen. Die meisten neu.

»Habt ihr die Fahrräder vom bayerischen Staat bekommen?«

»Nein, Verehrter! Auch dafür haben unsere uns sehr wohl gesinnten Helfer wohlhabende Sponsoren gefunden. Um jeden Flüchtling kümmert sich ein edler Helfer. Manche Helfer versorgen lieblicherweise zwei bis drei von uns. Nur du bist der Helfer von uns allen.«

Němec lachte. »Das freut mich! Hier in der linken Reihe sind alle Fahrräder abgeschlossen, in der rechten gibt's kein einziges Fahrradschloss.«

»Die Stahlrosse rechts gehören den Menschen aus Eritrea«, sagte Nadim. »Ihre wollüstige Natur erlaubt ihnen nicht, ihren Besitz zu pflegen. Ein Syrer kümmert sich um sein Stahlross, denn ein Mann ohne Stahlross ist wie …«

»… eine Frau ohne Fahrrad!«, vervollständigte Němec Nadims Satz. »Es gibt viele unterschiedliche Wahrheiten, wenn man andere beurteilt, Nadim! Bürgermeister Eichelbauer sagt, die Araber sind Terroristen. Du findest, die Menschen aus Eritrea sind wollüstig, die Menschen aus Eritrea verachten die aus Äthiopien, und die Menschen aus Äthiopien halten die aus Eritrea für Sklaven und die aus Kenia für Affen. Und, und, und. Dabei sitzen wir alle in einem Boot und gehen mit ihm auch unter, wenn wir nicht zusammen auskommen.

Vielleicht schließen die Jungs aus Eritrea ihre Fahrräder nicht ab, weil bei ihnen zu Hause nie Fahrräder geklaut wurden. Obwohl ich's besser finde, wenn jeder sein Fahrrad abschließt. Einmal habe ich in Haidhausen vor der Apotheke mein Fahrrad nicht abgeschlossen, ich wollte nur Aspirin kaufen. Dann musste ich noch in eine Bäckerei um die Ecke. Mit dem Brot hockte ich mich auf mein Fahrrad und radelte los.

Da lief eine Frau hinter mir her und rief: ›Haltet den Dieb! Er hat mein Fahrrad gestohlen!‹

Ich wollte absteigen und sagen, dass es mein Fahrrad war, da hat mich aber ein Mann mit seinem Aktenkoffer vom Fahrrad runtergefegt. Es hat sich tatsächlich herausgestellt, dass ich aus Versehen ihr Fahrrad genommen habe.

Nur wollte mir keiner glauben, dass es aus Versehen war, weil mein Fahrrad um die Ecke an der Apotheke stand. Niemand wollte hin, um sich zu überzeugen. Die Polizei hat man zum Glück nicht gerufen. Und zum Glück wusste ich auch, dass ich kein Dieb war. Leider hat mein Fahrrad auch an der Apotheke nicht gestanden, weil's inzwischen jemand gestohlen hatte.«

»Mir würde es nicht gefallen, wenn man mich für einen verachtenswerten Dieb hielte«, sagte Nadim. »Auch wenn ich wüsste, ich bin kein Dieb, sondern ein Menschenfreund!«

»Man muss lernen, sich bei solchen Sachen nicht zu schämen«, sagte Němec. »Ich müsste mich sonst die ganze Zeit schämen. Mir passieren doch ständig absurde Sachen. Über die muss man sich freuen – sie sind ja lustig.«

Während Němec redete, hatte Nadim eins der nicht abgeschlossenen Fahrräder aus dem Fahrradständer geholt.

»Siehst du?«, sagte Němec. »Auch du schließet dein Fahrrad nicht ab.«

Nadim sah ihn verdutzt an. »Das ist nicht mein Stahlross, geschätzter Freund. Ich werde doch nicht meines mit dem Staub der Straße beschmutzen, wenn ich ein anderes nehmen kann. Das ist das liebliche Stahlross eines armen Flüchtlings aus Eritrea.«

»Was sagen die Jungs aus Eritrea dazu?«

»Ihnen ist das einerlei«, sagte Nadim. »Nimm ein Stahlross von ihnen, lieber Freund!«

Němec seufzte. »Wir gehen zu Fuß!«

*

Vor dem Zeitschriften- und Tabakladen blieb Nadim stehen. »Kannst du für mich etwas mich beglückenden Tabak holen, großer Bruder?« Er reichte Němec einen Zehn-Euro-Schein. »Ich mag den feinen Herrn im Kiosk nicht. Als ich zuletzt mit meinem geliebten Freund Hamit in sein ansonsten wundervolles Geschäft kam, hat er uns begrüßt: ›Kriß Kot, Salafisten!‹ Dabei bin ich nicht einmal Muslim. Ich bin ein syrischer Christ, vom echten Glauben nie abgerückt. Der Besitzer schimpft gleich einem Pferdehändler, wenn wir Flüchtlinge in das wunderschöne Tabakparadies kommen, das leider einem solchen unzivilisierten Herrn gehört.«

Das Schimpfen weckte Němec' Neugier. Er lernte gern neue Ausdrücke. Er schlüpfte in den Laden. Hinter der Theke hockte auf einem Barhocker ein grauhaariger und grauhäutiger Mann. Schon zu viele Zigaretten in seinen Sarg genagelt, dachte Němec und sagte: »Servus Dorschdn!« Dorschdn hatte den Bürgermeister an Krücken begleitet, als Němec bei seiner Ankunft hier aus dem Bus gestiegen war. Jetzt erinnerte sich Němec auch wieder an ihn.

»Ja, servus, Němec!«, sagte Dorschdn. »Was machst du denn hier?«

»Kaufe Tabak«, sagte Němec, weil er auf konkrete Fragen gern konkret antwortete. Dorschdn und er kannten sich aus dem Krankenhaus.

*

Nachdem Němec nach 13 Jahren aus dem Koma aufgewacht war, hatte er ein paar Wochen lang im Krankenhaus zur Beobachtung bleiben müssen, bevor er in die Reha-Klinik eingewiesen wurde.

Sofort nach dem Aufwachen hatte Němec angefangen, seine Glieder zu trainieren. Nach 13 Jahren Schlaf musste er wieder wie ein Baby laufen lernen. Schon ein paar Tage später konnte er aber durch die Klinik und in den Klinikhof humpeln und fing an, nach Geschichten zu suchen. Němec war ein Geschichtensammler.

Im Klinikhof ging er gern zum Raucherplatz unter dem Altan, wie die Raucher den Ort nannten, obwohl der Altan mit seinen Rokoko-Verzierungen am Dach und mit den Putten aus Gips drum herum eher wie ein Lustschloss aussah.

»Gehen Sie wieder ›rauchen‹, Herr Doktor?«, hatte ihn damals oft Schwester Danka gefragt, eine aufgehellte Blonde mit einem Schwesternkittel, der so kurz war, dass er Danka unablässig auf ihre langen hübschen Beine reduzierte.

»Sie sind sicher eine Intellektuelle!«, sagte er einmal zu ihr, weil Danka ihn hundertmal am Tag mit seinem Doktortitel ansprach. Danka war schwer zum Erröten zu bringen, doch bei diesem ungehörigen Verdacht, eine Intellektuelle zu sein, blühten ihre Wangen auf wie ein Mohnfeld.

Němec selbst hielt nicht viel von seinem Doktortitel, da auch seine Ex-Liebe Anna davon nicht viel gehalten hatte. Seine Mutter glaubte ihm den Doktortitel sowieso nicht. Als er ihr in Tschechien seine Doktorurkunde zeigte, denn vor dem Koma lebte sie noch, hatte sie nur gelacht und gesagt: »Ach, Lolek, du warst schon immer größenwahnsinnig. Du hast doch nicht einmal Abitur. In der neunten Klasse hast du Arztstempel mit einem hart gekochten Ei kopiert und Atteste gefälscht.« Zum Glück wusste sie nicht, dass er sich seinen Doktortitel mit einem gefälschten Abiturzeugnis erschwindelt hatte.

Einmal schoss Danka für Němec ein Foto von ihm und Karl, einem anderen Patienten, der die Klinik verlassen sollte. Danka wollte Němec das Foto zeigen, tippte den Touchscreen ihres Smartphones an, und Němec sah plötzlich sein und Karls Foto neben vielen Bildern, die mehr als privater Natur waren und Danka und einen Mann in eindeutigen Positionen zeigten. »Mein Ex-Freund!«, sagte Danka nüchtern, deutete auf einen der erigierten Penisse und wischte ihn mit dem Zeigefinger weg.

»Möchten Sie nicht lieber bei uns im Schwesternzimmer einen Kaffee trinken, Herr Doktor?«, fragte Danka Němec, wenn sie ihn auf seinem Weg zum Raucheraltan erwischte. »Statt zu rauchen?«

»Ich habe meinen Kaffee schon getrunken«, sagte Němec. »Ich rauche nicht mehr, seit ich ins Koma gefallen bin. 13 Jahre Entwöhnung reichen vollkommen, um vom Rauchen wegzukommen.«

»Manche Zigarren schmecken ganz gut«, sagte Danka und zwinkerte ihm zu. »Haben Sie schon von Monica Lewinsky gehört? Was suchen Sie denn bei den Männern am Altan? Heute sollten Sie mich unterhalten, Herr Doktor!«

Doch auch diesen Wink mit dem Zaunpfahl verstand Němec nicht. Manchmal war er etwas schwer von Begriff. Vor allem, was Frauen betraf. »Ein Rauchertreff ist ein idealer Umschlagplatz für Geschichten«, antwortete er. »Wenn man viel erzählt, muss man auch viel zuhören, damit man wiederum etwas zum Erzählen hat.«

»Man muss machen und nicht reden«, sagte Danka. »Leben sollte man, Herr Doktor!«

Němec schüttelte mit einem Lächeln den Kopf. »Meine Mutter sagte immer: ›Das Leben muss erzählt werden, sonst geht's verloren!‹«

»Dann suchen Sie weiter nach Ihrem Leben, Herr Doktor«, sagte Danka, grinste etwas schief und lief davon. Sie verstand unter Leben wohl etwas anderes als Němec.

Zu den Stammrauchern am Altan gehörte Dorschdn aus Sachsen, der schon 1990, kurz nach der Wende, nach Bayern gezogen war. Man hatte ihn in der Klinik an beiden Knien operiert. Eigentlich hieß er Thorsten. Da Thorsten sich aber immer als Dorschdn vorstellte, nannte man ihn eben Dorschdn.

*

»Kannst du wieder laufen?«, fragte Němec.

»Ach, wo!«, sagte Dorschdn. Sein Sächsisch war stark mit Bayerischem gewürzt, weil er schon so lange hier lebte. »Isch kann nedda mal mehr rischdsch stehn. Wann i steh, duads weh. Ooch im Gschäft muass i am Barhoggo sitzn. Loofn gäht vo Haus aus nur an Krückn.« Er zeigte hinter sich in die Ecke des Ladens, wo zwei Aluminiumkrücken lehnten. »Am End landsch noch im Rollstuhl.«

Němec hörte weibliche Stimmen, kurz schoss ihm der Gedanke an die boxende Anna durch den Kopf. War er wirklich verliebt? In eine Frau, die er überhaupt nicht kannte? Zu allem Überfluss in die Freundin von Bürgermeister Eichelbauer?

Er drehte sich um. An den Regalen mit Zeitungen und Büchern sprach Dorschdns Frau Sandy mit einer rüstigen Fünfzigerin. Doch keine Anna. Sandy kannte er von ihren Besuchen im Krankenhaus. Sie nickte ihm zu und widmete sich weiter der Kundin.

Dorschdn war also Nadims schimpfender Mann, dachte Němec. Im Krankenhaus hatte Dorschdn sich versöhnlich gegeben. Vielleicht deswegen, weil er dort von rauchenden Grünen umgeben war, die umweltschonend an ihren E-Zigaretten pafften. Trotz seiner Versöhnlichkeit hatte Dorschdn das einmal am Altan als »schwul« bezeichnet und gesagt, dass das normale Rauchen sicher gesünder sei.

»Sagt Dr. Marlboro!«, hat Ron geantwortet, der nur noch einen Lungenflügel hatte und ihn deswegen mit den E-Zigaretten schützen wollte. Dorschdn ließ damals nicht durchblicken, dass er ein Tabakladenbesitzer war.

»Man bleibt Mensch«, sagte Němec jetzt. »Ob ohne oder mit Krücken! Sogar ohne Beine wärst du ein Mensch. Bei uns in der Tschechoslowakei in der Schule mussten wir als Pflichtlektüre *Die Geschichte vom wahren Menschen* von Boris Polewoj lesen.«

»Des Buach musstn wo in do DDR aa lesen!«, rief Dorschdn begeistert, doch Němec erzählte unbeirrt weiter.

»Die Geschichte über den russischen Piloten Meresjew, der hinter den feindlichen Linien abgeschossen und schwer verletzt wurde. Mit gebrochenen Beinen hat Meresjew sich drei Wochen lang zur Roten Armee geschleppt und dabei noch gegen die Nazis gekämpft. Danach mussten ihm die Beine amputiert werden. Ein Jahr später ist er aber auch ohne Beine wieder geflogen und hat bei der Schlacht um Kursk mitgemacht. Ein Held der Sowjetunion!

Als Schüler haben wir den mutigen Piloten Meresjew bewundert und wollten uns die Beine amputieren lassen und 300 Kilometer weit kriechen, von Feinden umgeben. Später, mit 16, habe ich in den tschechischen Kneipen öfter jemanden so besoffen erlebt, dass er auf seinen Beinen nicht mehr stehen konnte. Über einen solchen Betrunkenen hat man gesagt, dass er auf Meresjew mache.«

»De Russn sinn storgge Leit«, sagte Dorschdn. »Nu kann uns nur noch do Putin helfa!«

»Wie denn das?«, fragte Němec ehrlich erstaunt.

»Und wer ziagt uns sönnst vor dem ganzn Gsindl da bei uns?«, rief Dorschdn. »Auslända, Geschwerl, Houmouseggsuelle, Lesben, Transen, de ganzn Tschender-Varrucktn …«

»Meinst du Gender?«, fragte Němec.

»Ist doch worscht!«, sagte Dorschdn. »De debbodde Mergl will doch eh bloß, dass si das ganze Pack bei uns breitmacht: Taliboohn, Schwuhle unn Lesbierinn, wost hischaugst! Isch wördde des Gschmoas ins KZ sperren, und dann Feiramd. Do Ahdölff hätt mit soichane Leit kurzen Prozess gmacht.«

»Den Hitler wünsche ich dir nicht«, sagte Němec. »Du hast doch gesagt, dass du bald im Rollstuhl landest.«

»Was haddn dess damit zum dua?«

»Hitler hat auch Behinderte ins KZ geschickt.«

Inzwischen kam Dorschdns Frau Sandy zur Theke. »Mein Mann hat recht!«, sagte sie. »Warum hat Merkel die ganzen Moslems zu uns eingeladen? Alle wollen nach Deutschland, und die Merkel ist so blöd, sie nimmt alle auf. Wir wollen Kartoffeln statt Döner essen! In Deutschland leben mehr Flüchtlinge als auf der ganzen Welt zusammen.«

Das wunderte Němec. »Hat Deutschland jetzt mehr als 140 Millionen Einwohner?«

»Hä?«

»Na, auf der ganzen Welt sind jetzt etwa 60 Millionen Menschen auf der Flucht«, sagte Němec.

»Das sage ich ja!«, rief sie. »Die wollen alle zu uns.«

»Woher hast du denn diese Informationen?«

»Na, sicher nicht aus der Lügenpresse«, sagte sie und lachte grimmig.

»Das glaube ich dir aufs Wort«, sagte Němec.

»Ihr seid echt deppert!«, sagte plötzlich jemand in Němec' Rücken. Die rüstige Fünfzigerin war zu ihnen getreten. »Warum habt ihr ein Problem damit, wenn man aus seinem Land weggeht, weil's Krieg gibt oder weil man hungert oder verfolgt wird?«

»Schmarrn!«, sagte Dorschdn. »Dess sinn döch alles Wirtschaftsflichtling, Varreckte!«

»Soll ich jetzt lachen, oder was?«, sagte die Frau. »Die einzigen Wirtschaftsflüchtlinge weit und breit sind wir drei. Wir sind doch 1990 aus der DDR nach Bayern geflüchtet, oder? Ich aus Thüringen, ihr aus Sachsen.«

»Nicht geflüchtet«, rief Sandy. »Wir sind mit unserem Trabi gekommen!«

»1990 war doch die Diktatur in der DDR schon vorbei, nicht wahr?«, sagte die Frau. »Die DDR war aber immer noch ein eigenständiger Staat. Also sind wir nach Deutschland geflüchtet oder in die Emigration gegangen oder was auch immer. Auf jeden Fall aber aus wirtschaftlichen Gründen. Also wegen Arbeit, also wegen Geld. Wegen was sonst? Alle Ostdeutschen, die nach der Wende und vor der Wiedervereinigung nach Westdeutschland kamen, waren Wirtschaftsflüchtlinge, oder?«

Diese Sichtweise war Němec bis jetzt fremd, aber sympathisch. So wie die Frau auch. »Die Dame hat recht!«, sagte er.

»Des kannst ni vogleischn!«, plärrte Dorschdn schon ziemlich rot im Gesicht. Er langte nach seiner Krücke, als wollte er Němec aus dem Laden prügeln, traute sich aber dann doch nicht – Němec war ihm wohl zu groß.

»In Deutschland gibt's auf jeden Fall mehr Flüchtlinge als anderswo«, sagte Sandy.

Němec schüttelte den Kopf. »Da muss ich dich leider enttäuschen: Die drei größten Aufnahmeländer für Flüchtlinge sind die Türkei, Pakistan und Libanon. Nicht Deutschland. Das stand im *Spiegel*.«

»Lügenpresse!«, sagte sie wieder.

»Schon im größten Flüchtlingslager der Welt Dadaab in Kenia leben 500.000 Flüchtlinge«, sagte Němec. »Das ist viel größer, als alle bayerischen Flüchtlingslager zusammen. Kenia will es aber auflösen.«

»Jesusmaria!«, rief Sandy. »Jetzt kommen alle zu uns. Die Schwarzen passen nicht zu uns. Das haben jetzt die Wissenschaftler bewiesen. Die Schwarzen haben dieses ... äääh .... Jajku viel kleiner als wir.«

»Jajku?«

»Ja, dieses Dingsbums ... diese Zahl. Die sagt doch, wie klug wir sind und so.«

»Du meinst IQ? Den Intelligenzquotienten?«

»Ja!«, rief sie. »Den meine ich. Den haben die Deutschen über 100. Die Schwarzen aber nur 80. Das hab ich im Internet gelesen.«

Němec lächelte sie mit seinem schönsten Lächeln an. »Weißt du, in welchem Bundesland der IQ am kleinsten ist?«

»Nö.«

»In Sachsen. Der IQ in Hamburg liegt bei 113 Punkten, in Sachsen aber nur bei 98.«

Die Thüringerin lachte. »Du solltest dich auf keinen Fall einem IQ-Test unterziehen, Sandy.«

»Wieso denn nicht?«

»Damit man dich nicht nach Afrika abschiebt.«

»Raus!«, sagte Sandy, und Němec und die Thüringerin folgten ihrem Befehl und gingen aus dem Laden.

Draußen stießen sie mit dem Bürgermeister zusammen. Seine Seitenscheitelfrisur war wieder mit viel Gel bearbeitet. Er beachtete Němec und die Dame nicht, riss die Tür des Tabakladens auf und rief: »Jetzt ist es klar, warum die Bohr bei der Wahl fast so viele Stimmen wie ich bekommen hat! Hunderte Flüchtlinge sind illegal zur Wahl gegangen und haben die Bohr gewählt. Ein Skandal! Die Wahl muss annulliert werden. Kommen Sie, Herr Schwadron! Ich brauche Sie.«

Dorschdn humpelte an den Krücken heraus. Er schaute demonstrativ an Němec und der Dame vorbei, die unter der Treppe standen und die Szene verfolgten.

»Wenn man die Wahln aber für ungülldisch erklärt, san Sie fei nimmer der Birgermoasta, des wissens fei schonn, Herr Bürgermeisdo!«

Der Bürgermeister starrte Dorschdn an und sagte nach einem Weilchen: »Dann lassen wir das so! Kommen Sie mit!«

Sie schritten an Němec vorbei. Němec' Begleiterin und der Bürgermeister grüßten sich nicht. Dorschdn würdigte Němec weiterhin keines Blicks.

Ein paar Meter weiter sagte der Bürgermeister: »Das war doch dieser Idiot, von dem ich Ihnen erzählt habe. Der unsere Dreharbeiten vor dem Flüchtlingsheim gestört hat.«

»'n Tschesche!«, sagte Dorschdn. »Der kert eingespörrt.«

»Das Gespräch hat Spaß gemacht«, sagte Němec zu der Thüringerin.

»Und ich habe mich wieder so aufgeregt«, sagte sie. »Diese Vollidioten! Nichts für ungut.«

»Manche Menschen kann man nun mal nicht vor sich selbst bewahren«, sagte Němec mit der ihm eigenen Weisheit. »Mit 15 musste ich meine Mutter in die Klinik unserer Kreisstadt Frýdek-Místek begleiten. Bevor sie in der Ambulanz an die Reihe kam, wollte sie unbedingt eine rauchen, hatte aber ihre Zigaretten zu Hause vergessen.

›Hast du eine Zigarette?‹, fragte sie.

Ich gab ihr eine Zigarette, und sie sagte Danke, verpasste mir aber gleich eine Ohrfeige und fügte hinzu: ›Die ist dafür, dass du rauchst! Du bist erst 15!‹

Meine Mutter wollte mich nun mal gut und gesund erziehen. Rauchen wollte sie aber auch. Hier war die Sucht stärker als die Pädagogik. Die meisten Menschen wollen Gutes erreichen, nur manchmal verwechseln sie das Gute mit dem Schlechten. Und manche tun Gutes, und doch kommt etwas Schlechtes dabei heraus. Trotzdem hat sich nach jedem Rückschlag die Menschheit immer zu etwas Besserem entwickelt, sonst wären wir nicht mehr da.

Und sollten manche Menschen frei nach Goethe ein Teil von jener Kraft sein, die stets das Böse will und stets das Gute schafft, schreitet die Menschheitsentwicklung auch gut voran. Viele predigen heute Hass, für den sie sich irgendwann sicher schämen werden. Dann heuern sie bei Pro Asyl an oder bei einer anderen gemeinnützigen Organisation.«

»Und was, wenn sie uns bis dahin wieder in eine Katastrophe hineingehasst haben?«, fragte die Dame. »Der Hass unter den Leuten und in der Politik hat immer zu Krieg geführt und zweimal zu einem Weltkrieg. Einen Weltkrieg kann sich die Welt nicht mehr leisten. Eine Gesellschaft auch nicht, in der wir uns ständig gegenseitig die Köpfe einschlagen.«

Němec lächelte sie an. »Die wird nie entstehen. Sehen Sie, früher haben viel mehr Menschen gedacht, dass andere Völker ihnen unterlegen sind, man hat Menschen hingerichtet, sie gefoltert, ihnen Glieder abgeschlagen. Der Vater meines

Freundes Kamil hat seinen Sohn öfter vor den Augen unseres halben Städtchens mit einer Pferdepeitsche verprügelt. Trotzdem hat sich auch bei uns die Menschlichkeit durchgesetzt. Heute werden dort keine Kinder mehr geschlagen. Wie soll denn das Unmenschliche gewinnen, wenn heutzutage viel mehr Menschen an das Gute glauben als früher? Die Macht ist mit uns.«

Die Dame zwinkerte ihm zu. »Ist es Ihnen nicht unangenehm, sich in der heutigen Zeit als ein Gutmensch zu outen?«

»Ich bin ein Gutmensch«, sagte Němec. »Den Schlechtmenschen hat mir meine Mutter bereits mit einem Holzlöffel ausgetrieben.«

*

»Hast du für mich Tabak gekauft, mein großherziger Freund?«, fragte Nadim.

»Nein. Rauchen schadet der Gesundheit«, sagte Němec.

»Gut!«, sagte Nadim. »Ich muss sowieso noch bei dem neuen Friseur in der Stadt vorstellig werden. Daneben zeigt ein anderes wohl duftendes Geschäft mit Tabak seine liebliche Pracht.«

Němec musterte Nadims Igelschnitt. »Das willst du noch kürzen?«

»Nein, mein Herr! Ich will mich bei dem neuen Friseur nach einer mich zufrieden stellenden Anstellung erkundigen. Ich bin ein Friseurmeister. Früher der beste in Aleppo, der von Herrschaften aus unserem ganzen liebreichen Land aufgesucht wurde!« Er zog eine Schere aus der Tasche. »Als unser Haus in Aleppo den Bomben anheimfiel, habe ich nur meine Schere retten können. Diese wunderbare Schere hat mir mein

mich liebender Vater geschenkt, nachdem ich meine wunder-
süße Friseur-Ausbildung abgeschlossen hatte. Auf unserer
Flucht voller Entbehrungen haben mir irakische Polizisten alles abgenommen. Meine alte mir ans Herz gewachsene Schere
konnte ich retten.«

Němec zeigte sich von der Schere schwer beeindruckt. Er
ging mit.

Im Friseurladen *Haarscharf* herrschte gähnende Leere. Das
Start-up musste sich in der Stadt noch etablieren. Leider schüttelte die Chefin nur den Kopf: »Ich habe wirklich nichts gegen
Flüchtlinge. In einem neuen Geschäft muss ich aber gucken,
dass ich die besten Leute beschäftige. Sonst gehe ich pleite.«

»Ich kann ausgesprochen stilvoll Haare schneiden und Fri-
suren bauen hoch wie Paläste aus *Tausendundeiner Nacht*, hol-
de Madame!«, sagte Nadim.

»Das sagt jeder, der sich hier um einen Job bewirbt.«

Němec wollte schon versuchen, sie mit einer allegorischen
Geschichte über seine Mutter und den Friseur in der sozialistischen Tschechoslowakei zu überzeugen, doch Nadim zerrte
ihn aus dem Laden.

Draußen telefonierte Nadim aufgeregt ein paar Minuten
lang. Němec redete inzwischen mit ein paar Tauben auf dem
Marktplatz, sie reagierten aber gemäß ihrer tauben Natur
nicht auf ihn – dieses Gespräch war unbefriedigend.

Nach der bitteren Enttäuschung im Friseurladen und mit
den Tauben lud Němec Nadim auf einen Döner ein. Der Dönerladen war nur ein paar Meter vom Friseur entfernt. Bei der
Bestellung wollte Němec »Haarscharf!« sagen – der Name des
Friseurladens hat ihm sehr gut gefallen –, er bremste sich aber
und sagte stattdessen: »Viel scharfe Soße, bitte!«

Als sie mit dem Essen fast fertig waren, bekam Nadim einen Anruf. »Der Himmel ist mir gnädig!«, sagte er, zückte seine Schere und lief aus dem Dönerladen.

Němec trottete hinter Nadim her. Komisch: Mit gezückter Schere steuerte Nadim noch einmal den Friseurladen an. Wollte er der Friseurin aus Rache die Haare schneiden? Oder sie sogar erstechen? Im Laden stand die Friseurin vor Schreck erstarrt. Wie eine Pistole richtete sie einen Föhn auf vier dunkelhäutige Männer, die ihr schweigend gegenüberstanden. Terroristen?

Nadim stürzte sich mit seiner Schere in der Hand auf die Männer. Wollte er sich durch eine Heldentat bei der Chefin als der Retter in der Not andienen – die effektive Antiterroreinheit Nadim? Morgen würden alle deutschen Zeitungen schlagzeilen: »Ein mutiger syrischer Friseur tötete vier Terroristen mit seiner Friseurschere«. Doch zum Glück war Němec kein Prophet – alles kam wieder einmal anders, als er es sich ausgemalt hatte.

»*Keefak, Sadiki?*«, brüllte Nadim.

»*Al-Hamdu li-Llah!*«

Statt die Terroristen mit der Schere abzustechen, küsste Nadim sie ab und umarmte sie:

»*Shukran!*«

Verwirrt ließ die Friseurin sich entwaffnen. Mit einem Lächeln nahm Nadim ihr den Föhn aus der Hand und führte sie zu einem Besucherstuhl: »Ich zeige Ihnen, welche Wunder ich schaffen kann.«

Němec hockte sich neben sie. Nadims vier syrische Freunde setzten sich jeder auf einen freien Friseurstuhl, und Nadim begann den Jungs die Haare zu schneiden. Schnell wie der

Wind. Zum Schluss verpasste Nadim der Chefin einen Haarschnitt wie von einem Designer. Die Chefin war glücklich. Nadim wurde eingestellt.

»Bei solchen Sachen hilft dir kein Hund, lieber Freund«, sagte Nadim zu Němec auf der Straße. »Um dein Glück zu finden, brauchst du viele menschliche Freunde: Der eine kann ohne Tadel Autos reparieren, der andere komplizierte Anträge stellen, und der Dritte lässt sich für dich eben sein vorzügliches Haar schneiden.«

*

Vor der Einstandsparty in *Haus Hoffnung* zu seinen Ehren lieh Němec sich von Bruni ihr Damenfahrrad. Das massive Gestell war an Brunis Gewicht angepasst und versprach auch Němec' große Gestalt zu tragen.

»Wo fährst du hin?«, fragte Bruni.

»Im Sommer schwimme ich jeden Tag«, sagte Němec. »Der September ist immer noch warm. Vielleicht können wir heuer noch im Oktober draußen schwimmen. Ich liebe das Wasser.«

»Aber nur zur äußerlichen Anwendung, oder?«, sagte Bruni. »Als Tscheche liebst du sicher auch Bier. Leider gibt es bei der Party am Abend keinen Alkohol. Die meisten unserer Bewohner sind Muslime.«

Němec nickte. »Du hast recht, Tschechen trinken lieber Bier als Wasser. Wir Tschechen wissen, dass von Wasser die Röhren rosten. Doch ich halte es mit einem anderen tschechischen Sprichwort: ›Zu viel schadet von allem.‹ Auch zu viel Wasser schadet. Man denke nur an die Sintflut!«

»Du glaubst doch nicht an die Sintflut?«, sagte Bruni. »Einmal hat mir ein Landsmann von dir gesagt, Tschechen seien Atheisten.«

»Das stimmt auch«, sagte Němec. »Bei uns im Städtchen hat es nur einen Katholiken gegeben, den alten Pizvar. Alle haben gelacht, wenn Pizvar in die Kneipe kam. ›Ist die Kirche heute zu?‹, haben die Leute am Stammtisch gerufen. Um damit zurechtzukommen, hat Pizvar angefangen, sich selbst als Katholiken zu verspotten und zu beschimpfen. Er wollte zumindest ein bisschen dazugehören, mit einem kleinen Teil auch ein Atheist sein, wie die anderen, und nicht so ausgeschlossen. Diese Persönlichkeitsspaltung hat ihm aber große Wutanfälle beschert. Vor lauter Wut hat er in unserer barocken Kirche einen Haufen gemacht und die Kirche somit entweiht. Als man ihn festnahm, behauptete er, das sei aus politischen Gründen geschehen. ›Die Religion ist Opium fürs Volk‹, sagte er nach Karl Marx. Da Karl Marx im Sozialismus eine verehrte Gottheit war, hat man Pizvar laufen lassen. In der Kneipe hat man mit ihm aber nicht mehr geredet, weil man meinte, auch wenn wir alle Kommunisten und Atheisten seien, sollten wir die Kirche im Dorf lassen und sie nicht als Klo verwenden.«

»Fahr schon!«, sagte Bruni. »Sonst schaffst du's nicht zu deiner eigenen Einstandsparty.

*

Der See lag in den Wäldern um Schamberg, etwa zwei Kilometer von *Haus Hoffnung* entfernt. Am Spätnachmittag tummelten sich hier einige Leute aus dem Ort. Viele lagen am

Ufer. Im Wasser spielte eine Gruppe Jugendliche mit einem Ball.

Němec wählte eine kleine Lichtung, die von Bäumen und Büschen umgeben war. Zwischen ihm und dem Wasser führte am Ufer entlang der Weg, auf dem er hergeradelt war. Schön war es draußen, warm. Ein Schwarm Buchfinken zwitscherte von den Baumkronen schöne Sommerlieder. Was wollte man mehr?

Němec zog sich aus, ließ sich auf seinem Badetuch nieder und verfolgte mit einem Lächeln das Toben der Jugendlichen im Wasser. Ein Sechzehnjähriger wollte einen Freund mit dem Ball treffen und warf mit ganzer Kraft, der Freund wich aus, der Ball flog aus dem See und über den Weg bis zu Němec. Wenn er den Ball im Sitzen zurückbefördern wollte, musste er ihn auch mit einem ordentlichen Schwung werfen.

Němec holte kräftig aus, warf und schoss mit dem Ball Anna vom Fahrrad herunter, die gerade an seiner kleinen Lichtung vorbeifuhr. WUMM, an die rechte Schläfe! Ohne auch nur einen Piep von sich zu geben, flog Anna mit ihrem Fahrrad ins Wasser. Němec fiel seine eigene Geschichte wieder ein, die er heute Nadim erzählt hatte: wie ihn selbst ein Mann mit einem Aktenkoffer vom Fahrrad runterholte. Hatte er das Unglück heraufbeschworen?

»Sauber getroffen!«, rief ein kleiner Junge aus dem Wasser.

»Mama!«, schrie Laura, die auf ihrem kleinen Fahrrad jetzt auch auf dem Uferweg auftauchte.

»Ups!«, rief Němec und startete eine Rettungsaktion. Er sprang ins Wasser, griff nach Anna, doch sie hüpfte plötzlich hoch wie ein Delfin, nur nicht so nackt, sondern in ihrem pitschnassen Sommerkleid, das aber auch nicht viel verhüllte.

Und WUMM! Mit einem gekonnten Schlag auf die Nasenwurzel streckte Anna Němec nieder. Seinen Unterleib hatte sie diesmal verschont. Schon wieder fiel Němec ins Koma. Nur ein einziger kurzer Gedanke war ihm durch den Kopf geschossen, bevor er das Bewusstsein verlor: »Für immer!«

Doch es sollte nicht sein. Zuerst hörte Němec die Stimme des kleinen Mädchens: »Mama! Hast du den Mann getötet? Müssen wir zum Begräbnis?«

»Wachen Sie auf!«, brüllte Anna und watschte ihn aus, links und rechts, links und rechts …

Zu viel des Guten, dachte sich Němec, weil er doch schon aufgewacht war. Reflexartig sog Němec Annas Duft ein. Wenn es ein Paradies gäbe, würde es dort genauso duften. Doch schon drängten seine Gedanken nach draußen. »Ich habe auf meinem neuen Smartphone eine App über Erste Hilfe«, sagte er. »Dort steht, Mund-zu-Mund-Beatmung helfe am besten!«

Sprachlos starrte Anna Němec an. Er stützte sich auf die Ellbogen. Man hat ihn aufs Gras neben dem Weg und Annas gestürztem Fahrrad gelegt. Um ihn und Anna herum standen Annas Tochter und die Jugendlichen, mit deren Ball Němec Anna abgeschossen hatte. Aber auch einige Erwachsene hatten sich hier zusammengerottet. Alle bis auf Anna und ihre Tochter auf Distanz. Als ob sie Angst hätten, von Němec' Ertrunkensein angesteckt zu werden. Hatten Anna und die Jugendlichen Němec ans Ufer getragen? Allein hätte Anna seinen zwei Meter langen breitschultrigen schlaffen Körper nicht hochhieven können.

Zufrieden mit so viel Publikum setzte Němec seine Ausführungen fort: »Andererseits sind auch Schläge belebend. Meine Mutter sagte immer zu mir: ›Für jedes komplizierte

Problem mit dir gibt es eine einfache Lösung, und die ist eine Tracht Prügel.‹ Umberto Eco hat daraus später einen richtigen Aphorismus gemacht: ›Für jedes komplexe Problem gibt es eine einfache Lösung, und die ist falsch.‹ Mein Lehrer hat mich auch gern geohrfeigt. Er wurde von seiner Frau geohrfeigt und musste es weitergeben. Früher herrschten nun mal andere Sitten. In den heutigen braven Zeiten haben mir die Schläge schon gefehlt, zum Glück haben wir uns kennengelernt.«

»Der Idiot!«, rief Anna.

»Wir kommen uns immer näher«, sagte Němec. Einige Leute um sie herum lachten.

Anna errötete etwas. »Ich habe nicht Sie gemeint.« Sie starrte auf ihre offene Tasche, deren Inhalt um das Fahrrad herum verstreut lag, unter anderem ein dickes Buch in einem rotblauen Umschlag: *Der Idiot* von Dostojewski.

Das brachte Němec zum Lachen. Er war aber gleichzeitig auch gerührt.

»Komm, Laura!«, sagte Anna zu ihrer Tochter. »Wir fahren auf die andere Seite.« Sie sammelte ihre Sachen auf und setzte sich auf ihr Fahrrad. Ohne sich von Němec zu verabschieden, radelten Anna und Laura davon.

Ein Abschied wäre zu viel verlangt, dachte Němec. Zwischen ihnen herrschte Krieg. Für immer? Er sah ihnen nach – unbeschreibliche Gefühle. Er holte sein Smartphone heraus und begann zu schreiben:

Liebe Anna,
wieder sind wir uns einen Schlag näher. Außerdem hast Du mir zum ersten Mal im Leben das Leben gerettet. Wie ein Schiffs-

kapitän hast Du gehandelt. Bis Deine Befehle kamen, haben die anderen sicher ratlos zugeschaut. Als ich wieder hören und sehen konnte, sah und hörte ich Dich. Als ich wieder riechen konnte, hüllte mich Dein Duft ein: Veilchen mit einer winzigen Note Knoblauch?

Als ich wieder meine Haut spüren konnte, hast du mir gerade Backpfeifen gegeben und dann Deine rechte Hand vor Erleichterung auf meine Brust gelegt, als ich wieder sprach. Hören, Sehen, Riechen, Tasten. Nur schmecken durfte ich Dich nicht. Du bist gemacht für alle Sinne. Du bist ein Lied, das noch nie gesungen wurde, eine Adlerdame hoch über den Berggipfeln, der Duft des Frühlings, eine Katze zum Streicheln, eine Amazone, die den Krieger niederstreckt und ihn dann wieder wachküsst.

›Der Idiot‹ von Dostojewskij war ein schönes Omen, Süße. Mein Lieblingsbuch!
Liebe Grüße,
Dein Němec

Kapitel 11,
in dem in *Haus Hoffnung* Nĕmec' Einstand
gefeiert wird

Vor *Haus Hoffnung* traf Nĕmec den erklärungswütigen Herrn
Überzieher, der vor kurzem Raschid aus Damaskus die Ampel erklärt hatte. Als er Nĕmec mit dem Fahrradschloss han-
tieren sah, kam er zu ihm: »Sie sollten das Fahrrad mit dem
Fahrradschloss am Hinterrad abschließen und nicht am Vorderrad«, sagte er. »Das Vorderrad kann man leichter ab-
schrauben als das Hinterrad, und somit kann das Fahrradge-
stell leichter gestohlen werden.«

Nĕmec wollte etwas erwidern, doch Herr Überzieher
ließ ihn nicht zu Wort kommen: »Ich sollte auch mehr Fahr-
rad fahren. Vom Laufen habe ich Hühneraugen bekommen:
Hühneraugen entstehen durch ständigen Druck auf die
Haut, die nah an den Knochen ist. Ein Hühnerauge stellt
eine sehr schmerzhafte Hornschwielenbildung mit einem
Sporn im Zentrum dar, der in die Tiefe gerichtet ist. Ein
Sporn ist eine sehr harte Hyperkeratose. Sie sieht wie ein
Kegel aus. Im Volksmund wird das Hühnerauge auch
Krähenauge, Leichdorn, Klavus bzw. Clavus mit c genannt.
Clavus stammt aus dem Lateinischen und bedeutet
›Nagel‹.«

Herr Überzieher ratterte und ratterte, und Němec hörte ihm mit offenem Mund zu. Er war mit den rauschhaften Baf-ler-Monologen seiner Mutter aufgewachsen, doch wenn seine Mutter erzählte, lachten ihre Zuhörer. Im Monolog des Herrn Überzieher entdeckte Němec dagegen kein einziges lustiges Element.

»Wenn man Hühneraugen behandeln will …«

»Sie sind ja ein wandelndes Wikipedia!«, rief Němec, gab die Suche nach dem lustigen Element im Monolog des Herrn Überzieher auf und lief davon. Im Eingang zum Flüchtlings-heim drehte er sich um. Herr Überzieher redete unbeirrt wei-ter. Den Abgang von Němec hat er nicht einmal bemerkt, so berauscht war er von seinen Hühneraugen.

»Warte kurz, bis die Luft draußen sauber ist!«, sagte Němec zu Frank, der gerade rausgehen wollte. »Vor dem Heim werden Menschen mit Worten beschossen. Ich hätte nie gedacht, dass Worte so viel Schaden anrichten können.«

Frank trat trotzdem hinaus. »Ich kann bei ihm gut abschal-ten, ich höre ihm nicht zu!«

Němec ging mit, schielte aber nach Herrn Überzieher, der immer noch an den Fahrrädern stand.

Frank drehte sich eine Zigarette. »Überzieher hat irgend-wann aufgehört auszusortieren – er spricht jeden Gedanken aus, der ihm durch den Kopf geht.«

»Unser Metzger hat die besten Frikadellen im ganzen Land gemacht«, sagte Němec. »Als Kinder haben wir durchs Fenster der Metzgerei zugeschaut, wenn er die Frikadellen zu-bereitete. Schon dabei lief uns das Wasser im Mund zusam-men. Seine alte Mutter hatte auf den Metzgertisch alle Reste aus der Metzgerei und der Küche gestellt, diverse Fleischsorten, Leber, auch Gekochtes, alte Semmeln und alles Mögliche andere. Der Metzger hat manche Sachen in den Abfalleimer geschmissen, nur manche drehte er durch den Fleischwolf. Bei der Auswahl schnupperte er an den Zutaten und probierte sie. Über manchen Lebensmitteln meditierte er kurz, bevor er entschieden hatte, ob sie in die Frikadellenmasse kommen durften.

Irgendwann haben seine Frikadellen aber angefangen, scheußlich zu schmecken. Durchs Fenster sahen wir, dass er nicht mehr aussortierte, sondern alles durch den Fleischwolf drehte, was auf dem Tisch lag. Meine Mutter hat gemeint, die Not im Sozialismus habe den Metzger dazu gebracht. Doch dann hat sich herausgestellt, dass er Alzheimer bekommen hatte.«

»Mich machen diese ganzen Drogen blöd«, sagte Frank. »Wenn ich Drogen nehme, kommt es mir vor, als ob in meinem Kopf ein Brett wäre, das mich am Denken hindert.« Er zündete sich eine Zigarette an. »Jetzt ist bei mir der Teufelskreis der Lust nahezu geschlossen: Alkohol, Koffein, Nikotin, salzige Kartoffelchips. Nur noch Zucker fehlt. Sollen wir nicht in die Stadt fahren und uns ein leckeres Tiramisu genehmigen? Ich muss die Zeit nutzen, bevor ich wieder anfange, asketisch und ganz ohne Drogen zu leben. Jetzt verlangt es mich nach allem.«

»Gegen das Verlangen gibt es ein einfaches Rezept«, sagte Němec. »Dem Verlangen nicht nachgeben.«

Frank schüttelte den Kopf. »Mich macht der Stress mit Eichelbauer fertig. Er war schon in der Schule dreist. Jetzt ist er an Dreistigkeit aber nicht mehr zu überbieten. Dass die Leute ihm dabei nachlaufen, verstehe ich nicht. Eichelbauers Lügen widersprechen sich jeden Tag, und niemanden stört's.«

Němec lächelte. »Wenn deine Lügen den Leuten gefallen, spielt der Widerspruch keine Rolle.«

»Ich sehe für die Zukunft schwarz!«, sagte Frank. »In ein paar Wochen gibt es *Haus Hoffnung* nicht mehr. In einem halben Jahr steht hier ein Luxus-Golfhotel.«

»Alles wird gut!«, sagte Němec.

»Mit Prognosen ist das so eine Sache«, platzte Herr Überzieher in ihr Gespräch. »Die Wettervorhersage zum Beispiel ist mit vielen Fehlern behaftet. Wenn man …«

Němec flüchtete und zeigte somit, dass alles gut werden kann, wenn man das Schlachtfeld rechtzeitig räumt. Im Heim hockte er sich in die Küche und sah seine Apps durch. Was twitterte Bürgermeister Eichelbauer?

Gesunde Kinder werden geimpft und bekommen Autismus. Viele solche Fälle gibt es. Traurig.

»Ich möchte auch lachen«, sagte Fritz, der gerade hereinkam.

Němec zeigte ihm den Tweet des Bürgermeisters. »Ein Arzt in England hat eine Studie gefälscht, um zu beweisen, dass das Impfen Autismus verursache. Die Wahrheit kam aber ans Licht, und der Arzt wurde wegen Betrugs verurteilt. Trotzdem geistern seine ›alternativen Fakten‹ weiter durchs Internet, und Bürgermeister Eichelbauer ist ihr Prophet.«

»Das ist nicht lustig, das ist zum Heulen«, sagte Fritz. »Unser Schulsystem hat versagt.«

Hier hatte Němec eine andere Meinung. Er konnte lachen.

»Gehst du nicht zu deiner eigenen Einstandsparty?«, fragte Fritz.

»Kommst du mit?«

»Klar!«

Der Gemeinschaftsraum platzte schon aus allen Nähten. Nur in der Mitte der früheren Klosterkapelle gab's Platz. Bruni hatte sich zu der Party ein frisches Kleid angezogen: rosa Lilien auf schwarzem Grund. Sollte Bruni einmal mit einem Kleid ohne Blumen auftauchen, würde die Welt sicher untergehen, dachte Němec.

Auch ohne Alkohol wurden die Bewohner immer lockerer. Bruni nötigte sie zum Tanzen. Vor allem die Afrikaner tanzten gern mit. Sogar die jungen Eritreer, das flanierende Volk, wie Lemlem sie bezeichnet hatte, lachten und tanzten sich für ein Weilchen ihre Apathie weg.

Bruni hielt Alkohol für die Geißel der Menschheit. Das sahen die ehrenamtlichen Helfer etwas anders, schlürften aber brav an ihren Zitronenbrausen, nur hin und wieder schauten sie sich an, zuckten mit der Schulter und seufzten. Um die verordnete Abstinenz zu bewältigen, knabberten sie an salzigen und süßen Snacks.

Köstlichkeiten aus allen möglichen Ländern der Welt belagerten die Tische: Jeder Bewohner hatte etwas mitgebracht, sogar Lemlem – seine scharfen roten Hähnchenflügel machten die Ehrenamtlichen nur leider noch durstiger.

»Zu deiner Party bringe ich gern Essen mit«, sagte Lemlem zu Němec und lachte.

Tanzen, essen, reden, lachen. Was wollte Němec mehr?

Gegen 23 Uhr hörten sie draußen Sirenen. Alle horchten. Stille breitete sich aus. Die Syrer und die Afghanen duckten sich. »Irgendwo brennt's«, sagte Bruni.

»Bei mir brennt's in der Kehle«, sagte Frank mürrisch. »Ein Bier wäre nicht schlecht.«

»Das ist keine Feuerwehr«, sagte Lemlem. »Das ist die Polizei. Dafur habe ich ein krasses Ohr!«

»Ein feines Ohr, heißt das!«, sagte Fritz.

Němec dachte aber beim Anblick von Lemlems großen Ohren, dass man sie ruhig als krass bezeichnen konnte. Da trommelte auch schon etwas laut an die Eingangstür von *Haus Hoffnung*.

Bruni, Frank, Němec und die anderen Ehrenamtlichen liefen hinaus. Im Gemeinschaftsraum blieben nur die Flüchtlinge sitzen – mit verängstigten Mienen.

Im Hof standen fünf Polizeibeamte und der Bürgermeister in einem weißen Bademantel mit einer eingestickten goldenen Fürstenkrone auf der Brusttasche. Als ob er gerade aus dem Bett gehüpft wäre. Jetzt in der Nacht würde Eichelbauer in diesem Bademantel auch als Schneemann durchgehen, dachte Němec. Zum Glück war immer noch Spätsommer.

Drei Polizeiautos beleuchteten von der Straße aus mit eingeschaltetem Blaulicht die Gegend. Heller als der Mond. »Die Nachbarn haben sich wegen nächtlicher Ruhestörung beschwert, Frau Müller!«, sagte ein Polizist.

»Wie bitte?«, sagte Bruni. »Welche Nachbarn, denn? Hier gibt's doch keine Nachbarn. Die ersten Häuser sind von uns mindestens einen Kilometer entfernt.«

»Dieser Radau ist sehr gefährlich für die Waldtiere«, sagte der Bürgermeister.

»Du hast doch deinen halben Wald gerodet, um deinen Golfplatz auszuweiten«, sagte Frank. »Haben dir da die Waldtiere nicht leidgetan?«

»Das sind *Fake News*«, sagte der Bürgermeister. »Der Wald war befallen.«

»Von dir!«, sagte Franz.

»Wir mussten den Wald aus Umweltschutzgründen roden«, rief Eichelbauer zu den Polizisten.

»Das ist eine schöne Wortwahl«, sagte Němec: »Aus Umweltschutzgründen den Wald roden.«

»Sie bedrohen die Natur!«, rief Eichelbauer. »Wir wissen doch alle, wie viele Tiere an einem Herzinfarkt sterben, wenn in der Silvesternacht geballert wird.«

»Wurde hier geballert?«

»Kann sein«, sagte der Bürgermeister. »Die laute Musik stört auch die Nachtruhe.«

Alle horchten, hörten aber nur eine sehr gedämpfte Melodie, leise wie das Rascheln der Blätter, sodass man nicht einmal erkennen konnte, was für Musik es war: Rock? Arabisch? Blasmusik?

»Können wir rein?«, fragte der Polizist.

»Haben Sie einen Hausdurchsuchungsbefehl?«, fragte Bruni erbost. Dann winkte sie aber ab. »Nur ein Polizeibeamter darf mitkommen. Ich möchte nicht, dass Sie die Flüchtlinge erschrecken. Sie wurden in ihrer Heimat genug von Uniformen traumatisiert.«

Bruni und Němec gingen mit dem Polizisten zum Gemeinschaftsraum. Die anderen Ehrenamtlichen blieben vor *Haus Hoffnung* und redeten mit den restlichen Polizeibeamten. Sie kannten sich.

Der Polizist guckte in den Gemeinschaftsraum, schüttelte den Kopf, als er die Flüchtlinge sah und ging mit Bruni und Němec zurück. »Da können wir nichts machen, Herr Bürgermeister«, sagte er etwas zerknirscht. »Nach deutschem Recht dürfen Menschen verängstigt in ihren Räumen sitzen.«

»Das wird Ihnen noch leidtun«, sagte der Bürgermeister zu dem Polizisten. »Morgen spreche ich mit ihrem Vorgesetzten.«

»Warum läufst du in aller Öffentlichkeit im Bademantel herum, Eichelbauer?«, fragte Frank.

»Ich habe noch nie einen Bademantel getragen«, sagte der Bürgermeister.

Alle starrten den Bürgermeister und seinen Bademantel an, die Polizisten, Bruni, die Ehrenamtlichen.

Und auf einmal explodierte einer der Polizisten vor Lachen. Seine Salve erwischte die anderen unvorbereitet. Ein sehr sympathischer Polizist, dachte Němec noch kurz, und schon ereilte auch ihn die Lachattacke. Alle heulten vor Lachen auf, die Polizisten einträchtig mit Bruni und den Ehrenamtlichen aus *Haus Hoffnung*.

Nur Bürgermeister Eichelbauer hüpfte herum und kreischte: »Das wird euch noch leidtun! Ich lasse hier eine Mauer bauen. Jawohl, eine Mauer! Dann stört ihr nicht mehr die braven Bürger.«

Er holte aus der Bademanteltasche ein Smartphone heraus und begann mit zittrigen Fingern zu twittern. Auch Němec hielt schon sein Smartphone in den Händen und las den neuen Tweet des Bürgermeisters:

Wir bauen eine Mauer zwischen der Stadt und dem Asylanten-lager und lassen den Bau von den Asylanten bezahlen.

Gleich bekam der Tweet seine ersten Herzchen. Auch wenn es in einer Stunde Mitternacht schlagen würde. Der Bürgermeister hatte viele Fans. Němec zeigte den Tweet Frank.

Der seufzte tief. »Was sagst du dazu? Verstehst du die Welt?«

Němec lächelte und zwinkerte ihm zu. »Wir müssen nicht die ganze Welt verstehen, sondern immer nur ein kleines Stück davon, mein Freund.«

»Wie hat Eichelbauer erfahren, dass wir hier eine Party feiern?«, fragte Bruni, als die Polizei und der Bürgermeister weg waren.

»Ich habe in der Stadt das Knabberzeug eingekauft«, sagte Němec. »Und da habe ich auch etwas mit den Verkäuferinnen geredet.«

Er guckte alle so unschuldig an, dass sie zu kichern anfingen. Frank haute ihm auf die Schulter: »Du bist schon eine Nummer!« Sie kehrten zur Party zurück.

Bruni drehte wieder die Musik auf, zerrte ein paar Syrer und Afghanen in die Mitte des Raumes und begann zu tanzen: Rock 'n' Roll. Bruni machte auf Elvis, breitbeinig pumpte sie mit den Füßen und mit den Ellbogen im Rhythmus der Musik, als ob sie boxen würde. Die Bewohner lachten.

»Eine tolle Frau!«, sagte Frank. Sie hockten wieder auf ihrer Bank.

»Voll!«, sagte Němec. »Ich habe im Zimmer einen hausgebrannten Sliwowitz.« Franks Augen leuchteten auf. »Ich habe seit 14 Jahren keinen Alkohol mehr getrunken«, fügte Němec hinzu.

Das hatte Frank beeindruckt: »Alle Achtung!«

»13 Jahre davon lag ich aber im Koma.«

»Im Koma würde ich wohl auch nicht saufen«, sagte Frank.

»Den Sliwowitz wollte ich Anna damals vor 14 Jahren als Liebesgeschenk darbringen.«

»Deine tschechische Freundin hat dich verlassen, oder?«, sagte Frank. »Das hat mir Bruni erzählt. Was meinst du mit Liebesgeschenk?«

Němec kicherte. Seine eigenen Taten brachten ihn am meisten zum Lachen. »Ich hatte Anna damals zwölf Jahre lang nicht gesehen, weil ich nur studiert hatte. Als frischgebackener Doktor und deutscher Staatsbürger habe ich sie mit dem Sliwowitz an unsere alten tschechischen Liebeszeiten erinnern wollen. Sliwowitz war Annas Lieblingsgetränk. Leider hat Anna mich, die Flasche und die Blumen mit ihrem Auto überfahren, bevor wir überhaupt sprechen konnten. Ich bin ins Koma gefallen, die Flasche hat unbeschadet überlebt.«

»Diese Flasche müssen wir jetzt unbedingt auf dem Altar deiner unglücklichen Liebe opfern«, sagte Frank. »Eine wichtige symbolische Tat für dich. Die Vernichtung des schicksalhaften Sliwowitz befreit dich endgültig von deiner Tschechin. Deine Liebe löst sich in einem kleinen Kater auf. Damit habe ich viel Erfahrung.«

Němec fiel wieder der Satz von Umberto Eco ein. »Für jedes komplexe Problem gibt es eine einfache Lösung, und die ist falsch«, sagte er.

»Blödsinn!«, sagte Frank. »Auch wenn die einfachen Lösungen nichts lösen – sie machen uns glücklich.«

»Dann lachen wir heute nicht nur, seien wir auch glücklich«, sagte Němec und rief Bruni zu: »Ich will den Kollegen in meinem Zimmer nur etwas zeigen!« Er nickte zu der Runde der Ehrenamtlichen, die am Tisch um ihn und Frank hockten. Frank flüsterte den anderen inzwischen die frohe Sliwowitz-Botschaft in die Ohren.

Bruni tanzte gerade gewagte Figuren mit Lemlem. Die anderen Bewohner saßen um die restlichen Tische, knabberten an den kosmopolitischen Leckereien und tranken dicken, bittersüßen arabischen Tee, der aus ihren Herzkammern Turbinen machte. Nadim hockte ein Stück weiter mit seinen syrischen Zimmergenossen zusammen.

Bruni winkte ihnen zu und ließ sich mit vor Lachen roten Wangen von Lemlem herumwirbeln. Die rosa Lilien auf ihrem schwarzen Kleid nickten dazu heftig mit ihren Köpfen: »Tanz, Bruni! Tanz!«

Němec winkte Richtung Tür, die Ehrenamtlichen standen auf. Bis auf Bruni kamen alle anwesenden Nicht-Flüchtlinge mit zum Brunnen: Der Hausmeister Frank und die Ehrenamtlichen Rosa, Fritz, Heiko und Albert. Albert war Werbefachmann. Heiko pensionierter Lehrer wie Fritz.

Auch Heiko war Anfang der Neunzigerjahre aus Sachsen nach München gekommen, statt aber wie Eichelbauers rechte Hand Dorschdn Flüchtlinge zu hassen, half er ihnen. Ein gemütlicher Mitsechziger. »Ich nehme meine Ordner mit«, sagte er und rief: »Tschüs, Bruni! Ich muss dann heim!« Er holte aus der Ecke zwei prallvolle Leitz-Ordner und packte sie unter die Arme.

An Rosas roter Bluse hing ein hübscher Vogel, der mit kleinen grünen Smaragden verziert war. Rosa stellte kunstvollen Schmuck her, sie hatte in München einen Laden. Eine wie Bruni sehr energische Frau um die vierzig, jeder Gruppe lief sie voran. Auch jetzt im Flur führte ihr flammendrotes Haar die Männer wie eine Fackel. Sie wusste, wo Němec' Zimmer lag. Dort lachten alle den Sliwowitz an.

»Ein Einstand auf die böhmische Art!«, sagte Frank. »Ich sollte nichts trinken, weil mein Dopamin-Belohnungssystem dann verrückt spielt. Dieses Wässerchen ist aber so kristall-klar, wie gerade von einem Bergbrunnen gezapft. Das hat sicher eine heilende Wirkung.«

»Wie das Wasser des Lebens in Grimms Märchen«, sagte Fritz.

»Nicht schlecht!«, sagte Heiko.

»Her damit!«, sagte Rosa.

Němec holte aus seiner großen Reisetasche sechs Gläser. Wegen des Einkaufens mit Nadim und seines Abenteuers am See mit der neuen Anna hatte er noch keine Zeit gehabt, auszupacken.

Heiko legte seine Papierlast auf Němec' Eisenbett ab.

»Machst du einen Abendkurs?«, fragte Němec und zeigte auf die überquellenden Ordner.

Heiko schüttelte den Kopf. »Das sind nur Formulare. Wenn ein Asylbewerber als Flüchtling anerkannt wird, muss er 100 Blätter ausfüllen: Jobcenter, Krankenkasse, alles Mögliche. Ich betreue fünf anerkannte Flüchtlinge. Keiner von ihnen kennt sich im deutschen Bürokratie-Dschungel aus. Ich muss die Formulare für sie ausfüllen.

Heute habe ich im Jobcenter etliche Flüchtlinge getroffen, die den Papierkram selbst ohne deutsche Helfer erledigen mussten. Jeder hatten den ganzen Batzen Formulare mit. Die Jungs wissen nicht, welches Blatt sie in welcher Behörde brauchen, und nehmen vorsichtshalber immer alles mit. Auf der Behörde wühlen sie dann nach jeder Frage des Beamten in den Papieren und suchen nach dem richtigen Blatt.«

»Ich war heute im Landratsamt mit Mike aus Eritrea«, sagte Rosa. »Habe einen richtigen Schock bekommen.«

Heiko lachte. »Dich schockiert doch sonst nie was, Rosa!«

»Da hast du recht«, sagte Rosa. »Na, ja, ich habe heute gedacht, Mike und ich sind in einer Stunde fertig, wenn wir sehr früh ins Landratsamt kommen. Wollte danach noch für die Familie einkaufen. Schon um acht Uhr hockten im Flur der Ausländerbehörde aber Hunderte Syrer und Afghanen. Der ganze Flur war voll. ›Hier kommen wir erst nächste Woche an die Reihe‹, habe ich zu Mike gesagt.«

Die Ehrenamtlichen lachten. »Das war dein erster Behördengang, Süße! Deswegen hast du nicht Bescheid gewusst.«

»Das stimmt«, sagte Rosa. »Wir waren dann tatsächlich in einer Stunde fertig.«

»Das Landratsamt ist keine Arztpraxis«, sagte Fritz. »Die Anzahl der dort wartenden Flüchtlinge korreliert nicht mit den Wartezeiten.«

Němec und Frank sahen sich an und dann die ehrenamtlichen Helfer. »Und?«, fragte Frank.

»Was, ›und‹?«

»Wie ist die Lösung des Rätsels?«, fragte Němec. »Das Landratsamt war prall voll mit syrischen und afghanischen Flüchtlingen, die vor Rosa hingekommen waren, Rosa ist aber trotzdem schnell fertig geworden. Warum? Ich liebe Rätsel.«

Rosa hielt den Zeigefinger vor den Lippen, damit die Ehrenamtlichen den Mund hielten, kippte ihren Sliwowitz runter und streckte das leere Schnapsglas Němec hin: »Wenn du mich bestichst, sage ich's dir.«

Němec schenkte ihr ein, und sie klärte ihn und Frank auf.

»Syrer und Afghanen sind soziale Völker. Sie leben in großen Gruppen. Zu jedem Behördengang nimmt ein Flüchtling seine ganze Familie und seine Bekannten mit. Manche Syrer werden von zehn Leuten begleitet, auch wenn sie im Landrats-amt nichts anderes zu tun haben, als ihren Freund zu bela-bern.«

»Nur wir sind Scheißindividualisten«, sagte Frank und ließ sich auch das zweite Gläschen einschenken. »Die meisten Rentner in Schamberg haben keine Freunde.«

»Ich habe viele Freunde«, sagte Fritz.

»Ja! Flüchtlinge!«

Auch den zweiten Schnaps wollte Rosa sofort vernichten. »Runter damit, ihr Memmen!«, sagte sie. »Damit die Decke nicht schwitzt!«

»Hä?«, sagte Fritz.

Frank machte gern mit. »Du bist ganz schön wild heute, Rosa!«

»Ich habe heute eine halbe Stunde lang mit dem Bürger-meister und seinem Hiwi Nikotin-Dorschdn diskutiert«, sagte Rosa. »Der Bürgermeister will mich loswerden.«

»Rosa arbeitet im Rathaus«, klärte Frank Němec auf.

»Wild bin ich aber sowieso!«, sagte Rosa und lachte mit krächzender Raucherinnenstimme.

»Die tschechischen Männer sind davon überzeugt, dass alle rothaarige Frauen wild sind«, sagte Němec. »Meine Mut-ter hatte auch rotes Haar und war ganz schön wild. Auch wenn ihr Haar nur rot gefärbt war.«

Rosa lachte auf. Fritz wollte als richtiger Lehrer etwas ein-wenden, doch Němec sprach unbekümmert weiter: »Frauen sind wilder als Männer, weil sie auch mehr als Männer aus-halten. Deswegen werden Frauen schwanger und nicht Män-ner. Ein Mann würde eine Schwangerschaft nie überleben, eine Frau sehnt sich danach. Laut wissenschaftlichen Studien wird nach der Geburt eines gemeinsamen Kindes der Ehemann krank und nicht die Ehefrau, die das Kind ausgetragen hat.«

»Brauchst du eine Freundin?«, fragte Rosa Němec. »Wenn ja, dann lasse ich mich scheiden.«

»Ich bin verliebt!«, sagte Němec, auch wenn seine Angebetete, die neue Anna, davon noch nichts wusste.

»Von deiner Mutter erzählst du oft«, sagte Frank. »Lebt sie noch?«

»Leider nicht«, sagte Němec. »Der Arzt in unserem Städtchen hat ihr gegen ihre Magenverstimmung am Abend vor dem Schlafengehen zwei Pilsner Urquell verschrieben und in der Früh ein Gläschen Sliwowitz. Die Magenverstimmung hat meine Mutter damit in den Griff bekommen, ist aber an Leberzirrhose gestorben.«

»Ein super Arzt!«, rief Rosa.

Němec nickte ernst. »Unser Arzt hat die meisten Krankheiten mit Sliwowitz heilen wollen. ›Wir müssen das Problem ganzheitlich angehen‹, hat er oft gesagt. ›Das wird Ihr Herz wieder auf Trab bringen.‹ Er goss seinem Patienten ein Gläschen Sliwowitz ein, und schon wollte der Patient singen und tanzen und hüpfen wie ein junger Hund.

Als man den Arzt nach der Samtenen Revolution, also schon im Kapitalismus, wegen Pfusch und Scharlatanerie verklagte, erschien er betrunken bei der Gerichtsverhandlung, wetterte gegen die orthodoxe Medizin und rief den tschechischen Wahlspruch: ›Die Wahrheit siegt!‹ Dieser Spruch stammt von dem tschechischen Märtyrer Meister Jan Hus. Ihm hat die Wahrheit aber nichts gebracht, weil er von der katholischen Kirche auf einem Scheiterhaufen in Konstanz verbrannt wurde. Seitdem lernt jeder Tscheche schon in der Schule, dass man das Maul nur in der Kneipe aufreißen darf – denn wenn man zahlt, ist man überall willkommen, egal wie blöd man sich dabei anstellt. Nur ich bin da eine Ausnahme. Ich reiße mein Maul überall auf. Mir hat aber mein Klassenlehrer schon in der Grundschule gesagt, dass ich wegen meines Mauls einmal am Galgen landen würde.«

Heiko stand von Němec' Bett auf. »Ich muss langsam gehen.« Er hob seine zwei prall gefüllten Ordner. »Ich hasse diese Formulare. Bis zum Ende meines Lebens werde ich in meinen Albträumen Formulare ausfüllen.«

»Im Sozialismus hat man uns gern Formulare ausfüllen lassen«, sagte Němec. »Unser Nachbar Ježek hat fünf Jahre lang und immer von Neuem eine Ausreise in den Westen beantragt, weil seine Frau nach Frankreich geflüchtet war. Er wollte zu ihr. Jedes Jahr musste er deswegen eine Tonne der gleichen Papiere ausfüllen und alles Mögliche belegen. Und dann wartete er und wartete, monatelang, bis er die Ablehnung bekam. Nachdem er den Antrag zum letzten Mal gestellt hatte, erschoss er sich mit einem Luftgewehr. Direkt ins Auge hat er sich geschossen. Drei Monate später hat er die Erlaubnis bekommen auszureisen. Sein Sohn wollte deswegen in den Widerstand gegen das kommunistische System gehen, nur hat es keinen Widerstand gegeben. Alle waren versklavt, aber glücklich.«

»Du und deine Geschichten«, sagte Frank und kippte den dritten Sliwowitz runter.

Němec fühlte sich ermutigt, weiterzuerzählen: »Meine Ex-Freundin Anna und ich mussten 1988 wegen unserer organisierten Touristenreise nach Westdeutschland in der sozialistischen Tschechoslowakei auch viele Formulare ausfüllen. Gleich an unserem ersten Halt im Westen, in München also, haben alle Fahrgäste unseres Reisebusses politisches Asyl beantragt, samt Busfahrer. Die vielen ausgefüllten Formulare haben keinen an den Sozialismus gebunden.

Man musste aus der Tschechoslowakei einen anderen Busfahrer nach München schicken, damit er den Bus nach Prag zurückholte, aber auch der neue Busfahrer ist in München geblieben.

Nach drei Tagen unerlaubten Aufenthalts im Westen wurden wir in der Tschechoslowakei zu einer Gefängnisstrafe verurteilt. Ich habe 18 Monate gekriegt. Dank dieses Paragrafen haben alle Tschechoslowaken in Deutschland politisches Asyl bekommen. Trotzdem mussten wir auf das Asyl ein Jahr lang in einem Sammellager warten. Egal, was wir in unsere Asylanträge geschrieben hatten.

Klar haben wir uns auch gefragt, warum man uns das Asyl nicht gleich gewährt hat. Die BRD hätte sich dann diese ganzen Sammellager voller Flüchtlinge aus der Tschechoslowakei sparen können und uns ein Jahr lang kein Taschengeld und keine Essenspakete spenden müssen. Jetzt verstehe ich das aber: Der Staat muss Formulare produzieren, sonst würde niemand diesen Staat ernst nehmen. Das ging im Feudalismus viel schneller. Dein Herr konnte sowieso nicht lesen, also guckte er dich an, sagte: ›Kopf ab!‹, und die Sache war erledigt. Warten musstest du nicht.«

»Ja, ja!«, sagte Frank. »Wenn man nicht warten muss, geht alles ruck, zuck.«

Němec musste ihn wieder mal für seine Weisheit bewundern.

»Unsere Asylbewerber warten manchmal jahrelang auf ihren Bescheid, und dann werden sie abgeschoben«, sagte Heiko. Er stand mit seinen Ordnern unter den Armen immer noch an der Tür.

Rosa warf ihre Arme hoch. »Was sollen wir machen? Die Zeiten ändern sich zum Schlechteren.« Trotz dieses Pessimismus schnupperte sie mit Verzückung in den Augen an ihrem Sliwowitz.

»Habt ihr's mitbekommen?«, fragte Albert. »Man will alle Flüchtlinge in Bayern in große und gut bewachte Zentrallager stecken.«

»Seit ich ein ehrenamtlicher Helfer bin, weiß ich, dass der Rechtsstaat nicht funktioniert!«, sagte Fritz. »Die Politik handelt nach dem, was dem Wähler momentan genehm ist, und nicht nach dem Gesetz. Nur Heuchelei ist das. Das Gefasel über die Notwendigkeit der Integration der Flüchtlinge genauso. Aus der Nachbargemeinde wurden alle Flüchtlinge in ein solches Zentrallager gepfercht, obwohl sie in der Gemeinde in Wohnungen lebten und dort schon gut integriert waren. Manche haben gerade den Integrationskurs besucht und mussten da trotzdem weg.«

»Das war schon immer so«, sagte Rosa. »Nach außen heucheln die Politiker rum, wie leid ihnen die Flüchtlinge tun. Im Verborgenen werden aber die Hähne zugedreht.«

»Ich glaube, die Politiker meinen es nur gut mit den Flüchtlingen«, sagte Němec. »Während des Balkankriegs hat der bayerische Innenminister gesagt, man wolle hier den Bosniern nur aus menschlichen Gründen das politische Asyl nicht gewähren. Damit sie nicht zu lange in Deutschland blieben und sich ihrer Heimat nicht ganz entfremdeten. Ich verstehe den damaligen bayerischen Innenminister sehr gut. Das würde ihm sicher unendlich leidtun und ihm schlaflose Nächte bereiten, wenn alle Muslime sich in Deutschland ihrer Heimat und ihrem Glauben entfremden würden und sogar Katholiken werden würden.«

Verdutzt starrten die Ehrenamtlichen Němec an. »Meinst du das ernst?«, fragte Frank, doch Němec lächelte alle mit seinem gutmütigen Lächeln an.

»Die Grenzen des Humors sind unantastbar!«, sagte Rosa.

Heiko fuhr nach Hause. Die anderen gingen zur Party zurück. Hatte Bruni sie schon vermisst? Sie tanzte mit vor Ausgelassenheit strahlendem Gesicht auf sie zu. Plötzlich fing sie an, vor ihren Gesichtern zu schnuppern – sie hatte wohl Sliwowitz-Odem gewittert –, sagte aber nichts, packte Rosa und tanzte mit ihr.

Němec flüsterte Fritz ins Ohr: »Wenn ich mit 17 von einer Party heimkam, musste ich meine Mutter immer anblasen, ob ich Alkohol getrunken hatte.«

»Man sagt, ›anhauchen‹, sagte Fritz. ›Blasen‹ klingt im Zusammenhang mit der Mutter etwas … komisch.«

Noch im Bett freute Němec sich, dass er wieder einmal etwas Komisches gesagt hatte. Wie jede Nacht vor dem Einschlafen rief er sich die schönen Geschichten und Bilder des Tages ins Gedächtnis. Trotz des Sliwowitz-Nebels sah er in seinem Kopf ein sehr klares Bild: die bibliophile Anna. Lächelnd schlief er ein.

Kapitel 12,
in dem Rhabarbermarmelade eine große Rolle spielt,
fast eine so große wie die Liebe

In der Früh wachte Němec etwas verkatert, aber gleichzeitig glücklich auf. Frank hatte recht: Der Geist seiner alten Liebe Anna wurde am vorigen Abend vom Geist des Sliwowitz vernichtet. Endlich konnte er frei neuen Liebesabenteuern entgegenblicken.

»UND DIESE BIENE, DIE ICH MEINE, NENNT SICH MAJA«, sang ihn plötzlich Karel Gott aus dem Bett. Den Biene-Maja-Klingelton hatte Němec erst am Vortag eingestellt, als ein Zeichen der Verbundenheit mit der tschechischen Kultur, jetzt wurde ihm aber klar: Diese tschechische Kultur konnte er in der Früh nicht verkraften.

Wer ihn aber um sieben Uhr am Morgen anrief, hätte er gewusst, auch wenn das Display nicht ihren Namen angezeigt hätte: seine Ex-Krankenschwester Danka! Sie rief zu den unmöglichsten Zeiten an.

»Guten Morgen, Danka«, sagte er ins Handy. Durch die Zimmertür hörte er, wie die arabischen Kinder im Flur spielten. Langsam musste er aufstehen.

»Ich komme am Abend, um dich zu massieren, Herr Doktor«, sagte sie.

An seinem letzten Tag in der Klinik hatte Danka ihm gesagt, dass er unbedingt Massagen brauche. »Ich bin auch eine ausgebildete Masseuse«, hatte sie zugefügt. Das Wort »Masseuse« hat sie richtig französisch ausgesprochen. Ihre Stimme klang dabei so erotisch, dass Němec erwartet hatte, sie würde auch gleich »Mousse au chocolat« sagen. Schokomousse liebte Němec über alles, dieser Erotik würde er nicht widerstehen können. Zum Glück sagte Danka statt »Mousse au chocolat«: »Nur 30 Euro für eine Stunde Massieren. Dann fühlen Sie sich wie neu geboren, Herr Doktor!«

Doch schon am ersten Massageabend in Němec' Wohnung hatte Danka geklagt: »Oh, ich bin so verspannt, Herr Doktor!« Kurz darauf hatte Němec mit von Massageöl glitschigen Fingern über Danka gehockt und sie massiert, statt dass Danka ihn massierte. Klar hatte er die Unberechenbarkeit des Lebens und seine Absurditäten genossen. Wie immer.

Heute wollte er eigentlich nicht in die Stadt fahren, seine Ex-Krankenschwester Danka duldete aber keinen Widerspruch. Deswegen sagte er: »Könntest du ein paar Krapfen mitbringen? Der Bäcker bei dir backt gute.«

»Wie kommst du denn auf diese Idee?«, kreischte Danka. »Krapfen isst man nur im Fasching!«

Entrüstet legte sie auf, ohne »tschüss« zu sagen. Kurz darauf bekam er aber per WhatsApp eine Nachricht von ihr: »Ich komme um 19 Uhr!«

Němec seufzte und stellte einen neuen Klingelton ein. Bevor er zu Danka fuhr, würde es heute Vormittag in *Haus Hoffnung* viel Arbeit geben. Die ehrenamtlichen Helfer sollten einige Lastwagenfuhren Holzmöbel nach *Haus Hoffnung* bringen.

Als Němec um acht in den Hof lief, wurden die Holzmöbel bereits ausgeladen. Den ganzen Tag musste ausgeräumt und eingeräumt werden.

Tariks Mutter hatte ein kleines Zimmer allein für sich und Tarik. Ihr Mann, der am Stacheldrahtzaun in Ungarn hängen geblieben war, war weiter verschwunden. Zum ersten Mal, seit Němec in *Haus Hoffnung* war, lächelte sie: In ihrem Zimmer standen jetzt statt zweier Blechspinde und zweier Eisenbetten ein Holzschrank und zwei Holzbetten. Němec und Frank trugen gerade als letztes Möbelstück einen neuen Holztisch hinein.

»Wie zu Hause«, sagte sie. »Danke!«

Nach dem Umräumen stand vor *Haus Hoffnung* eine Mauer aus Blechspinden und Eisenbetten. »Leider können wir die Blechmöbel nicht entsorgen«, sagte Frank. »Die gehören dem Landratsamt. Wir müssen abwarten, was man damit unternehmen will.«

So kamen die Eisenbetten und Spinde in Franks große Scheune. Er bewohnte einen stattlichen Bauernhof, den er von seinen Eltern geerbt hatte. Das Feld, die Kühe und den Traktor hatte er schon verkauft. Die Scheune war ihm geblieben.

Nach dem Schuften freute Němec sich auf Danka. Die samtene Haut einer Frau zu massieren machte viel mehr Spaß, als Spinde zu schleppen. Auch wenn sie keine Beziehung führten und nur Kumpel waren.

»Ein Freund hat mir einmal gesagt, ein Mann und eine Frau könnten keine normale Freundschaft haben«, hatte er zu Frank gesagt, bevor er nach München aufbrach. »Bei mir und Danka funktioniert eine Kumpelbeziehung wunderbar.«

»Ich brauche ein Bier«, sagte Frank.

Danka kam tatsächlich Punkt 19 Uhr. Ohne Krapfen. Wie immer war sie sehr laut, während Němec sie massierte. Sie stöhnte und rief einmal sogar: »Oh, ich bin so feucht!«

»Meinst du deinen Rücken?«, fragte Němec.

»Idiot!«, sagte Danka.

Das musste er akzeptieren, da auch seine Ex-Freundin Anna es einige Male zu ihm gesagt hatte.

Damit Danka nicht noch feuchter wurde, tat er vorsichtshalber kein Öl mehr auf ihre Haut.

Nach der Massage sahen sie sich bei Amazon *Birnenkuchen mit Lavendel* an. Gegen 23 Uhr ging Danka nach Hause, ohne sich richtig verabschiedet zu haben. Sie warf Němec nur einen komischen Blick zu, den er nicht deuten konnte, und weg war sie. Am Anfang eines gemeinsamen Abends wirkte Danka immer viel fröhlicher, als wenn sie heimging. Němec führte das auf ihre Erschöpfung nach der Massage zurück.

Němec schlief wie ein Baby. Gut, dass er noch nicht gelernt hatte, Nein zu Danka zu sagen. Ihm hatte das Massieren richtig Spaß gemacht. Der Morgen kam so schnell, als hätte er die Nacht übersprungen. Keine Erinnerung an einen Traum. Als ob er gerade die Augen zugemacht hätte, und schon krähte ihn der Hahn aus dem Bett, den hier in München die Straßenbahn spielte. Sie klingelte immer in der Kurve unter dem Mietshaus, in dem Němec wohnte.

Unterwegs zu *Haus Hoffnung* wollte Němec am Münchner Hauptbahnhof tschechische Zeitungen kaufen. In den 13 Jahren Koma-Schlaf war seine Muttersprache etwas angestaubt. Er musste üben.

Mit einem Lächeln flanierte er durch die Bahnhofshalle und guckte sich um: Geschichten rollten sich überall auf. Der Zug konnte ihm ruhig davonfahren, eine Geschichte musste er unbedingt erwischen.

Plötzlich sah er das Unfassbare: Berge von Krapfen in einem Bahnhofkiosk! Ein Traum von Fasching! Und das im Sommer! Sofort lief ihm das Wasser im Mund zusammen. Über diese Berge von Krapfen herrschte eine junge Frau. Ein Reisender lief an ihrem Kiosk vorbei zum Zug, rief: »Schokofüllung!«, und sie nickte und drückte ihm eine Papiertüte mit seinem Lieblingskrapfen in die Hand.

Andere wollten Aprikose, Vanille ... Jede Füllung hatte diese wunderbare Krapfenkrämerin zu bieten, sogar Himbeermarmelade.

»So viele Krapfen habe ich noch nie auf einen Haufen gesehen«, sagte Němec zu ihr, um eine Konversation in Gang zu bringen.

Sie schaute ihn so intellektuell an, dass ihm davon schwindlig geworden wäre, wenn er nicht in die neue Anna verliebt gewesen wäre. »Wil fühlen alle Klapfen!«, sagte sie.

Erst jetzt fiel Němec auf, dass sie Chinesin war. Sie sagte »r« statt »l«. Das machte sie noch unwiderstehlicher: »L« ist der melodischste Laut der deutschen Sprache. Vornamen mit »L« besetzen regelmäßig die ersten Plätze in den Vornamencharts. Oh, was für ein schönes Wort ist zum Beispiel: Li-belle!, dachte Němec sich.

»Wenn ich nicht Lolek heißen würde, würde ich gern Ludmila heißen«, sagte er zu der Chinesin, doch sie hatte ihn anscheinend nicht verstanden. Wenn er sich schon nicht in sie verlieben konnte, hatte er sich zumindest in ihren Akzent verliebt. Keine Frage, er musste sie zu weiteren »l« verführen.

»Haben Sie Krapfen mit Rhabarbermarmelade?«, fragte er.

Doch die Chinesin sagte: »Wo kommst du hel?«

»Aus München!«, sagte Němec.

»Ah, ein Tscheche!«, sagte sie.

»Wie ... wie hast du das erkannt?«

»Wegen ›Minchen‹. Tschechen können keine Umlaute ausslechen.«

»Ich kann's schon ganz gut«, sagte Němec, auch wenn's nicht ganz stimmte. Die Chinesin hatte ihn aber etwas in die Defensive gedrängt.

»Gut!«, sagte sie. »Wil machen 'nen Test, okay? Wie heißen Laubtiele, die in deutschen Wäldeln leben! Im Plulal!«

»Raubtiere?«, fragte Němec. »Im Plural?«

Sie nickte.

»Beren!«, sagte er.

Da lächelte die Chinesin breit und war ganz Ohr.

Němec setzte unbeirrt fort: »Welfe und ...«

»Oh!«, sagte sie. »Gibt's noch andele Laubtiele?«

Němec presste die Zunge an die unteren Vorderzähne, spitzte den Mund und ließ das dritte Raubtier in seinem Plural auf sie los: »Fichse!«

Die Chinesin heulte auf wie ein Hund. »Supel!«, sagte sie. »Eins zu null fül die Chinesen!«

Er schüttelte den Kopf. »Nein! Eins zu eins. Du hast Rhabarbermarmelade nicht gesagt.«

»Ich dalf nicht Lhabalbelmalmelade sagen«, sagte die Chinesin. »Du wüldest mich auslachen!«

»Ist also unser kleiner Sprachwettkampf unentschieden ausgegangen?«, fragte Němec.

Sie nickte.

»Muss leider zum Zug«, sagte er. Heute wollte er den Regionalzug nach Schamberg nehmen, der fuhr schneller als die S-Bahn. »Hast du echt Krapfen mit Rhabarbermarmelade?«

»Klal!«, sagte sie. »Fünf Kleppel fül zwei Eulo neunzig.«

Zum Glück hatte Němec noch so viel Widerstandskraft, dass er sie auf drei Krapfen zum gleichen Preis runterhandelte. Sie fing an, ihm die Rhabarbermarmeladekrapfen einzupacken.

Diese poetische Krapfen-Chinesin würde Němec nie vergessen, zumal sich ihm erst im Zug die wahre Krapfenfüllung offenbarte: billigste Fruchtmischung! Doch Němec war glücklich. Nur ein Sprachrausch, die Sucht nach ihrem »l«, hatte ihn zur Rhabarbermarmelade verführt. Hätte er Hagebutte gesagt, seine wahre Lieblingskrapfenfüllung, wäre er jetzt arg enttäuscht gewesen. Ach, was soll's?, dachte Němec. Eine Frau kannst du im Sprachwettkampf sowieso nie schlagen.

»Sind die zwei Plätze frei?« Eine weibliche Stimme hatte Němec aus seinen Gedanken an die Chinesin gerissen. Alles, was er erlebte, musste er im Kopf gleich zu einer richtigen Geschichte ausbauen, damit er sie später weitererzählen konnte. Das waren die Augenblicke seiner tiefsten Versenkung.

Er hob den Kopf und starrte mit seinem typischen Lächeln die neue Anna an, die Boxerin.

»Oh, nein!«, sagte Anna, als sie ihn erkannte.

Němec hielt im Schoß auf der Papiertüte zwei ganze Krapfen und einen angebissenen, aus dem langsam Marmelade floss.

Anna trug in der Rechten einen Rollkoffer, in der Linken eine Stofftasche. Volle Hände, dachte Němec. Jetzt kann sie mich nicht schlagen.

Heute sah sie wie ein Engel aus: schneeweiße Hose, ein weißes ärmelloses Top. Ihr feiner Duft ließ den Riechkolben in Němec' Gehirn wachsen, auch wenn's laut der Gehirnforschung nur bei anderen Säugetieren als Menschen möglich war. Bei erwachsenen Menschen konnte durch Training nur der Hippocampus wachsen.

Diese wissenschaftlichen Gedanken jagten Němec durch den Kopf, er sollte jetzt aber, statt über die Gehirnforschung zu grübeln, unbedingt etwas sagen – damit Anna sich zu ihm hockte. Er machte den Mund auf und sagte: »Hippocampus!«

Jetzt wusste Němec endgültig – er war ein Idiot. Diese Erkenntnis bescherte ihm einen kleinen Lachanfall.

Anna starrte ihn an. Sie hatte sicher so manches von ihm erwartet, nur den Hippocampus und das Lachen nicht.

»Mama!«, rief ihre kleine Tochter. »Ist das der Mann, den du getötet hast?« Die Kleine hatte einen winzigen Rucksack auf dem Rücken, von dem ein großer grüner Frosch herunterbaumelte.

Anna schüttelte nur den Kopf und sah sich genervt um. Der Zug war voll. Nur zwei Plätze im Vierersitz bei Němec waren nicht besetzt. Ihm gegenüber. Neben Němec schlief ein Mann in Tirolerhut und kurzer Lederhose.

»Hier ist frei!«, rief Němec beglückt. Wenn die Plätze nicht frei gewesen wären, hätte er die dort Sitzenden davongejagt – so sehr wollte er, dass Anna und ihre Tochter sich zu ihm setzten.

Anna seufzte und versuchte, ihre schwere Tasche in die Gepäckablage hochzuhieven.

»Ich helfe Ihnen!«, rief Němec und sprang auf. Die Krapfen legte er ab, packte Annas Tasche und wuchtete sie hoch.

Mann, o Mann! Sie lächelte ihn an. »Danke!«, sagte sie sogar. Die Kleine drängte sich zum Fenstersitz. Anna ließ sich erschöpft auf den Platz Němec gegenüber plumpsen.

»Stopp!«, wollte Němec rufen, doch es war zu spät. Auch Anna fühlte offensichtlich, dass ihr Sitz nicht ganz eben war und etwas feucht. Sie sprang auf. Die Marmelade des angebissenen Krapfens konnte auch als Kleber durchgehen: Erst als Anna wieder aufrecht stand, fiel der Krapfen von ihrem hübschen Hintern runter. Nur sah er jetzt nicht mehr wie ein Krapfen aus, sondern wie ein Pfannkuchen.

Anna drehte den Rücken zum Fenster und den Kopf nach hinten, um ihren Po in der Scheibe zu inspizieren. Ihre Hose war nicht mehr weiß, sondern marmeladenrot.

»Ich mache es sauber!«, rief Němec, sprang hoch und zog Tempos aus der Tasche. Doch bevor er Annas Po berühren konnte, knallte sie ihm wieder eine. Diesmal direkt auf den Solarplexus. Němec sackte auf seinen Sitz zurück, jetzt zum Glück bei vollem Bewusstsein.

So konnte er zusehen, wie Anna sich mit einem eigenen Taschentuch die weiße Hose abputzte, ihre Tasche graziös aus der Ablage hievte und mit ihrer Tochter und wieder mal ohne Abschiedsgruß in einen anderen Wagen trippelte.

Der Mann im Tirolerhut hatte seine Augen aufgemacht und fragte: »Was war da los?«

»Jetzt habe ich endgültig verschissen«, sagte Němec und lächelte ihn mit einer recht unschuldigen Miene an.

»Zumindest können Sie sich mit ihren Krapfen trösten«, sagte der Mann, zeigte auf die zerquetschten Krapfen auf dem Sitz gegenüber und lachte.

Němec holte sein Smartphone aus dem Rucksack.

Liebe Anna,
normalerweise mag ich keine Krapfen, auf denen schon jemand
gesessen hat. Heute mache ich aber eine Ausnahme.
Liebe Grüße,
Dein Němec

*

Als Němec aus dem Bahnhof kam, sah er Anna am Taxistand mit Bürgermeister Eichelbauer sprechen. Er hatte dort seinen Mercedes geparkt. Anna hatte sich eine grüne Bluse um die Hüfte gebunden, um die roten Flecken an ihrem Po zu tarnen: Süß! Annas Tochter hielt einen fußballgroßen Teddy in den Armen. Den hatte ihr wohl Eichelbauer mitgebracht.

Von der Bushaltestelle auf der anderen Straßenseite kam Lemlem auf ihn zu. Sicher wollte er mit dem Zug oder der S-Bahn nach München fahren. Sein neuer Flüchtlingsstatus hatte ihm einen Behörden-Spießrutenlauf beschert: Landratsamt, Jobcenter, Krankenkasse.

Plötzlich schlich eine schwarz-weiße Katze über die Straße. Dieselbe, die Anna damals im Feld gestreichelt hatte? Hinter dem Bahnhofsgebäude kläffte ein Hund. Die Katze drehte sich nach ihm um, wölbte den Rücken, wartete gespannt. Im selben Moment schoss ein Sport-BMW aus der Kurve, der Fahrer hielt ein Handy am Ohr. Das alles sah Němec. Die Katze jedoch nahm das Auto nicht wahr.

»Miezi!«, rief plötzlich Annas Tochter und sprang auf die Straße, um die Katze zu retten. Die hüpfte wie ein Knallfrosch davon. Nur das Mädchen blieb auf der Fahrbahn.

»Laura!«, kreischte Anna.

Der Fahrer entdeckte plötzlich das kleine Mädchen, ließ das Handy fallen und trat auf die Bremse. Zu spät! In einem Sekundenbruchteil würde der BMW Laura überrollen.

Auch Němec war intuitiv zur Straße gesprungen, er war aber zu weit weg, er würde zu spät kommen. Doch plötzlich jagte ein schwarzer Torpedo an der BMW-Haube vorbei, packte Laura, rollte sich mit ihr in den Armen ab und landete vor den Füßen von Anna und Bürgermeister Eichelbauer.

Seit Němec Kung-fu trainierte, sah er sich gern gute Kung-fu-Filme an, die sich durch ansprechende Choreografie und Akrobatik auszeichneten. Doch einen solchen Panthersprung wie jetzt von Lemlem hat er noch nie gesehen. Nicht in seiner Kung-fu-Schule, nicht in einem Film.

Anna – ganz blass im Gesicht – rannte zu ihrer Tochter und riss sie aus Lemlems Armen hoch.

Němec trat zu ihnen und half Lemlem aufzustehen. »Du könntest im Zirkus auftreten, Süßer!«, sagte er. »Wo hast du das gelernt?«

»Wenn man verfolgt wird, lernt man, schnell zu laufen und weit zu springen«, sagte Lemlem und lachte. Steckt mehr dahinter?, fragte Němec sich. Er hatte viele Filme mit James Bond gesehen. Einen Agenten im Auftrag einer guten Sache würde er erkennen. Ein Afrikaner mit ausgezeichneten Deutschkenntnissen, schnell wie ein Leopard ... Wer war Lemlem?

Der Bürgermeister holte sein Portemonnaie aus der Tasche und reichte Lemlem einen Zehneuroschein.

Lemlem lächelte ihn an. »Danke! Ich bin aber kein Profi, nur ein Amateur-Lebensretter. Ich darf dafur kein Geld annehmen.«

Der Bürgermeister starrte ihn an, packte Annas Rollkoffer und sagte zu ihr: »Komm! Ich bringe euch heim!« Er ging zu seinem Mercedes, Anna mit Laura in den Armen hinter ihm her. Sie hatte nicht einmal Danke zu Lemlem gesagt, was Němec etwas betrübte. War er doch in Anna verliebt.

»Sicher möchte der Schwarze mehr Geld haben«, sagte der Bürgermeister zu Anna, als sie schon an seinem Auto standen. »Ich kenne die Schmarotzer.«

Němec hatte das gehört, Lemlem sicher auch, doch zuckte er nicht einmal mit der Wimper dabei.

Dann nickte Bürgermeister Eichelbauer zu Němec herüber: »Der Idiot ist auch wieder da!«

Anna schüttelte mit erboster Miene den Kopf. Sie stellte Laura auf die Füße, sagte zu Eichelbauer: »Pass auf sie auf!«, und kam zu Němec gelaufen. Sofort nahm Němec eine Kampfstellung ein, damit sie nicht frontal seinen Unterleib erwischen konnte.

Um Anna aber nicht zu verärgern, drehte er ihr seine Nase zu. Die durfte sie ihm ruhig brechen. Gebrochene Nasen passten zu einem Mann wie die Faust aufs Auge. Er hatte ja während seines langen Komas etliche Wunden und Narben nicht aufsammeln können, die sich ein Mann im Laufe seines Lebens normalerweise zuzog. Doch statt Němec zu schlagen, wandte Anna sich an Lemlem, sagte: »Danke!«, und umarmte ihn.

Dann ließ sie den überraschten Lemlem los und lief zurück zum Bürgermeister und zu Laura.

»Ich beneide dich«, sagte Němec.

»Sie liebt dich«, antwortete Lemlem.

Das verschlug Němec zunächst die Sprache, dann lächelte er aber sein gewohntes Lächeln: Ja, es wäre schön, wenn Anna ihn liebte. Und wenn nicht, blieb ihm immer noch sein lustiges Leben.

Lemlem klopfte sich den Staub von der Hose. »Dein Bus zum Heim fehrt gleich.«

»Ich gehe zu Fuß!«, sagte Němec. »Das Gehen aktiviert den orbitofrontalen Kortex, den Teil unseres Gehirns also, mit dem wir unsere Ideen besser und einfühlsamer überdenken und die Sichtweise der anderen berücksichtigen können.«

Lemlem lachte. »Du bleibst mein Held. Ich muss zum Jobcenter. Bis dann!« Er lief davon.

Němec stapfte zu Fuß in sein neues Zuhause. Am Wald sah er ein Rotkehlchen. Schon das zweite in kurzer Zeit, obwohl Rotkehlchen selten waren. Sein Weg war gut. Nur wusste Němec nicht, wohin er führte.

Kapitel 13,
in dem Němec mit Lemlem in der Gemeindebücherei
eine Überraschung erlebt

Ein paar Tage später tauchte Frank schon in der Früh mit einer Flasche Bier in der Hand bei Němec auf. »Gut, dass wir die Blechspinde und Eisenbetten nicht entsorgt haben«, sagte er. »Die Holzmöbel müssen wieder raus.«

»Warum?«

»Eine Anordnung des Landratsamts: Holzmöbel in Flüchtlingsunterkünften verstoßen gegen die Feuerschutzordnung.«

»Wirklich?«, fragte Němec. »Der hintere Teil des Gebäudes und der Dachboden sind doch ganz aus Holz.«

Frank zuckte mit der Schulter. »Bürokratie wird nicht durch die Vernunft geleitet.«

Und wieder wurde einen halben Tag lang geschuftet. Tariks Mutter weinte. »Bekommen wir auch Eisenmatratzen?«, fragte Lemlem. »Die normalen sind brennbar und verstoßen auch gegen die Feuerschutzordnung.« Frank winkte genervt ab und ging sich ein neues Bier holen. Sein Dopamin-Belohnungssystem lief auf Hochtouren.

Nach der Arbeit hockten Bruni und Němec wieder mal in Brunis Büro. Sie goss ihm statt ihres Blümchenkaffees Zitronenlimonade ein, die gleich einem Whirlpool perlte. Němec fühlte sich behaglich wie bei seiner Mutter.

Bruni nahm einen kräftigen Schluck Zitronenlimo. »Němec, du kennst Lemlem, oder?«

»Selbstverständlich«, sagte Němec. »Lemlem kennt hier jeder. Ich wundere mich immer, wie gut er Deutsch spricht.«

»Lemlem hat in Ägypten Philosophie und Germanistik studiert. In Eritrea hat er Deutsch unterrichtet. Aus politischen Gründen musste er aus Eritrea flüchten.«

»Lemlem hat noch andere interessante Fertigkeiten«, sagte Němec. »Hat er für einen Geheimdienst gearbeitet?«

Bruni beugte sich zu ihm und flüsterte ihm verschwörerisch ins Ohr: »Ja, für die CIA!« Sie zog sich wieder zurück und musterte Němec. Plötzlich lachte sie auf. »So blöd hast du noch nie dreingeschaut.«

In Němec' naives Gesicht schlich sich langsam eine Erkenntnis: »Keine CIA?«

Bruni wurde ganz ernst und beugte sich wieder zu ihm vor. »Noch etwas Schlimmeres!«, flüsterte sie ihm ins Ohr. »Lemlem ist eine Leseratte!« Dann heulte sie wieder vor Lachen auf.

»Du bereitest mir heute einen sehr schönen Abend, Bruni!«, sagte Němec. »Ich freue mich, wenn Leute lustig sind. Ist dir etwas Schönes passiert?«

Bruni errötete und sagte: »Ich bin verliebt!«

»Mich …«, startete Němec seine Antwort.

»Nö, nicht in dich!«, rief Bruni und fasste sich dann vor lauter Schreck an den Mund. »Das tut mir leid, wenn du …«

»Ich wollte sagen: Mich packen langsam auch wieder Frühlingsgefühle, obwohl bald der Herbst anbricht.«

»Ach, so«, sagte Bruni. »Bist du auch verliebt? In wen?«

»Das möchte ich nicht sagen«, antwortete Němec. »Das wäre indiskret, bevor es mir die betroffene Person erlaubt, sie zu lieben.«

»Das heißt ›betreffende‹ Person«, sagte Bruni.

»Ist Anna Huber mit Bürgermeister Eichelbauer zusammen?«, fragte Němec unvermittelt.

»Oh«, sagte Bruni und starrte Němec an.

Er guckte aber wie immer unschuldig lächelnd zurück. Als ob Anna ihm ganz zufällig in den Sinn gekommen wäre.

Also nickte Bruni. »Ja, die beiden sind ein Paar. Wie ich Anna kenne, würde sie nie mit einem solchen – mit Verlaub – Schwein leben, aber Eichelbauer hat ihrer Tochter das Leben gerettet. Laura hatte Krebs. Eichelbauer hat ihr letztes Jahr eine sehr teure Behandlung in den USA gezahlt. Eine Million hat das gekostet. Laura ist gesund geworden. Ich war damals mit Anna sehr eng befreundet, sie ist wirklich ein guter Mensch. Nur hat sie mit mir dann wegen Eichelbauer gebrochen. Na ja, ich verstehe das. Sie muss mit ihrem Freund an einem Strang ziehen.«

»Das ist wirklich so!«, sagte Němec. »Darüber habe ich einen wissenschaftlichen Artikel gelesen: Sogar Hunde geben ihren Freunden selbstlos Leckerlis ab. Unbekannten Hunden aber nicht. Jeder hält zu seinem Nächsten. Der untersuchte Hund hat seinem Kumpel einen Hundekuchen zugeschoben, den Wissenschaftler aber gebissen, als dieser den Hundeku-chen wieder an sich nehmen wollte.«

Bruni lachte, sagte aber nicht wie üblich, dass Němec lustig sei. »Jetzt aber im Ernst«, sagte sie stattdessen, »Lemlem will lesen. Mit seinem vorläufigen Ausweis dürfte es kein Problem sein, einen Bibliotheksausweis zu beantragen. Kannst du mit ihm nach München in die Stadtbibliothek fahren?«

»Ich liebe Büchereien«, sagte Němec. »Meine Mutter hat mich zweimal pro Woche in die Bücherei geschleppt. Dort hat sie mit der hübschen jungen Bibliothekarin Liba Kaffee getrunken. Ich habe auf dem Boden mit Büchern gespielt, die langen nackten Beine von Liba immer im Blick. Liba trug die kürzesten Miniröcke jenseits des Eisernen Vorhangs. Seitdem finde ich Bücher extrem erotisch.«

Bruni zwinkerte ihm zu und entschwebte. Němec trottete ins Zimmer der Eritreer.

»Was steht heute an?«, fragte er Frank, der im Flur stand und grübelte.

»Ein Schokotörtchen«, sagte Frank. »Kommst du mit?«

»Ich muss mit Lemlem in die Stadtbibliothek nach München fahren.«

»Warum nach München?«, fragte Frank. »In Schamberg gibt es eine Gemeindebücherei.«

»Okay«, sagte Němec etwas verwundert. »Dann fahren wir nach Schamberg.« Kopfschüttelnd ging er weiter. Warum schickte Bruni Lemlem und ihn dann nach München? Bald würde er das erfahren.

Die Eritreer aßen Hähnchen in roter Soße mit viel Gemüse und Reis zu Abend, in der Heimküche selbst gekocht. Das Essen erinnerte Němec an seinen eigenen Hunger. Er schnupperte: Oh, Knoblauch und Peperoni! Was wollte ein Tscheche mehr?

»Knoblauch und Peperoni gelten in Tschechien als Aphrodisiaka«, sagte er. »Lustspeisen also. Außerdem glauben tschechische Männer, dass von Knoblauch ihre Gurken wachsen würden.«

»Hast du in deiner Kindheit sehr viel Knoblauch gegessen?«, fragte Lemlem grinsend.

Němec warf seine Hände in die Luft, als ob er sich entschuldigen wollte. »In meinem Elternhaus hat es zu jedem zweiten Abendessen Topinky gegeben – in Öl gebratene und dick mit Knoblauch eingeriebene Brotscheiben –, der Knoblauch hat meinen Körper sehr groß werden lassen, das wichtigste Organ jedoch nicht. Ich bin aber zufrieden mit dem, was ich habe. Wenn ich mich vor meiner Ex-Freundin Anna ausgezogen habe, habe ich sie immer zum Lachen gebracht. Eine Frau zum Lachen zu bringen ist das Schönste.«

Die Eritreer kicherten jetzt auch.

»,Ich habe ihn mit einem Lineal gemessen‹, habe ich einmal zu Anna gesagt«, fuhr Němec fort. »›Eigentlich habe ich eine durchschnittliche Länge.‹

,Alles ist relativ!‹, sagte Anna. ›Im Vergleich zu deiner Körpergröße wirkt das gute Stück an dir wie ein kleiner Bommel an einer großen Mütze.‹«

»Schen, dass du dich deswegen nicht gremst!«, sagte Lemlem. »Mich hat einmal ein Bekannter in Munchen in die Sauna im Muller'schen Volksbad mitgenommen. Wenn ein Schwarzer sich auszieht, sind die Erwartungen im Publikum groß. Nachdem ich in der Sauna das Badehandtuch hatte fallen lassen, haben die Saunainsassen vor Enttäuschung auch gekichert. Das ist immer so. Mich starren die Menschen in Umkleidekabinen immer an. Wenn ich mich ausziehe, gibt's ein Hallo!«

Er holte für Němec einen Stuhl aus der Ecke. »Setz dich zu uns und iss etwas!«

Beglückt ließ Němec sich nieder. Die Eritreer hielten die Hähnchenstücke in der Hand, tunkten sie in eine rote Soße und schmatzten dabei zufrieden. Lemlem schob Němec einen Teller und Besteck zu, und Němec stürzte sich auf die Speise – scharf wie eine Rasierklinge: »Gut!«

Nach einer Viertelstunde lagen auf seinem Teller nur noch Hühnerknochen. Der Teller sah aus wie ausgeleckt. Doch nicht einmal Němec selbst konnte sagen, ob er in der Hitze des Gefechts mit der scharfen Soße den Teller selbst ausgeleckt hatte, durch die zwanglosen Tischsitten der Afrikaner befeuert. Er guckte sich um. Auch die Eritreer hatten zu Ende gegessen. Doch ihre Teller waren leer, keine Knochen drauf. Němec staunte. »Ihr esst auch die Knochen, oder?«

Sie starrten zurück. »Hä?«

»Klar!«, sagte Lemlem schnell. »Die Knochen musst du auch essen, sonst beleidigst du unsere Gastfreundschaft.«

»Wirklich?«, fragte Němec. »Junge Hunde können an Hühnerknochen ersticken.«

»Du bist kein junger Hund mehr!«, sagte Lemlem plötzlich ganz streng. Auch die anderen Eritreer guckten Němec sehr ernst an und nickten, als ob sie sagen wollten: »Schnapp dir den Knochen! Aber sofort!«

Lemlem zeigte auf Němec' Teller. »Das Knochenmark ist das Beste.«

Mit seinem sanften Lächeln guckte Němec ihn an, machte aber keine Anstalten, einen der Knochen in die Hand zu nehmen. »Ich muss jetzt beichten«, sagte er. »Ich mag keine Knochen. Nur Fleisch mag ich.«

Plötzlich heulten alle Eritreer vor Lachen auf. Lemlem zeigte Němec den Abfalleimer, der mit Hühnerknochen gefüllt war. »Wir haben die Knochen schon entsorgt«, sagte er. »Hühnerknochen werden bei uns aber schon gegessen.«

»Danke für das gute Essen, ihr Spaßvögel«, sagte Němec.
»Morgen früh gehen wir Bücher ausleihen, Lemlem! Was liest
du gern?«

»Vor allem Bucher mit vielen Bildern und ohne Buchstaben«, sagte Lemlem. »Ich kann nicht lesen.«

»Gute Nacht, Süßer!«, sagte Němec. »Wir haben schon genug gelacht.«

Im Flur traf er Nadim und wollte ihm Hallo sagen, auch
wenn er mit ihm heute beim Möbelpacken schon dreimal gesprochen hatte. Plötzlich hatte er aber das Gefühl, das Peperoni-Feuer arbeitete sich von innen bis in seine Zehen vor: Gleich
würde er sich in einen Drachen verwandeln und aus allen seinen Öffnungen Feuer speien. Scharfes Huhn! Seine Eingeweide brannten. Mit aller Kraft rief er sich den Satz seiner Mutter
ins Bewusstsein: »Jede noch so traurige Geschichte hat eine
lustige Seite. Du musst sie nur finden, Lolek!« Doch das Feuer
in seinem Verdauungstrakt schien keine lustige Seite zu haben.

»Huhu!«, sagte er zu Nadim und eilte in sein Zimmer.
Dort stopfte er sich einen halben Brotlaib Vollkornsonne vom
Hofpfister in den brennenden Rachen. Doch das Feuer in seinem Innern ließ sich nicht löschen. Mit Schreck dachte Němec
an seinen Gang zur Toilette am kommenden Morgen. Auch
sein übliches Lächeln fiel etwas schief aus. »Das ist doch lustig!«, sagte er sich, wusste aber, dass er darüber erst am übernächsten Tag würde lachen können.

*

Am nächsten Vormittag hockten Němec und Lemlem im Bus,
der ins Zentrum von Schamberg fuhr.

Lemlem gegenüber im Vierersitz sprach ein hübsches schwarzhaariges Mädchen sehr laut mit ihrem Handy: »Kennst du den Witz: Die Atombombe fällt, niemand lacht, aber alle strahlen, hi, hi, hi ... Was? Du verstehst den nicht? ... Na, straaah-len ...«

Endlich verstand ihr Gesprächspartner, Němec bezweifelte aber, dass er gelacht hatte. Deswegen wollte das Mädchen sich steigern und fing an, einen Sex-Witz auf Russisch zu erzählen. Erst jetzt wurde Němec klar, dass er gerade seinen ersten Atombombenwitz gehört hatte – und das von einer Russin!

Neben Lemlem saß eine etwa vierzigjährige Dame, hübsch und sehr adrett in einem knielangen Sommerkleid. Zum Glück konnte die Dame kein Russisch und verstand nicht, welche Derbheiten die junge Russin ins Handy sprach: Das Gesicht der adretten Dame war ausdruckslos.

Němec dagegen verstand alles. Er war im Sozialismus aufgewachsen und hatte Russisch in der Schule gelernt. Interessiert hörte er dem obszönen Sex-Witz zu und überlegte, wer wohl das andere Handy am Ohr hielt. Ein Mann? Im Urlaub in Tschechien waren ihm die derbsten Witze auch von jungen Mädchen erzählt worden. Das war in Dresden und Leipzig ähnlich gewesen. Dort hatte er nach seinem Koma ein paar ehemalige Studienfreunde besucht. In München hatte er noch von keiner Frau einen unanständigen Witz gehört.

Während das russische Mädchen ins Handy sprach, starrte sie Němec und Lemlem desinteressiert an. Němec versuchte, kein Anzeichen eines Lächelns zu zeigen. Sicher würde sie sofort abbrechen und noch einen Atombomben-Witz erzählen, wenn sie wüsste, jemand im Bus verstand sie.

Doch die derbe Pointe knallte sie mit einer solchen Wucht in Němec' Gemüt, dass er vor Lachen explodierte. Das outete ihn sofort als Russisch-Könner. Sein Lachanfall flutete das Gesicht der kleinen Russin mit Blut – wie die sowjetische Flagge schaute sie aus. Jetzt starrte sie Němec entsetzt an. Zu ihrem Glück hielt der Bus gerade. Sie sprang auf und lief hinaus. Sicher war es gar nicht ihre Station.

Němec guckte die adrette Dame um die 40 an, die weiterhin mit einem Pokerface dahockte. »Entschuldigen Sie bitte meinen Lachanfall«, sagte er. »Das war ein sehr guter russischer Witz!«

»Dann könnten Sie ihn für uns übersetzen«, sagte die Dame. Sie nickte zu Lemlem. »Ihr Freund ist sicher auch interessiert.«

Němec zögerte. Liebend gern hätte er der Dame etwas erzählt. Dann entschied er sich doch dagegen. »Der Witz ist unübersetzbar«, redete er sich raus.

»Soll ich ihn für Ihren Freund übersetzen?«, fragte die Dame auf Russisch.

»Nicht nötig«, sagte Lemlem auf Russisch. »Ich habe den Witz auch verstanden!«

Wie man sich in Menschen irren kann, dachte Němec und nahm sich vor, auch Damen derbe Witze zu erzählen.

»Warst du bei der CIA?«, fragte Němec Lemlem, nachdem sie aus dem Bus gestiegen waren. Lemlem lachte nur.

Plötzlich kam Němec seine Geschichte mit der Rhabarbermarmeladekrapfen-Frau am Bahnhof in den Kopf. Er musste kichern. Als ihm einfiel, wie Anna sich auf seine Krapfen gehockt hatte, lachte er laut auf.

»Ich möchte mitlachen«, sagte Lemlem.

»Ich kann dir die Geschichte nicht erzählen«, sagte Němec.

Denn das würde sich anhören, als ob er über Anna spottete. Das wollte er nicht. Ein Gespräch über »l« war besser. »Weißt du überhaupt, dass das L einer der melodischsten Laute des Deutschen ist?«, fragte er. »Somit ist dein Name Lemlem superdeutsch. Lemlem klingt genauso schön wie Löffelchenstellung.«

»Du hast recht«, sagte Lemlem. »Von meinen Freunden aus Eritrea habe nur ich in Deutschland Asyl bekommen. Sicher weil ich einen so schönen deutschen Vornamen habe.«

»Als ich vor fast 27 Jahren aus dem Flüchtlingslager rauskam, war ich drei Monate in einem Sprachkurs in Fürth«, sagte Němec. »Dort war auch ein Lemlem aus Eritrea. Er war mit der Chinesin Ai befreundet. ›Ai‹ heißt auf Chinesisch Liebe.«

Das schien Lemlem zu freuen »Lemlem bedeutet auf Amharisch, einer *e*thiopischen Sprache, bl*u*hen.«

»Du meinst ›blühen‹, oder?«

»Ja!«

Němec nickte belustigt. »Zusammen haben Ai und Lemlem also ›Liebe blüht‹ geheißen.« Das gefiel ihm sehr gut, weil er solche Zufälle im Leben mochte und die Sprache sowieso, die solche Spiele spielt. »Weil Ai eine Chinesin war, konnte sie kein R aussprechen«, sagte er. »Wenn wir schlecht drauf waren, fragten wir Ai, woher denn ihr Freund komme, und Ai sagte: ›Lemlem kommt aus E*l*it*l*ea.‹ Gleich ging's uns super. Wenn's Ai schlecht ging, musste ich sie als Tscheche mit meinen Umlauten unterhalten, dann wollte sie, dass ich schnell Wörter wie Frühstücksbüfett, Tränendrüsenentzündung oder Höhlenlöwe sage.«

Das Gespräch verkürzte den beiden den Weg, schon standen sie an der Infotheke der Gemeindebibliothek in Schamberg:

Hinter der Theke saß eine dicke Frau um die 50 und telefonierte. »Ich komme früher heim«, sagte sie gerade in den Hörer. »Bei diesen ganzen Negern hier hat man echt Angst, am Abend aus dem Haus zu gehen.« Sie legte auf, blickte hoch und erstarrte: Der Teufel stand direkt vor ihr, der Satan, der Schwarze.

Lemlem drehte sich zu Němec und zwinkerte ihm zu. Dann widmete er sich der Frau an der Ausleihe. »Ich brauchen Ausweis!« Plötzlich sprach er, der Germanist aus Eritrea, Deutsch wie ein Indianer aus den Büchern von Karl May.

Die Bibliothekarin starrte Lemlem weiter wortlos an, dann Němec, dann Lemlem und wieder Němec. Sicher hielt sie Němec für einen Deutschen, für einen ehrenamtlichen Helfer vielleicht. Němec sagte aber nichts und ließ Lemlem machen.

»Nix wollen Asyl«, sagte Lemlem, um die Bibliothekarin zu beruhigen. »Asyl haben schon. Nur Ausweis *fur* Bibliothek!«

Endlich kam wieder Blut in die Wangen der Bibliothekarin. »Kannst du überhaupt lesen, du Affe?«, sagte sie nicht, sondern riss sich zusammen und fragte: »Wie ist Ihr Name?«

»Lemlem!«, sagte Lemlem in seiner unnachahmlichen Art, und obwohl Němec speziell jetzt gar nicht lachen wollte, kicherte er vor sich hin.

»Wie?«

»Lemlem!«

Die Bibliothekarin verdrehte die Augen. »Können Sie das buchstabieren?«

Lemlem buchstabierte. Němec kicherte weiter.

»Und wie ist Ihr Familienname?«, fragte sie.

»Lemlem«, sagte Lemlem.

»Was?«, sagte die Bibliothekarin.

»Ja«, sagte Lemlem. »Der Vorname von mein Vater ist mein *family name*. Ich habe Name geerbt von mein Vater.«

Als die Bibliothekarin sich endlich Němec zuwenden konnte, wirkte sie erleichtert. Den schwierigsten Teil der Aufgabe hatte sie bewältigt – einen komplizierten Negernamen aufzuschreiben. »Begleiten Sie Herr Lemlem ... äh ... Lemlem?«, fragte sie. »Oder wollen Sie auch einen Bibliotheksausweis haben?«

»Ja«, sagte Němec.

»Und wie ist Ihr Name?«, fragte sie.

»Lolek Němec.«

»Ach, du Scheiße!«, sagte sie.

Jetzt kicherte Lemlem.

»Eigentlich brauche ich keinen Bibliotheksausweis«, sagte Němec. Die Bibliothekarin atmete erleichtert auf.

»Kann ich Ihnen einen Kaffee anbieten?«, fragte eine weibliche Stimme hinter ihnen. Němec drehte sich um. Dort stand sie, die blonde Frau seiner Träume, die ihn hin und wieder schlug: die zweite Anna! Heute in einer Jeans und grauschwarzen Air Max. Über der Jeans trug sie ein rotes Shirt. Ein Strauch mit vielen roten Hagebutten in Annas Hand vervollständigte das schöne Bild. Immer wenn Němec sie sah, bewunderte sie etwas in der Natur oder trug ein Stück davon bei sich.

Sie steckte den Hagebuttenstrauch in die leere Vase auf dem Tisch neben der Bibliothekarin. Die Theke war hübsch aufgeräumt. Nur ein Buch lag aufgeklappt da: Anna schlug es zu, und Němec' Herz machte vor Freude einen Satz: *Die Abenteuer des guten Soldaten Švejk im Weltkrieg. Den Idiot* von Dostojewski hat sie wohl schon ausgelesen. Eine Vielleserin.

Hey! Hatte Anna sich das Buch wegen ihm ausgeliehen? Weil er Tscheche war? So dachte er kurz unbescheiden. In seinem Leben hat er nur wenige Frauen gekannt, die *Švejk* gelesen hatten. »Eine Männerlektüre«, hatte ihm einmal seine tschechische Ex-Freundin Anna gesagt.

»Herr Lemlem wollte einen Bibliotheksausweis«, sagte die Bibliothekarin zu Anna.

Anna nickte Němec zu. »Ihnen biete ich keinen Kaffee an. Sie sind mir zu gefährlich.«

Wie konnte Anna hier aber überhaupt Kaffee anbieten? War sie mit der Bibliothekarin befreundet? Oder stand hier irgendwo ein Kaffee-Automat?

Sie drehte sich wieder zu Lemlem. »Bei Ihnen möchte ich mich aber noch einmal für die Rettung meiner Tochter bedanken.« Sie plapperte los, als wären Lemlem und sie alte Bekannte: »Laura ist wirklich nicht zu bändigen. Als sie ganz klein war, sind wir auf einem Schlauchboot die Amper heruntergefahren. Meine Eltern passten auf Laura auf. Ich bin ins Wasser gesprungen, um zu schwimmen. Die starke Strömung hat mich sofort weggerissen. Ich hatte Mühe, zum Boot zurückzukommen.

Da schreit Laura plötzlich: ›Laura auch schwimmen!‹, und springt mir hinterher in den Fluss. Im letzten Augenblick und mit viel Glück konnte ich sie aus dem Wasser fischen.«

Die Bibliothekarin wühlte nervös in einer Schublade, als ob Annas Redeschwall sie irritieren würde. Doch Lemlem und Němec hörten Anna fasziniert zu. Und nicht nur das. Němec wollte die märchenhafte Erzählerin besingen, sie mit einem Freestyle-Wasser-Rap berauschen, die schöne Wasserfrau:

Soll ich dir das Wasser abgraben
Im Trüben fischen und das ausbaden
Vom Regen in die Traufe kommen
Dann das Oberwasser bekommen
Mein Schäfchen ins Trockene bringen
Zu dir ins kalte Wasser springen
Dich mit 'nem Gedicht überraschen
Bin mit allen Wassern gewaschen.

Němec wusste, wie Anna sich jetzt fühlte. So, wie er sich selbst fühlte, wenn er Menschen eine Geschichte erzählte und sie ihm zuhörten: Glücklich!

Unbekümmert sprach sie weiter: »Unser HNO-Arzt hat schon zur Familie gehört. Zweimal pro Woche musste er Anna Murmeln und andere Spielsachen aus der Nase ziehen. Als sie noch ganz klein war, kletterte sie sehr gern in die Bratröhre. Am schlimmsten aber war: Jeden Tag schleppte sie einen anderen Hund aus der Stadt an. Sie ist einfach zu den Hunden in den Hof oder in den Garten geklettert, hat sie losgebunden und nach Hause mitgebracht.«

Němec klappte den Mund zu, damit er nicht mit einem offenen dastand. Verblüfft war er aber immer noch. Anna plapperte ihn mit Geschichten an! Eine solche Frau hatte er noch nie getroffen. Außerdem hielt sie sein Lieblingsbuch in der Hand.

»Einmal hat Laura einen Bullterrier mitgebracht. Ohne Maulkorb. Vor dem hatte sogar ich Angst. Wenn ich dem Hund zu nahe kam, hat er mich angeknurrt. Nur Laura ließ er an sich heran. Bullterrier können plötzlich durchdrehen, oder? Deswegen habe ich Laura nicht mehr erlaubt, dem Hund näher zu kommen.

Zum Glück hatten wir einen Nachbarn, der mit Hunden umgehen konnte. Er hat sich bei mir oft damit gebrüstet: Ganz böse Hunde könne er hypnotisieren wie Crocodile Dundee Büffel, sagte er einmal. Als er den Bullterrier hypnotisieren wollte, hat der ihn aber in die Wade gebissen. Wir mussten den Hund in der Küche einschließen und haben einen Krankenwagen und die Feuerwehr gerufen.«

Němec fühlte sich wie im Paradies. Als ob seine Mutter von den Toten auferstanden wäre. Klar sah er Anna nicht als Ersatz für seine Mutter. Seine Mutter hatte er anders geliebt. Doch einer Frau, die so reden konnte wie Anna, verfiel er mit Haut und Haaren.

»Er mag Sie«, sagte Lemlem zu Anna und zeigte auf Němec.

»Was?«

»Das stimmt!«, sagte Němec. »Ich mag Sie sehr.«

Anna schnappte nach Luft, sagte: »Ich muss etwas erledigen«, und lief aus der Bibliothek. Mit ihrem *Švejk* in der Hand.

»Was hat Anna hier gemacht?«, fragte Němec die Bibliothekarin. »Wollte sie sich auch Bücher ausleihen?«

»Frau Huber ist die Büchereileiterin«, sagte die Bibliothekarin unwirsch.

»Ich möchte auch einen Bibliotheksausweis«, sagte Němec. Lemlem zwinkerte ihm zu. Die Bibliothekarin seufzte.

Im kleinen Flur am Ausgang der Bibliothek blieb Němec stehen und guckte sich die Veranstaltungshinweise an der Pinnwand an. Vielleicht könnte er Anna bei einer Veranstaltung treffen. Doch das einzig Interessante, was er fand, war der Aushang gegen die Fremden von Bürgermeister Eichelbauer. Bald würde die Bürgerversammlung stattfinden. Anna und der Bürgermeister. Konnte man wirklich jeder traurigen Sache ihre lustige Seite abgewinnen?

Das Blödeste aber war: Das Schicksal zimmerte schon eine neue Geschichte, die ihn von Anna entfernen würde. Das wusste Němec zum Glück noch nicht.

Zum Bus mussten Němec und Lemlem laufen. Gott kübelte Bayern mit Wasser zu. Wo hatte Anna sich vor dem Regen versteckt?

Liebe Anna,

Du schöne Märchenfrau. Tausendundeine Nacht lang möchte ich Deine Geschichten hören und dann wieder tausendundeine Nacht und immer wieder bis zum Ende allen Lebens. Weißt Du, dass »Švejk« mein Lieblingsbuch ist? Ich habe es zwanzigmal in fünf verschiedenen Sprachen gelesen.

Liebe Grüße,

Dein Němec

Kapitel 14,
in dem Nĕmec endlich Bruni in ihrem Sprachkurs erlebt

Am Anfang seines Aufenthalts hatte Bruni Nĕmec den Schlüssel von ihrer Toilette gegeben.

»Bei uns ist es überall sauber«, hatte Bruni gesagt. »Wir haben keine Saubären hier, und Agata putzt sowieso sehr gut. Trotzdem ist es auf meinem Klo sauberer als auf den Gemeinschaftsklos. Auch Frank und die Ehrenamtlichen benutzen diese Toilette. Die Gemeinschaftstoiletten werden von über 50 Menschen benutzt. Manche Jungs klettern auf den Klodeckel und stehen drauf, wenn sie ihr Geschäft erledigen, weil sie an die Stehklos in ihrer Heimat gewöhnt sind. Die Syrer finden unsere Klos und das Klopapier eklig. Bei ihnen zu Hause wird der Hintern nach dem Klogang immer ordentlich mit Wasser gewaschen.« Bruni seufzte. »Viele in der Gemeinde wollen es nicht wahrhaben: Was aber die Hygiene angeht, sind die Araber viel pingeliger als wir.«

Daran musste Nĕmec denken, als er nach dem Treffen mit Anna in der Bibliothek sein Tablet in die Hand nahm. Mirek, ein Freund aus Tschechien, hatte in seiner Facebook-Chronik Fotos aus deutschen Flüchtlingsunterkünften gepostet und ihn per Facebook-Messenger darauf hingewiesen.

Oft bekam Němec islamophobe und fremdenfeindliche *Fake News* von Freunden aus Tschechien, doch diese neue Nachricht gehörte eher zu *Shit News*: Lauter Bilder angeblich aus deutschen Flüchtlingsheimen – Scheiße auf Tischen, Sofas, Stühlen, auf dem Boden in den Toiletten, aber auch in der Küche, in den Zimmern, überall Scheißhaufen. Als hätten Flüchtlinge Spaß daran, ihre Notdurft an jeder erdenklichen Stelle zu verrichten.

»Was treibst du, Němec?«, fragte ihn Mirek im Messenger.

»Ich lebe in einem Flüchtlingsheim und scheiße gerade auf den Teppichboden«, schrieb Němec zurück. Er löschte den ehemaligen Freund aus seinem Facebook-Profil.

Die Welt und die Menschen hatten sich in seinen 13 Koma-Jahren grundlegend gewandelt. Früher war Mirek ein Hippie gewesen, der seine Mails mit »Love & Peace« beendete, jetzt war er ein Rassist, und das ohne einen ersichtlichen Grund, nur aus einem medialen: Flüchtlinge kannte Mirek nur aus Hasskommentaren und Videos bei Facebook und YouTube. Bei Mirek in der Ortschaft gab's keine Fremden.

Besser las er ein paar Artikel in seiner *Spiegel*-App, doch auch die strotzten vor Hiobsbotschaften. Klar konnte man darüber lachen. Trotzdem philosophierte Němec über den menschlichen Trieb, Kathedralen zu bauen und den Kosmos zu erkunden, gleichzeitig aber auch Bomben zu legen und Milliarden zu scheffeln und immer mehr, obwohl man schon mit einer Million sogar in München zehn Jahre lang glücklich leben konnte. Ein Mensch in Eritrea vielleicht 10 000 Jahre.

Jemand klopfte an seine Tür. Němec öffnete.

»Wie geht's dir, mein nobler Freund?«, fragte ihn Nadim. Er stand im Flur mit einem etwa dreizehnjährigen Jungen.

»Die geopolitische Weltlage verdüstert sich«, sagte Němec. »Wir müssen mehr lachen.« Bevor Nadim den Jungen vorstellen konnte, reichte Němec ihm die Hand. »Němec! Du bist Amir, oder? Nadim hat mir erzählt, ihr seid zusammen nach Deutschland gegangen. Besuchst du hier die Schule?«

»Ja, München, ich Schule!«, sagte Amir. Er konnte bei Weitem nicht so gut Deutsch wie der ältere Nadim. Dabei waren sie gemeinsam nach Deutschland gekommen. Bruni konnte auf ihre Schüler stolz sein.

»Hast du hier gute Lehrer?«, fragte Němec.

»In Deutschland supergute Lehrer«, sagte Amir. »In Deutschland Lehrer nicht schlagen, in Surija Lehrer schlagen.«

»Amir hat in unserem armen Syrien auf dem Land unter vielen nur minder Gebildeten gelebt«, sagte Nadim.

»In Deutschland Lehrer sehr super«, sagte Amir. »Wenn Lehrer nicht schlagen, ich merken gut Sachen in Schule.«

»Und wie ist es mit den deutschen Mädchen?«, fragte Němec. »Kennst du schon einige?«

Amir grinste breit. »Krass viele!«, sagte er: »Ich habe treffen Mädchen. Voll deutsches Mädchen … aus Kroatien. Sie sagt: ›Du Amir, ich mag dich voll.‹ Und ich: ›Okay!‹ Und sie: ›Ich will dich küssen, Amir.‹ Und ich sofort nehmen Wörterbuch in Hand und suchen ›küssen‹. Und dann ich gefunden und sagen: ›Küssen voll gut.‹«

*

Am Nachmittag schaffte es Němec endlich, mit Bruni in ihren Sprachkurs zu gehen. Sie trug einen ganzen Blumengarten auf ihrem Kleid: weiße Gerbera, blaue Astern, rote Gladiolen.

»Tschechische Farben«, sagte sie und zwinkerte ihm zu. »Heute sind im Unterricht die Männer dran. Frauen und Kinder kommen morgen. Wenn ich Männer und Frauen zusammen unterrichte, funktioniert der Unterricht nicht so gut.«

Němec zeigte auf ein Flechtkörbchen in ihrer Hand, in dem drei Orangen lagen. »Bekommen die guten Schüler eine Belohnung?«

»Sozusagen«, sagte Bruni und lachte.

»Im Sozialismus waren Orangen Mangelware«, sagte Němec. »Die hat's höchstens kurz vor Weihnachten gegeben. Mit 15 habe ich mir beim Fußball eine Niere angerissen. Meine Mutter hat mir ins Krankenhaus drei Orangen mitgebracht. Mir ist das Wasser im Mund zusammengelaufen, wenn ich die Orangen nur ansah. Trotzdem wollte ich sie erst dann essen, wenn ich mit ihnen jonglieren gelernt hatte. Eine ganze Woche lang habe ich mit den Orangen jongliert, bis ich's geschafft habe. Endlich konnte ich die Orangen wegschlemmen. Doch durch das ständige Werfen und Fallen ist aus dem Fruchtfleisch ein ekliger stinkender Batz geworden.«

»Genau das passiert mit meinen Apfelsinen«, sagte Bruni geheimnisvoll.

Etwa 20 männliche Flüchtlinge hockten im Gemeinschaftsraum zusammengedrängt und warteten. Lemlem war nicht da. Němec setzte sich in die letzte Reihe zu Nadim.

Němec' Neugier wuchs: Wie hatte Bruni die Flüchtlinge so gut zum Lernen motivieren können?

»›Ich fahre mit dem Auto‹ ist ein Satz im Präsens«, sagte Bruni. »Wir klingt der Satz im Perfekt?« Sie sah sich um, rief plötzlich: »Said!«, und warf mit einer ihrer Apfelsinen nach ihm. Said saß in der dritten Reihe. Kurz bevor die Apfelsine vor seine Stirn knallte, fing er sie auf.

»Ich habe gefahren?«, antwortete er.

»Falsch!«, sagte Bruni.

Said warf ihr die Apfelsine zurück, stand auf und setzte sich in die letzte Reihe.

»Ich koche!«, rief Bruni und warf die Apfelsine Mike aus Somalia zu. »Im Plusquamperfekt.«

»Ich hatte gekocht«, sagte Mike. Er warf die Apfelsine zurück und durfte sich in die erste Reihe setzen.

»Das ist mein System, Němec«, sagte Bruni. »Wer die richtige Antwort sagt, setzt sich in die erste Reihe. Nach einer falschen Antwort muss man in die letzte Bank gehen. Alle wollen aber nach vorne kommen. Jeder hat Angst, ich könnte ihn mit der Apfelsine treffen, wenn er zu weit hinten sitzt.«

Nadim beugte sich zu Němec. »Das ist nicht die vollendete Wahrheit«, flüsterte er ihm ins Ohr. »Jeder der vornehmen Schüler will vorne sitzen, weil jeder aus der Nähe sehen will, wie Frau Müllers Blumen lieblich tanzen, wenn sie wirft und fängt, so graziös, wie nur sie es kann.«

Němec flüsterte zurück: »Warum sitzt du dann in der letzten Reihe? Du kannst doch gut Deutsch.«

»Wegen einer sexistischen Bemerkung, lieber Freund«, sagte Nadim und zog eine traurige Miene.

Bruni setzte ihren Unterricht fort. »Wie geht's Ihnen, Herr Solomon?«, fragte sie Birhan aus Eritrea.

»Scheiße, Frau Müller!«, sagte Birhan.

Bruni kicherte. »Sie machen immer Spaß, Herr Solomon. Sie sind wie Herr Němec. Der macht auch ständig Späße. Die Tschechen sind aber ein Volk von Švejks, nicht die Eritreer.«

»Wie geht's Ihnen, Herr Al Quadir?«, fragte Bruni den Syrer Rashin.

»Supergut, Frau Müller!«, antwortete Rashin.

Rashin konnte ganz gut Deutsch, nur sprach er nicht so blumig wie sein Freund Nadim, sondern wie ein Hip-Hopper aus Berlin-Neukölln. Diese Sprache lernte er im Münchner Migrantenviertel Neuperlach, wo er in einer Dönerbude aushalf.

Bruni strahlte. »Danke, Herr Al Quadir.« Sie drehte sich wieder zu Birhan. »Das ist die richtige Antwort auf die Frage ›Wie geht's Ihnen?‹, Herr Birhan. In Deutschland gilt es als höflich, wenn man darauf ›gut‹ oder ›sehr gut‹ antwortet.« Und schon sprach Bruni wieder mit Rashin: »Haben Sie sich auch Gedanken gemacht, wie ein Mann sich in Deutschland Frauen gegenüber verhält? So wie die Aufgabe war?«

Rashin nickte ernst: »Ja!«

»Und was machen Sie, wenn Sie sehen, dass Ihre deutsche Freundin einen anderen Mann küsst?«, fragte Bruni.

Rashin zuckte mit der Schulter. »Dann mach ich Schluss mit ihr und finde mir 'ne Bitch … äääh … 'n Mädchen, das nur mich küsst.«

»Richtig, Herr Al Quadir! So verhält man sich Frauen gegenüber.«

Rashin hob die Hand, um zu zeigen, dass er noch nicht fertig war. »Bevor ich mit ihr aber Schluss mache, verprügele ich sie g'scheit, und ihren Macker auch.«

»Aber Herr Al Quadir!«

»Nur ein Scherz, Frau Müller! Wollte prüfen, ob Sie Witze verstehen.«

Bruni schüttelte den Kopf. »Ich weiß nicht, Herr Al Quadir. Sie sollten nicht nur Deutsch, sondern auch die westliche

Kultur lernen. In der Hausarbeit haben Sie geschrieben, dass Frauen in der Stadt nicht halb nackt herumlaufen sollten, wenn sie nicht von Männern belästigt werden wollen. Und gut kochen muss eine ideale Frau auch noch können, oder? Das haben Sie mir auch einmal gesagt.«

Rashin kratzte sich am Kopf. Plötzlich war's ihm sichtlich unangenehm, dass Frau Müller sich ihm allein widmete.

»Wissen Sie was, Herr Al Quadir, ich habe Bekannte in einer Saunalandschaft bei München. Sie suchen nach einem Saunameister, der dort Aufgüsse machen würde. Das ist doch eine schönere Arbeit, als Töpfe zu putzen. Dort lernen Sie, Frauen Respekt zu zollen, auch wenn sie nackig rumlaufen.«

»Ich wollen diese Arbeit!«, brüllten einige Jungs aus Eritrea.

»Ich will auch arbeiten *fur* nackte Frauen!«

»Ich!«

»Nix du! Ich!«

»Zu spät!«, sagte Bruni. »Herr Al Quadir ist angestellt.«

Zur Verwunderung der Jungs aus Eritrea sah Rashin wegen dieser neuen Arbeit recht unglücklich aus, widersprach aber nicht.

Nach dem Unterricht ging Němec mit Bruni und dem jungen Laith aus dem Gemeinschaftsraum. Laith trug einen langen Bart, wie ihn zurzeit auch viele Fußballer ihr Eigen nannten. Im Flur wartete Lemlem auf Bruni.

»Kannst du Laith mit den Hausaufgaben helfen?«, fragte Bruni Němec. »Bis jetzt hat's Lemlem gemacht. Der ist aber wegen seines Asylbescheids viel unterwegs.«

»Gern«, sagte Němec und drehte sich zu Laith um. »Kannst du um 20 Uhr in mein Zimmer kommen?«

»*Aiwa!*«, sagte Laith. Bruni sah ihn mit hochgezogenen Augenbrauen an. »Ja«, sagte Laith, »ich kommen.« Er lief den Flur hinunter.

»Kannst du für mich auch eine solche feine Arbeit wie für Rashin auftreiben?«, fragte Němec. »In einer Saunalandschaft, meine ich.«

Bruni kicherte. »Ich bin keine Diktatorin. Die Herren aus den arabischen Ländern müssen aber lernen, dass im Westen Frauen das Sagen haben, hi, hi, hi ... Rashin ist ein sehr guter Rapper und Musiker. Bevor er bei MTV seine Botschaften hinausposaunen kann, sollte er sein Machogehabe ablegen.«

»Das finde ich gut«, sagte Němec. »Vielleicht bringt er dann auch den Gangstas aus Neukölln und anderen deutschen Rappern die Gleichberechtigung bei.«

Bruni nickte. »Ich helfe gern. Jeder Mensch muss wissen, dass der andere auch ein Mensch ist. Wenn er das nicht akzeptieren kann, muss er zu seinesgleichen gehen. Was meinst du, bin ich zu hart zu den Jungs?«

»Du bist wunderbar, Bruni!«, sagte Lemlem und klatschte Bruni sanft auf den Hintern.

»Du Schlawiner, du!«, sagte Bruni und schmiegte sich bei Lemlem an.

Und so erfuhr Němec, in wen Bruni sich verliebt hatte und dass auch der Sexismus stark vom Kontext abhängt.

*

Den ganzen Nachmittag, seit Lemlem und Němec aus der Bibliothek zurückgekommen waren, hatte es geregnet. Der Waldboden war sicher matschig, trotzdem wollte Němec noch im Hellen im Wald joggen und dort anschließend seine Kung-fu-Übungen machen. Auf dem Waldweg musste er großen Pfützen ausweichen, das schärfte seine Sinne.

Schon von Weitem sah er Anna. Zum zweiten Mal am selben Tag: ein Wunder. Und schon zweimal hintereinander hatte sie ihn nicht geschlagen: vor dem Bahnhof, als Lemlem Laura gerettet hatte, und heute in der Bibliothek. Sie kamen sich immer näher! Nur noch Bürgermeister Eichelbauer musste Němec Anna ausreden, und dann stand ihrer Liebe nichts mehr im Wege.

Sie hockte am Waldweg gleich hinter einer Traktorspur, die mit schlammigem Wasser gefüllt war, und bewunderte einen Busch mit blauen Blüten. Typisch Anna. Ihm fiel ein, sie könnte erschrecken, wenn sie ihn plötzlich hinter sich hörte. Schon öfter hatte er unbeabsichtigt Leute beim Joggen erschreckt. Einmal hatte er jemanden überholt, der in Gedanken versunken war, und der Spaziergänger war vor Schock in den Busch am Wegrand gesprungen, als er plötzlich Němec wahrgenommen hatte.

Němec überlegte krampfhaft, was er rufen sollte, um Anna nicht zu erschrecken: »Passen Sie auf« oder »Hallo, ich bin's«?

Er entschied sich für: »Erschrecken Sie nicht!«

Vor Schreck hüpfte Anna bei seinem Ruf aus der Hocke einen halben Meter hoch, rutschte beim Landen aus und patschte mit dem Hintern in die Schlammpfütze. Sogleich sprang sie auf, rutschte im Matsch noch einmal aus, verlor das Gleichgewicht, versuchte es trotzdem zu halten, wirbelte herum und stürzte wieder in die Pfütze, nun aber bäuchlings.

»Ach, du Scheiße!«, sagte Němec laut. Da habe ich mir wieder etwas Schönes geleistet. Gleich streckt sie mich nieder. »Kann ich Ihnen helfen?«, rief er.

Anna gelang es endlich, sich aus der Pfütze zu befreien. Wie eine Sumpfblume stand sie neben den schönen Blüten am Wegrand. Matsch und trübes Wasser tropften von ihr herunter. Ein Bild, das Němec den Atem verschlug: Der Dreck macht das Schöne wunderschön.

»Ich will Sie nie mehr sehen!«, kreischte sie. »Verstanden?«

»Der Zufall ist mächtiger als wir!«, rief Němec und joggte davon. Am Waldrand traf er Yaver, den Vogelmann, der mit seiner Kamera mit Riesenobjektiv Vögel fotografierte. »*Assalam Alaikum*«, grüßte Němec ihn.

»*Wa Alaikum Assalam*«, rief Yaver und lächelte.

Ein komischer Vogel, der bei Vögeln Zuflucht sucht, dachte Němec. Dann hatte er plötzlich vor Augen, wie er eben mit seinem Ruf Anna in die Matschpfütze befördert hatte, und musste laut auflachen. Gleich tadelte er sich: Jetzt hast du's dir bei dem süßen Spatz endgültig vermasselt. Und da lachst du, du Vollidiot? Aber es war einfach urkomisch gewesen. Ein Stück weiter malte er mit der Fußspitze ein Wort in den weichen Boden: (M)A(T)SCHENBRÖDEL.

Da fiel ihm ein, er könnte bei Facebook nach »Anna Huber« und »Schamberg« suchen. Warum war es ihm nicht gleich in den Sinn gekommen? Lag er jetzt schon im Liebeskoma? Er kicherte.

In seinem Zimmer zurück, startete Němec sein Notebook. Gleich fand er sie. Ein öffentliches Profil. Anna postete nichts Privates. Nur war er zuerst etwas enttäuscht: Statt Annas Selfies sah er nur Annas Bilder der Welt. Sogar ihr Profilfoto zeigte nur eine hübsche Hand, die eine Kamera hielt.

Doch gleich packten ihn ihre Fotos. Anna lichtete alles Schöne und Interessante ab, das sie in der Welt entdeckte.

Und sie entdeckte viel. Nicht nur, weil sie viel reiste, sondern auch, weil sie viel schaute.

Er scrollte durch Annas Profil, hin und wieder lachte er auf: Wie bei dem Foto des Ortsstraßenschilds eines kleinen Kaffs in den polnischen Beskiden, das »Las« hieß, was auf Deutsch »Wald« bedeutete. Ein Spaßvogel hatte das Ortsschild mit seiner Spraydose zu »Las Vegas« vervollständigt.

Auch Prag hatte Anna besucht. In einem Geschäft hatte sie dort drei Knoblauchknollen in einem Netz fotografiert, dem eine kleine tschechische Flagge beigeheftet war. »Die Knoblauchfahne«, hatte Anna druntergeschrieben.

Prag und Knoblauch waren plötzlich zu viel für Němec. Ihm war nach Schwärmen zumute, ein Gefühl breitete sich in ihm aus, das er nicht mehr empfunden hatte, seit er mit seiner damals großen Liebe, der tschechischen Anna, nach Deutschland aufgebrochen war. Zum Glück konnte er sich jetzt gehen lassen und schwärmen. Seinen Liebesbrief an die neue Anna würde sowieso nur er allein lesen:

Liebe Anna,

ein Kung-fu-Meister hat mir einmal eine taoistische Weisheit verraten: »Von dem Schauen kommt das Staunen, und von dem Staunen kommt die Freude.« Du lebst diese Weisheit.

Du bist der erste Sonnenstrahl, der in der Früh meine Augen öffnet, und Du bist der Abendstern, den ich am Himmel zuletzt sehe, bevor ich schlafen gehe. Du bist der zart singende Vogel am Waldbrunnen nach einer Wanderung, der mir schöne Lieder in die Ohren zwitschert, Du bist die wunderhübsche Wasserfrau, die warme Brise auf dem Berggipfel, die meine Wange streichelt,

die wilde und starke Amazone, neben der ich durch Urwälder und Steppen laufe, um einen Blick auf einen Tiger zu erhaschen, meine Mitstadtstreicherin bist Du, die Forschungsreisende durch wunderbare Innenhöfe, meine schönste Geschichte.
Ich liebe Dich!
Dein Němec

Jetzt könnte er den Liebesbrief einfach in Annas Messenger kopieren und ihn abschicken. So nah waren sie sich, nachdem er ihr Facebook-Profil entdeckt hatte. Und? Sollte er ihr den Liebesbrief schicken? Er kicherte über diesen irrsinnigen Gedanken. Natürlich konnte er den Brief Anna nicht zukommen lassen! Welche Frau würde schon von einem Fremden solche Schwärmereien gutheißen? Anna und er hatten sich ja nur durch die paar Schläge kennengelernt, die sie ihm verpasst hatte. Sofort würde sie denken, er sei ein Stalker.

Nur zum Spaß klickte er trotzdem in Annas Profil auf »Nachricht senden« und fügte seinen Liebesbrief in das Messenger-Fenster ein. Auf »Senden« würde er nie klicken. Er musste für sie weiter im Geheimen schwärmen, wenn er sie nicht vor den Kopf stoßen wollte.

Schon wollte er den Text im Messenger löschen, da fiel ihm plötzlich ein Postskriptum ein, das er dazuschreiben konnte: »Ist das zwischen Dir und Eichelbauer wirklich ernst?« Okay. Er würde noch diesen Satz hinzufügen und dann den ganzen Text löschen.

Um in die neue Zeile im Messenger zu kommen, klickte er auf Enter. Stattdessen aber verschickte das Programm seinen Liebesbrief an Anna.

Eine Minute lang glotzte er den Bildschirm an und sagte: »Boah! Ich bin der Idiot von Deutschland!« Dann bekam er einen Lachanfall.

Von Anna kam keine Antwort. Jetzt wusste sie aber, wie der Hase lief, der Němec hieß. Da hat er wirklich wieder mal etwas ganz Hübsches angestellt. Das würde er sicher lange nicht toppen. Oder doch? Ja! Das machte er jetzt: Er schickte Anna bei Facebook eine Freundschaftsanfrage.

*

Laith war um 20 Uhr nicht in Němec' Zimmer zur Nachhilfe gekommen, also ging Němec zu ihm.

Laith und ein paar andere Männer hoben gerade ihre Gebetsteppiche vom Boden auf. »Sorry!«, sagte Laith. »Ich beten. Ich vergessen kommen.«

»Wenn der Berg nicht zum Propheten kommt, muss der Prophet zum Berg«, sagte Němec und lachte.

»Bitte, nicht lachen über Prophet«, sagte Laith.

Doch Němec lächelte ihn weiter an. »Ich möchte über alles lachen dürfen, Laith«, sagte er. »Auch deswegen bin ich aus einer Diktatur nach Deutschland geflüchtet.«

»Das Lachen über alles du mir beibringen, *quois*?«, sagte Said aus Syrien. Er hatte keinen Platz mehr im Zimmer der Syrer bekommen und wohnte deswegen mit Laith und ein paar anderen Männern aus dem Irak zusammen. Said klopfte Němec auf die Schulter: »Gute Mann!«

Kapitel 15,
in dem Němec endlich sein neues Hunde-Denkspielzeug testet – mit weitreichenden Folgen

Ein warmer September-Spätnachmittag. Němec jonglierte vor dem Flüchtlingsheim. Die Kinder aus *Haus Hoffnung* sahen ihm zu und klatschten. Sie lachten, als er ihnen mit den Bällen ein Jo-Jo zeigte.

Frank kam heraus. »Schön, dass du für die Kids den Clown spielst.«

»Der Clown ist der lustigste Beruf der Welt«, sagte Němec und fing die fliegenden Bälle auf. »Zeit für eine Tee-Zeremonie!«

Er lief in die Küche, kochte sich eine Kanne grünen Tee und trottete in sein Zimmer. Das neue Hunde-Denkspielzeug lag immer noch auf seinem Tisch, ohne dass ein Hund daran geknobelt hätte. Bis jetzt war Němec kein geeigneter Hund über den Weg gelaufen. Er musste das Intelligenzspielzeug aber testen, bevor er in Tschechien mehr davon bestellen und es bei eBay anbieten konnte. Sollte Němec nach Schamberg fahren und dort nach einem Hund suchen?

Vielleicht konnte er durch die Fahrt in die Stadt wieder einmal einen schönen Zufall herbeirufen und Anna treffen. Eine angereicherte Umgebung war das Beste fürs Gehirn. Und

Anna war bei Weitem die beste Anreichung für jede Umgebung. Er packte das Denkspielzeug ein und brach nach Schamberg auf.

Im Flur kam ihm Lemlem mit drei seiner Landsleute aus Eritrea entgegen. Die Jungs sahen recht eingeschüchtert aus. »Hilfst du mir, in Schamberg nach einem jungen Hund zu suchen?«, fragte Němec Lemlem.

»Keine Zeit«, sagte Lemlem. »Muss den jungen Hunden hier gutes Benehmen beibringen. Sie haben wieder ein paar Frauen im Skatepark mit blöden Sprüchen belästigt.«

»Anna?«

»Zum Glück nicht!« Lemlem trieb die Jungs vor sich her zum Zimmer der Eritreer.

Němec stapfte auf dem langen Flur am Zimmer der Syrer vorbei. Sollte er noch einmal Nadim fragen, ob er ihm bei der Hundesuche helfen würde? Araber und Hunde zu versöhnen wäre sicher von großer kulturpolitischer Tragweite. Němec rauschte ins Zimmer der Syrer. Leider war nur Rashin da. Vor dem Waschbecken, nur mit einem Badehandtuch bekleidet, das er sich um die Hüfte gebunden hatte, oben ohne, die Beine nackt. Als Němec eintrat, hüpfte Rashin gerade hoch, um sich im Spiegel über dem Waschbecken kurz zu betrachten.

»*Assalam Alaikum*«, sagte Němec.

»Hey, Alda«, sagte Rashin. »Isch schau krass knackig aus, oder? Übelst gut!«

»Du siehst super aus«, sagte Němec. »Wenn du überall so viele Haare hast wie auf der Brust und auf dem Bauch, brauchst du aber kein Handtuch.«

»Hä?«, sagte Rashin. Er war jung und konnte die deutschen Umlaute am besten aus dem ganzen Flüchtlingslager aussprechen. Ein Hip-Hopper mit einem absoluten Gehör. In Damaskus hatte Rashin in einer Band gerappt.

»Wo gehst du in dem Handtuch hin?«, fragte Němec. »In die Moschee?« Das sagte er allerdings nicht laut, weil er schon wusste, wie empfindlich manche arabische Jungs auf Spitzen gegen den Islam und den Propheten reagierten.

»Isch bin jetzt Saunameister, Alda!«, sagte Rashin.

»Hat Bruni dir den Job in der Saunalandschaft wirklich vermittelt?«

»Voll!«, sagte Rashin.

»Kannst du mit mir nach einem Hund suchen?«

»Auf keinen, Alda!«

Unterwegs nach draußen sah Němec, dass Brunis Bürotür offen war. Er schlüpfte hinein. »Machst du noch nicht Feierabend?«

»Ich bleibe heute länger«, sagte Bruni. »Ich muss noch Tausende Formulare ausfüllen.«

Němec zeigt ihr das Denkspielzeug. »Kennst du in Schamberg jemanden mit einem Hund?«

Bruni runzelte die Stirn. »Ich bin wegen des Flüchtlingsheims mit der halben Stadt zerstritten.«

»Kein Problem!«, sagte Němec. Gemächlich schritt er aus dem Heim.

Frank saß immer noch draußen auf der Bank. Die syrischen und afghanischen Kinder spielten Seilspringen. Frank zündete sich gerade eine neue Zigarette von der letzten an. »Was hast du da?«, fragte er Němec.

»Mein neues Hunde-Intelligenzspielzeug«, sagte Němec und setzte sich zu Frank. »Möchte das an einem Hund testen. Kennst du in Schamberg jemanden mit einem Hund?«

»Einige Bekannte haben einen!«

»Ich brauche einen jungen«, sagte Němec.

Frank überlegte. »Einen jungen Hund kenne ich nicht. Zumindest fällt mir jetzt keiner ein. Nur eine junge Katze, hä, hä …«

»Ich brauche einen jungen Hund«, sagte Němec. »Einmal habe ich stundenlang einen ausgewachsenen Bernhardiner dazu bringen wollen, in einem Denkspielzeug von mir nach einem Leckerli zu suchen. Der Bernhardiner war aber schon so faul, dass er nur noch fernsehen wollte. Nicht einmal angucken wollte er mein Denkspielzeug. Von Denken gar nicht zu reden.«

»Fernsehen ist auch eine Droge«, sagte Frank und zog schon die dritte Zigarette aus der Packung. »Meinst du, dass mir bei meiner Drogensucht eine Verhaltenstherapie helfen könnte?«

»Du kannst das probieren«, sagte Němec. »Ich selbst bin auch alkoholsüchtig. So wie mein Opa und mein Vater es waren. Mein Opa hat sich häufig auf dem Heimweg von der Kneipe besoffen an unseren Bach gestellt und gebrüllt: ›Wenn ich's nicht schaffe, rüberzuspringen, verlässt sie mich.‹ Dann ist er gesprungen, und PLATSCH! Immer ist er mitten im Bach gelandet. Trotzdem hat meine Oma ihn nie verlassen.

Mein Vater wollte mir die Hände küssen, wenn er betrunken heimkam: ›Aus Lolek mache ich einen General!‹, brüllte er dabei.

Darauf sagte meine Mutter: ›Einen General im Saufen!‹

Als ich gemerkt habe, dass der Alkohol meinem Denken schadet, habe ich mir gesagt: Heute gebe ich dem Verlangen nicht nach. Seitdem praktiziere ich das jeden Tag. Nur hin und wieder mache ich eine Ausnahme, wenn symbolische Handlungen anstehen. Dem Verlangen nicht nachgeben, verstehst du?«

»Krass!«, sagte Frank.

»Vielleicht machst du dir aber auch einfach zu viele Gedanken über deine Süchte«, sagte Němec. »Erst dein Kopfkino macht dich richtig süchtig. Je mehr du über eine Sache nachdenkst, umso mehr willst du diese Sache haben.« Ja, dachte Nemec. Um jede Droge macht man sich zu viele Gedanken, egal, ob es sich dabei um den Suff oder um die Liebe handelt. Er stand von der Bank auf: »Ich muss den Hund suchen.«

*

Mit seinem Hunde-Intelligenzspielzeug unter dem Arm lief Němec durch den Stadtpark. Klar suchte er nicht nur nach einem Hund, vor allem suchte er nach Anna. Im Stadtpark gab es einen großen Spielplatz, eine Stelle also, wo Anna mit der kleinen Laura sein konnte.

Einmal umrundete er den ganzen Spielplatz: Kinder, Mütter überall. Ein Platz mit Klettergerüsten, einem Sandkasten und bunt bemalten Schaukeln. Doch von Anna oder Laura keine Spur. Einen Hund entdeckte er auch nicht.

Plötzlich schlurfte ihm der Obdachlose entgegen, den er bei seiner ersten Ankunft in Schamberg getroffen hatte. Der Obdachlose sah Němec' Intelligenzspielzeug an. »Suchst du nach einem Hund?«, fragte er. Das verblüffte Němec. »Deutschland ist voller Hunde«, fuhr der Obdachlose fort. »Je mehr Individualismus in einem Land, umso mehr Hunde gibt es dort.« Němec war von der Philosophie des Mannes beeindruckt. Doch auch der obdachlose Philosoph zauberte keinen Hund hervor. Er schlurfte weiter.

Das war aber kein großes Problem. Němec konnte warten: So wie das Schicksal Anna und ihn zusammenzubringen versuchte, würde er ihr früher oder später wieder begegnen. Genauso wie ihm das Schicksal bald einen Hund vorbeischicken würde.

Trotzdem traute er seinen Augen kaum, als er im nächsten Augenblick einen süßen Welpen entdeckte. Neben dem Spielplatz an der Bank angebunden, starrte er Němec an und wedelte mit dem Schwanz. Ein Labrador Retriever. Weißes Fell. Anna hatte er nicht gefunden, trotzdem hatte er Glück. Mit seinen braunen Augen bettelte der kleine Welpe Němec an: »Komm! Spiel mit mir!«

Selbstverständlich konnte Němec dieser Bitte nicht widerstehen. Sicher war der Besitzer irgendwo auf dem Spielplatz und würde nichts dagegen haben, wenn Němec mit seinem Welpen spielte.

Der Süße stürzte sich sofort auf das Intelligenzspielzeug. Nur ein paar Schläge mit der rechten Pfote, und schon knabberte der Welpe an seinem verdienten Leckerli, das darin verschlossen war.

»Na, du bist ja der Einstein unter den Hunden«, sagte Němec. »Jetzt mache ich's dir aber etwas schwerer, Albert.« Er stellte die Hebel für eine andere Schlagkombination ein, redete aber weiter mit dem Welpen: »Ein genialer Hund bist du, mein Lieber. Nicht einmal der Bürgermeister würde das Leckerli so schnell finden.«

»Mama!«, sagte eine Mädchenstimme hinter Němec. »Was ist das für ein Spielzeug? Guck! Albert spielt mit!«

Hä?, dachte Němec. Heißt der Kleine wirklich Albert? Er drehte sich um.

Laura stand direkt hinter ihm, Anna ein paar Meter weiter. Mit offenem Mund starrte sie Němec an. »Das glaube ich nicht«, sagte sie. Sie war wohl gerade mit ihrer Tochter aus dem Busch hinter der Bank herausgekommen. Laura werkelte noch an ihrem Gürtel.

Němec stand auf. »Hallo!«, sagte er zu Laura. »Ist das dein Hund?« Er reichte ihr die Hand.

Zögerlich griff sie zu: eine kleine Hand, aber ein fester Druck.

Němec machte einen Schritt auf Anna zu, um auch ihr die Hand zu geben, doch sie sprang zurück. »Kommen Sie mir nicht zu nahe!«, rief sie. »Sie sind lebensgefährlich!«

BUMM, BUMM, BUMM! »Mama«, rief Laura. »Albert hat das Leckerli gefunden!«

»Ich kann noch eine etwas schwierigere Stufe einstellen«, sagte Němec und zeigte Laura, wie man mit dem Spielzeug umging. Sie begann Albert Aufgaben zu stellen.

Němec trat zu Anna. »Ich möchte mich entschuldigen!«, sagte er. »Ich habe wirklich nicht beabsichtigt, Sie in Katastrophen zu stürzen.«

»Ist schon okay«, sagte Anna. »Ich musste danach oft lachen. Lachen tut mir gut.« Sie sah ihn an. »Aber was sollte das mit dem Liebesbrief in meinem Messenger?«

Direkt ist sie auch, dachte Němec begeistert. »Der war ernst gemeint.«

Anna begann in ihrer braunen Ledertasche zu suchen, fand dort aber nichts und sah Němec wieder an. »So was hat mir noch nie ein Mann geschrieben!«

»Ich schreibe sehr gern Liebesbriefe«, sagte Němec. »Meistens schicke ich sie aber nicht ab.« Plötzlich fiel ihm ein, dass er Anna in seinem Liebesbrief geduzt hatte. Wie sollte er sie jetzt ansprechen? Per Du oder per Sie? Aha! Plötzlich war er doch verlegen. Er war in einer komplizierten Lage: Wenn er sie weiter duzte, trat er ihr damit vielleicht zu nahe. Sie zu siezen war aber noch bescheuerter, wenn er sie schon in seinem Liebesbrief geduzt hatte: »Äh … wollen wir uns duzen?« Sofort kam er sich ungeschickt vor, verzieh sich aber gleich wieder – vor ihm stand schließlich Anna.

»Ich weiß nicht, ob ich mich mit einem Mann duzen will, den ich schlage und der mir dafür Liebesbriefe schreibt.« Sie lachte, machte zwei schnelle Schritte auf ihn zu und reichte ihm die Hand: »Anna!«

»Darf ich dir weiter Liebesbriefe schreiben?«

»Oh«, rief Anna, »eine Klappernuss!« Sie zog den Zweig eines Strauches neben ihnen zu sich heran, an dem Trauben von grünbraunen Früchten hingen, und wedelte damit vor Němec' Ohr herum. »Hörst du, wie sie klappern?«

»Ich jongliere!«, sagte Němec, weil ihm nichts Besseres zum Klappern einfiel. Laura kam mit Albert angehüpft. »Mama und ich waren im Zirkus«, sagte sie. »Da konnte ein Mädchen mit drei Äpfeln jonglieren. Sie hatte aber Hunger und hat beim Jonglieren immer von einem Apfel abgebissen. Dann war der Apfel weg, und sie hatte nur noch zwei Äpfel zum Jonglieren.«

»Soll ich dir das Jonglieren beibringen?«, fragte Němec.

»Ja!«, sagte Laura.

In anderen Situationen war Němec nie verlegen, doch jetzt, mit Anna und Laura, fühlte er sich genauso wie damals mit 16, als er sich in die tschechische Anna verliebt hatte. Was für ein Gefühl, vor Liebe verlegen zu sein. Er holte aus dem Rucksack seine Jonglierbälle.

Anna setzte sich auf die Bank, nahm Albert auf den Schoss und sah zu, wie Němec ihrer Tochter das Jonglieren beibrachte.

»Zuerst lernt man die Kaskade, die geht so, siehst du?« Němec drückte Laura einen Ball in die Hand. »Wir müssen aber mit einem Ball anfangen. Du wirfst den Ball zuerst von links nach rechts, weil du Linkshändlerin bist. Gut?«

Nach ein paar Versuchen lockte Laura Albert mit dem Ball und tollte mit ihm über die Wiese. Němec hockte sich zu Anna auf die Bank.

»Woher weißt du, dass Laura Linkshändlerin ist?«, fragte Anna.

»Laura hat Albert mit der Linken gestreichelt und geknuddelt. Auch die Hebel an meinem Denkspielzeug hat sie mit der Linken betätigt.«

Anna schüttelte den Kopf. »Solche Sachen siehst du gleich?« Dann fügte sie hinzu: »Deinen taoistischen Spruch finde ich übrigens gut. ›Von dem Schauen kommt das Staunen, und von dem Staunen kommt die Freude‹. Den muss ich mir merken!«

»Den hast du schon verinnerlicht«, sagte Němec. »Immer wenn ich dich gesehen habe, hast du gestaunt.«

»Deswegen habe ich dich wohl auch immer geschlagen«, sagte Anna und sah ihn an. Ein kokettes Lächeln? Passte das zu Anna? »Warum hast du dir meine Schläge überhaupt gefallen lassen?«

Jetzt musste es noch einmal raus, und das nicht nur in einem Liebesbrief, sondern von Angesicht zu Angesicht, wenn

Němec Němec bleiben wollte. Trotzdem wehrte sich in ihm alles dagegen, diesen Satz zu sagen. Ein einziger Satz, doch der gewagteste in seinem Leben: »Ich habe mich in dich verliebt.«

Anna schüttelte den Kopf. »Das ist absurd! Ich schlage dich, und du verliebst dich?«

»Ich habe gleich bei deinem ersten Schlag gespürt, dass er von Herzen kam.«

»Du bist ziemlich eingebildet, oder?«

»Ich war 13 Jahre lang tot«, sagte Němec. »Ich muss in Bewegung bleiben. Ich kann mir kein Totsein mehr leisten.«

»Wie meinst du das?«

Němec erzählte ihr von seinem langen Schlaf.

»Trotzdem!«, sagte sie. »Ich habe dich dreimal geschlagen. Warum hast du nie zurückgeschlagen?«

»Ich kann keine Frau schlagen«, sagte Němec. »Nur am Ostermontagvormittag sind wir, Jungs und Männer, mit einem Wacholderstrauch oder einem Ziemer aus Weidenruten durch unser mährisches Städtchen gezogen und haben damit den Frauen die Beine ausgepeitscht. Um ihnen Energie zu spenden. Die Jungs wurden dafür mit einem hart gekochten Ei belohnt und die Männer mit einem Sliwowitz bewirtet.«

Anna runzelte die Stirn. »Alle Frauen bei euch wurden von Männern geschlagen? Meinst du das ernst?«

»Am Ostermontagnachmittag durften dann die Frauen die Männer schlagen.«

»Das beruhigt mich«, sagte Anna.

»Nur waren alle Männer mittags schon so besoffen, dass ihnen alles wurscht war. Und den Frauen hat's auch keinen Spaß gemacht. Wer verprügelt schon gern eine Schnapsleiche?«

»Machst du dich lustig über mich?«, schnappte Anna plötzlich. Und WUMM! Sie verpasste ihm gleich eine Schelle. Nein, das hatte sie nicht. Dieser hübsche Tagtraum war nur kurz in Němec' Kopf aufgeblitzt.

»Ich war im Frühjahr in Prag«, sagte Anna. »Ich wollte die Tschechen sprechen hören. Wenn Tschechen Deutsch sprechen, klingt es sehr lustig. Leider haben sie in Prag nur Tschechisch geredet.«

»Wir können keine Umlaute aussprechen«, sagte Němec. »Als ich vor 28 Jahren in einem niederbayerischen Flüchtlingslager auf meinen Asylbescheid wartete und Deutsch lernte, bekam ich von deutschen Umlauten Albträume. Verzeihst du mir meinen Liebesbrief aus dem Off?«

»Nur wenn du mir eine Geschichte nachsagst.« Schnell ratterte sie eine Geschichte runter:

»In den niederbayerischen Wäldern lernte ich mit Bären, Wölfen und Füchsen deutsche Umlaute, bis ich davon rüde Albträume bekam: In einem nötigte mich auf der Ausländerbehörde eine Südfrüchtehändlerin dazu, mit einem Prüfröhrchen Mäuseöhrchen zu bügeln, was bei mir zu einer Tränendrüsenentzündung führte.«

Huch! Sie kannte sogar seine Bären, Wölfe und Füchse. »Eine schöne Geschichte«, sagte er und sprach sie nach. Inzwischen waren Laura und Albert wieder angehüpft gekommen. Als sie seine Umlaute hörte, kreischte Laura vor Lachen auf. Ihre Mutter auch. Sogar der Welpe lachte.

Und schon verschwand Laura wieder. Sie warf einen von Němec' Jonglierbällen auf die Wiese: »Hol den Ball, Albert!«

Němec seufzte. Er würde sich neue Jonglierbälle kaufen müssen.

»Wie hast du dir die Geschichte so schnell merken können?«, fragte Anna. »Ich habe sie nur einmal vorgesagt. Sicher hätte ich sie selbst nicht noch einmal hinbekommen.«

»Ich möchte keinen Umlaut mehr vergessen.« Klar hätte er ihr von den Gedächtnispalästen in seinem Kopf erzählen können. Er hatte aber schon zu viel angegeben.

Anna sah ihrer Tochter und Albert beim Spielen zu. »So lange hat Laura mir in den Ohren gelegen, ihr einen Hund zu kaufen. Ich war viel unterwegs und musste Anna oft bei ihrem Vater in Erding lassen. Jetzt bin ich glücklich, dass wir Albert haben.«

»Eine gute Entscheidung«, sagte Němec. »Wenn ich mal aufs Land ziehe, leiste ich mir auch einen Hund. Als ich klein war, habe ich bei meinen Eltern um einen Hund gebettelt. Sie haben mir dann einen zu Weihnachten geschenkt.«

»Verpackt als Geschenk?«, fragte Anna und lachte. »Ich habe als Kind zu Weihnachten nur Bücher bekommen. Die haben mich aber auch am meisten gefreut. In einer Geschichte kannst du alles haben, auch einen Hund. Und wenn du etwas anderes haben willst, liest du eine andere Geschichte. Wenn ich als Kind etwas anstellte, haben meine Eltern alle Bücher beschlagnahmt. Das war die schlimmste Strafe. Ein Buch war ein Flugticket in eine andere Welt.«

»Als Kind habe ich auch sehr viel gelesen«, sagte Němec. »Jetzt lese ich viel mehr Sachbücher als Romane. Geschichten sammle ich im Leben. Den Hund …« Er wollte Anna gerade erzählen, wie sein Schwager, der Alkoholiker, seinen Hund eines Tages im Auftrag seiner Eltern mit einem Spaten erschlagen hatte, weil der Hund Vaters Apfelbäumchen ruiniert hatte, als er im Garten rumgetollt war. In letzter Sekunde bremste er sich. Bei Anna wollte er nur für gute Stimmung sorgen.

Zum Glück war Anna plötzlich mit etwas anderem beschäftigt. »Wo ist Laura?«, rief sie.

Němec zeigte zu einem der Klettergerüste auf dem Spielplatz. »Sie ist dort bei den Kindern.« Anna nickte erleichtert: Laura führte den Kindern Albert vor. Jedes Kind wollte den Welpen streicheln.

Wieder mit einem Lächeln im Gesicht drehte Anna sich zu Němec: »Was hast du wegen deines Hundes sagen wollen?«

Němec staunte. Anna redete viel, hörte aber auch zu. Ungewöhnlich. Wie sollte er jetzt die Kurve kriegen, damit Anna weiter lachte und nicht mit dem Bild seines toten Hundes nach Hause ging?

»Äh … mein Hund wich meiner Mutter nie von der Seite. Sogar wenn meine Mutter schlachtete …« Hmm, jetzt war er blöderweise doch bei toten Tieren angelangt.

Anna sah ihn stirnrunzelnd an: »Ja?«

Hier gab es kein Entrinnen. Němec musste eine kleine Geschichte von seiner Mutter beim Schlachten erzählen, die Anna aber nicht allzu traurig stimmen würde: »Einmal am Sonntag ging meine Mutter in den Garten, um das Suppenhuhn fürs Mittagessen zu köpfen. Ich hockte mit meinem Vater im Wohnzimmer und schaute ein Eishockeyspiel.

›Warum schlachtest nicht du die Hühner?‹, habe ich meinen Vater gefragt. ›Kannst du kein Blut sehen?‹ In der Pubertät habe ich ihn gern provoziert.

›Ich kann dir eins auf die Nase geben, dann weißt du gleich, dass ich sehr wohl Blut sehen kann‹, sagte mein Vater. ›Ein Mann fürchtet nichts! Nur hat deine Mutter ein besseres Auge für solche Sachen.‹

Plötzlich hörten wir ein wahnsinnig lautes Gackern aus dem Garten, und BUMM – ein Schlag mit der Axt in den Hackklotz. Dann brüllte meine Mutter. Was war da los?

Plötzlich schoss ein Huhn ohne Kopf durchs Wohnzimmerfenster zu meinem Vater und mir herein. Aus seinem Halsstumpf spritzte Blut. Das Huhn prallte gegen die Wand, hinterließ dort ein abstraktes Gemälde wie von Kandinsky, stürzte zu Boden und blieb endlich leblos liegen.

Mit aufgerissenen Augen verfolgte mein Vater das Schauspiel, doch plötzlich trübten sich seine Augen. Sehr langsam sackte er im Sessel immer mehr nach vorn, bis er runterkippte, auf den Teppich, wo er ohnmächtig liegen blieb. Fasziniert starrte ich ihn an.

Damals hatte ich noch nicht solch gut entwickelte Reflexe und war nicht so schnell wie jetzt nach meinem Koma. Ich wollte zu ihm springen, da flog die Wohnzimmertür auf, meine Mutter stürzte mit dem blutigen Beil in der Rechten herein. In ihrer Linken hielt sie einen Hühnerkopf. ›Wo ist der Vogel?‹, brüllte sie. Dann sah sie meinen ohnmächtigen Vater. ›Männer!‹, sagte sie und fing an, ihn wiederzubeleben.«

Anna lachte tatsächlich! Němec war wie berauscht. »Wir sind uns sehr ähnlich«, sagte sie. Das war Musik in Němec' Ohren, die leider gleich in der Kadenz gipfelte: »Aber ich muss jetzt gehen.«

Und eine Verabredung?, fragte Němec sich. Wir haben uns wieder nicht verabredet, obwohl die Zeichen günstig stehen. Tausende Geschichten hatte er auf Lager, doch wo Anna und er sich treffen sollten, fiel ihm nicht ein. »Können wir uns wiedersehen?«

Anna zögerte. »Ich muss dir etwas sagen: Ich habe einen Freund.«

»Bürgermeister Eichelbauer?«, fragte Němec.

Anna wurde rot. Schämte sie sich? »Ja«, sagte sie leise. »Armin hat Laura das Leben gerettet.«

»Das hat mir Bruni erzählt«, sagte Němec. »Er hat euch das Geld für Lauras Behandlung doch geschenkt, oder?«

»Das schon«, sagte Anna. »Trotzdem fühle ich mich ihm verpflichtet.«

»Der Mensch ist nur seinem Herzen verpflichtet und keinem anderen«, sagte Němec.

Anna suchte in den Baumkronen nach einer Antwort. »Es ist besser, wir sehen uns nicht mehr. Ich möchte dich nicht verletzen.«

»Du musst dir wegen mir keine Gedanken machen«, sagte Němec. »Mich kann man nicht verletzen, mich kann man nur verlieren.« Gleich fiel ihm ein, dass auch dieser Satz sehr eingebildet klang, ja, wie eine kleine rachsüchtige Drohung. Er hatte das aber nicht kleinlich oder rachsüchtig gemeint. Sich rechtfertigen wollte er aber auch nicht. Rechtfertigungen waren Zeitverschwendung für einen, der 13 Jahre seines Lebens verschlafen hatte. »Ich respektiere deine Entscheidung«, sagte er stattdessen.

Anna rief Laura herbei, Laura leinte Albert an, und sie marschierten Hand in Hand davon. Němec lächelte ihnen nach. Etwas Besseres als sein Lächeln hatte er nicht. Denn die neue Liebesgeschichte war vorbei, bevor sie angefangen hatte.

Kapitel 16,
in dem der Feuerteufel mitspielt

Němec' Lächeln nach Annas Abschied verzog sich immer mehr, je weiter der Abend fortschritt. Er konnte nicht einschlafen. Das kannte er nicht. Auch als ihm die unglückliche Liebe zu der tschechischen Anna zusetzte, damals nach ihrer Ankunft in Deutschland, nachdem sie mit ihm Schluss gemacht hatte, hatte er gut geschlafen.

Also googelte er im Bett Annas Klappernuss. Aha! Die Klappernuss hieß eigentlich *Gemeine Pimpernuss*. Der Pflanze wurde eine aphrodisierende Wirkung zugeschrieben. Wie passend: Die Dame deines Herzens verabschiedet sich von dir für immer mit einer Pimpernuss. Aber auch diese merkwürdig schlüpfrige Koinzidenz brachte ihn in dieser Nacht nicht zum Lachen. Ein solches Kopfkino hatte er schon seit seinem Studium nicht mehr erlebt. Seit seinem langen Schlaf hat er sich nur auf lustige Sachen konzentriert, doch jetzt lief in seinem Gehirn ein Film mit der neuen Anna ab, immer wieder derselbe Streifen:

War das ein endgültiger Schluss? Fühlte sie etwas für ihn? War das ein endgültiger Schluss? Sollte er hier seine Sachen packen? War das ein endgültiger Schluss? ...

Klar konnte er hier nicht einfach verschwinden und seine Freunde im Stich lassen. Noch nicht. Noch musste er um das Heim kämpfen. Bevor er sich selbst leidtat, hüpfte er aus dem Bett und jonglierte stundenlang. So lange, bis nur schöne Bilder durch seinen Kopf zogen, als er sich wieder ins Bett legte:

Seine Mutter, ihn an der Hand haltend, unterwegs in die Stadtbücherei.

Er, in der Krone des großen Kirschbaums in ihrem Garten hockend, mit großen, saftigen Kirschen in den Händen, jeweils ein Paar hängt ihm von den Ohren wie Ohrringe.

Němec mit zehn, auf der Wiese hinter seinem Elternhaus auf dem Rücken liegend. Sein Hund stupst ihn mit der Schnauze an: Spiel mit mir, Němec! Steh auf.

Laura mit ihrem Albert und seinem Hunde-Intelligenzspielzeug spielend ...

Und schon war er wieder bei einem schönen Bild von Anna angelangt. Mit diesem Bild im Kopf schlief er endlich besänftigt ein. »Das Leben ist eine Galerie, Süßer!«, flüsterte ein kleiner Spatz neben seinem linken Ohr. »Du musst nicht jedes Bild besitzen, wenn du es nur ansehen kannst. Aber den Eintritt musst du hin und wieder zahlen.«

*

Drei junge Eritreer fanden dank Bruni und Lemlem eine Ausbildungsstelle und Unterkunft bei einer großen Firma im Süden von München. Sie wurden in *Haus Hoffnung* durch drei

230

neue Jungs aus Eritrea ersetzt. Wieder einmal wurde ein Einstand gefeiert.

Bruni tanzte förmlich. Vor Liebe zu Lemlem? Außerdem hatte sie eine gute Nachricht für alle. »Herr Remscheid hat Bürgermeister Eichelbauer endgültig abgesagt«, teilte sie Němec und den anderen Ehrenamtlichen bei der Einstandsparty mit. »Eichelbauer wird *Haus Hoffnung* nie bekommen.« Bruni kicherte. »Ein Bekannter war dabei. Remscheid hat Eichelbauer direkt ins Gesicht gesagt: ›Ehe ich dir das Gebäude verkaufe, brenne ich es nieder.‹«

Und genau in diesem Moment ertönten draußen Sirenen. Plötzlich hörten alle auf zu reden. Nadim drehte die Musik ab. Die Bewohner schauten aber nur kurz ängstlich drein. Gleich strahlten sie wieder und nickten und brabbelten alle gleichzeitig, als ob sie sich gegenseitig Mut zusprechen wollten:

»Nur Polizei!«

»Ja, Polizei!«

»Deutsch Polizei gut!«

»Sehr gut Polizei Deutschland!«

»Yes, germany police no problem!«

Bis Lemlem die Hand hob. »Das ist keine Polizei!«, sagte er. »Das ist die Feuerwehr! Dafür habe ich ein krasses Ohr!«

»Scheiße!«, kreischte Frank und lief aus dem Gemeinschaftsraum. In den Flur drangen aus dem hinteren Holzanbau Rauchfahnen.

»Schnell!«, brüllte Lemlem. »Alle raus! Němec, Frank und ich laufen durch alle Zimmer und schauen, ob sie leer sind. Die anderen rennen nach draußen! Los!« Er begann alle zum Haupteingang zu treiben.

Kurz dachte Němec wieder an Lemlems verborgene Talente, gleich startete er aber die Rettungsaktion: Während Bruni und die restlichen Ehrenamtlichen die Bewohner aus dem Haus trieben, rannten Němec, Frank und Lemlem in den ersten Stock. Dort waren nur wenige Zimmer. Von hinten sickerten dicke Rauchfahnen in den Flur. Doch auch von oben kam durch die offenen Zimmerfenster Rauch. Das Dach brannte.

Nur den kleinen Tarik und seine Mutter fanden sie oben. Sie lagen schon im Bett. Das Fenster geschlossen. Němec packte Tarik und jagte seine Mutter im Nachthemd aus dem Zimmer. Sie protestierte und wollte sich anziehen. Doch Němec schüttelte den Kopf: »Raus hier!« Zumindest erwischte sie ihr Kopftuch und band es sich unterwegs nach draußen um.

Erst in der Früh gelang es der Feuerwehr, den Brand zu löschen. Der hintere Holzanbau von *Haus Hoffnung* und das Holzdach hatten lichterloh in Flammen gestanden.

Bruni rief den Schulleiter des Stadtgymnasiums an. Er ließ den Gymnastikraum der Schule für die Flüchtlinge aufsperren. Frank organisierte Matratzen, Decken und Schlafsäcke.

*

»Nicht einmal die Eisenmebel haben etwas gebracht«, sagte Lemlem, als sie am nächsten Vormittag die Ruine betrachteten, die früher *Haus Hoffnung* gewesen war. »Zum Gluck ist kein Mensch zu Schaden gekommen.«

»Wer macht solche Sachen?«, fragte Němec. Obwohl er Nachrichten las und anschaute, dieses Verbrechen wunderte ihn sehr: Die Feuerwehr hatte hinter dem Gebäude vier große

Benzinkanister gefunden. Das Gelände war abgesperrt: Einsturzgefahr. Niemand durfte hinein.

Němec' Zimmer befand sich ganz hinten im Gebäude. Sicher vollständig ausgebrannt.

Ein altes Auto bog von der Straße ab und hielt bei ihnen an, ein älterer Herr mit einem breiten Künstlerhut stieg aus. »Ich bin der Besitzer«, sagte er. »Remscheid!«

Němec und Lemlem stellten sich vor. »Da ist Ihnen ein großer Schaden entstanden«, sagte Němec.

»Eher den Flüchtlingen«, sagte Remscheid. »Das Gebäude wurde vom Landratsamt versichert. Bei der Situation in Schamberg werden hier aber sicher keine Flüchtlinge mehr einziehen. Ich muss das Gelände doch an Eichelbauer verkaufen. Mir bleibt nichts anderes übrig.« Als ob er sich entschuldigen wollte, fügte er hinzu: »Ich brauche das Geld, um mein eigenes Haus zu renovieren. Ich kann hier nichts Neues bauen.«

Er setzte sich wieder ins Auto und fuhr davon.

Němec und Lemlem sahen sich lange an. »Hmmm«, sagte Lemlem. »Der Besitzer hat von dem Feuer profitiert ...«

Němec haute ihm auf die Schulter. »Wir müssen positiv denken, Süßer! Auch wenn du bei der CIA warst.« Er kicherte und Lemlem guckte ihn verdutzt an. So verdutzt hatte Němec den normalerweise immer taffen Lemlem noch nie gesehen. Das belustigte ihn noch mehr. Dann starrten sie wieder die Ruine an.

»Schade um das neue Hunde-Denkspielzeug«, murmelte Němec. Wieder fiel ihm Laura ein, wie sie damit gespielt hatte, und ihre Mutter ...

»Zum Glück ist euch nichts passiert!«, sagte eine weibliche Stimme hinter ihnen. Anna? Němec drehte sich um. Sie kam angejoggt in einem grünen Adidas-Jogginganzug mit weißen Streifen an der Seite. Zum Küssen schön, dachte Němec. Hatte sie es sich mit Eichelbauer und ihm doch noch anders überlegt?

Anna griff nach Němec' Arm. »Kommst du kurz mit? Tschüss, Lemlem!«

»Ciao, Anna!«

Anna und Němec gingen zur Straße. »Ich will schon mit dir befreundet sein«, sagte sie. »Aber nur befreundet! Okay? Armin kann mir doch meine Freunde nicht verbieten. Ich hoffe auch, dass Bruni und ich wieder zueinanderfinden. Ich muss aber bei Armin bleiben, das geht bei mir nicht anders. Ich habe ihm damals gesagt, wenn er Laura rettet, bin ich für ihn da. Das verstehst du doch, oder?«

»Ich verstehe«, sagte Němec.

Anna ließ den Blick schweifen, hüpfte in die Wiese hinter der Asphaltstraße und pflückte dort eine hellviolette Blume. Sie kam zu Němec zurück. »Das ist Wirbeldost«, sagte sie und reichte ihm die Blume. »Die ist für dich! Wirbeldost verwendet man in der Volksmedizin zur Herzstärkung.«

»Mein Herz ist stark genug«, sagte Němec.

Anna drehte sich um und joggte davon. Němec sah ihr nach, bis sie verschwunden war. Dazu fiel ihm keine Geschichte mehr ein. War er am Ende seiner Geschichten angelangt?

Ein alter, aber gepflegter BMW kam aus der Stadt angedonnert: Bruni. Sie parkte ein. Lemlem gesellte sich zu ihnen. Bruni brachte Neuigkeiten mit: »Das Heim hat ein junger Mann mit Glatze angezündet.«

Němec wunderte sich. »Wie hat man ihn so schnell geschnappt?«

»Der Idiot hat das Benzin gestern an einer nahen Tankstelle in die Kanister abgefüllt. Die Kameras dort haben ihn gefilmt.«

»Krass!«, sagte Lemlem.

»Das Beste kommt aber noch, Süßer!«, sagte Bruni, klatschte ihm auf den Hintern und umarmte ihn. »Der Bursche hat gesagt, er habe im Auftrag von Bürgermeister Eichelbauer gehandelt.«

»Wirklich?«

»Ja. Nur bestreitet Eichelbauer alles. Er kenne den Kerl gar nicht. Es gibt leider keine Beweise gegen ihn. Man hat Eichelbauer mit dem Mann nie gesehen. Vielleicht hat der Glatzkopf sich das auch nur ausgedacht. Nicht einmal Eichelbauers Namen hat er gekannt. Er hat Eichelbauer nur beschrieben und gesagt, der Typ habe ihn bei einem Volksfest angesprochen. Dort hatte er mit ein paar Freunden Ausländer angepöbelt. Das Foto von Eichelbauer hat er aber aus zig anderen Fotos herausgefischt. Sicher lügt der Bursche.«

»Oder Burgermeister Eichelbauer«, sagte Lemlem. »Wenn er von Anfang an wusste, wofur er die Glatze brauchen wurde, hette er sich mit der Glatze nie offentlich gezeigt.«

Němec konnte nicht mehr richtig denken, sein Kopf war voll von Anna. Plötzlich kam es ihm vor, als ob er kein Lächeln mehr hervorzaubern könnte. Das passte nicht zu seiner Lebensart. Vielleicht sollte er hier doch verschwinden und einige Geschichten einfach vergessen. Damit sein Motto weiter galt: Man konnte ihn nicht verletzen, man konnte ihn nur verlieren. Damit er all die schönen Geschichten im Kopf behalten konnte, die er hier erlebt hatte.

Nein! Er musste noch etwas erledigen. Dann konnte er hier verschwinden.

Kapitel 17,
das von Menschen erzählt

»Geh nicht hin!«, sagte Frank zu Němec. Sie hockten in der Sporthalle des Gymnasiums. Freitagnachmittag. Viele in der westlichen Welt freuten sich aufs Wochenende. Hier in der Sporthalle in Bayern niemand: Um Němec und Frank herum sah es wie auf einem arabischen Markt aus. 50 Flüchtlinge in eine Halle gezwängt, Matratzen, alle möglichen Besitztümer lagen verstreut drum herum, die wenige Habe, Plastiktaschen überall.

Nächste Woche sollten die Flüchtlinge in einem großen Zentrallager untergebracht werden. Rosa und die anderen Ehrenamtlichen kochten bei Frank zu Hause mit seiner Frau Toni für alle das Abendessen.

Bruni war unterwegs, heizte ihre Kontakte an und versuchte, eine neue kleine Bleibe für ihre Schützlinge zu finden, um ihnen das Zentrallager zu ersparen. Mit wenig Aussicht auf Erfolg. Doch Bruni wollte nicht aufgeben. Lemlem half ihr dabei: als Vorzeigeflüchtling. Um Brunis »Integrationserfolge« zu unterstreichen, behaupteten beide bei Brunis Gesprächen, Lemlem habe in *Haus Hoffnung* so gut Deutsch gelernt.

»Warum sollte ich nicht hingehen?«, fragte Němec.

Frank schüttelte den Kopf. »Die Spießer zerfleischen dich! Mich kennen hier alle. Trotzdem wollte man mich in meiner

Stammkneipe schon einige Male verprügeln, weil ich als Hausmeister im Flüchtlingsheim arbeite. Eichelbauer hat die Leute gegen die Flüchtlinge aufgehetzt. Jetzt nach dem Brand grüßen mich zwar einige wieder, vor allem nachdem sich herausgestellt hat, dass der junge Brandstifter ein Nazi war. Das kann sich aber nach einer Rede von Eichelbauer schnell wieder ändern. Vielleicht bist du dort allein unter dem Mob.«

Němec lächelte. »Als ich im Lager war, haben dort die tschechoslowakischen Asylbewerber einen Mann als Stasi-Spion beschimpft. Nur weil er anders war und eigenbrötlerisch. Sie haben so gegen ihn gehetzt, dass er sich erhängt hat. Ein Teil des Mobs zu sein, ist die schlimmste menschliche Eigenschaft. Doch ich muss hin. Meine Mutter hat mir immer gesagt: ›Lolek! Das Wichtigste im Leben ist, Farbe zu bekennen. Egal wie viele eine andere Farbe tragen.‹ Ich muss den Leuten meine Meinung sagen.« Er brach auf.

*

An der Bürgerversammlung nahm fast ganz Schamberg teil. Als Němec in den Gemeindesaal trat, gab es dort keinen freien Stuhl mehr. Es herrschte ein wildes Stimmengewirr, doch nach und nach drehten sich alle zum Eingang um, sahen Němec an und wurden still.

Bürgermeister Eichelbauer nahm vorne auf der Bühne die Stille wahr und spähte durch den Saal. Němec' große Gestalt am Eingang war nicht zu übersehen. Eichelbauer flüsterte dem breitschultrigen Mann, der ihn auch bei den Dreharbeiten vor dem Flüchtlingsheim begleitet hatte, etwas zu, doch der Gorilla schüttelte den Kopf und flüsterte hinter vorgehaltener Hand zurück.

Němec sah sich das alles ruhig und mit einem Lächeln an. Anna konnte er nirgendwo entdecken, also kein Grund, aufgewühlt zu sein.

Eichelbauer hob eine Messingglocke vom Tisch. KLINGE-LING. Die Schamberger drehten sich zur Bühne.

»Wir wissen alle, was passiert ist«, sagte der Bürgermeister ins Tischmikrofon. »Und wir verabscheuen alle die Brandstiftung und verurteilen den jungen verwirrten Burschen, der sie begangen haben soll.«

»Er hat sie begangen!«, rief eine männliche Stimme im Saal.

Aha! Ein Verbündeter, dachte Němec. Es wurde ihm warm ums Herz.

Der Saal begann zu murren. Eichelbauer läutete noch einmal die Glocke. »Doch wir sehen auch, wo es hinführt, wenn ein Fremdkörper in unsere Stadt gepflanzt wird!«

Da sprang ein Mann in der dritten Reihe auf und rief: »Hast du den Brandstifter bezahlt, Eichelbauer?«

»Was erlaubst du dir?«, brüllte Eichelbauer, wurde aber sofort ruhiger: »Ich zeige jeden an, der hier solche böswilligen *Fake News* und Verleumdungen verbreitet.«

»Das sind keine *Fake News*!«, rief Anna. Vor Schreck fuhr jetzt sogar Němec herum, auch wenn er sich sonst gelassen wie ein Buddha gab. Anna war gerade mit dem Vogelbeobachter Yaver in den Saal getreten. Begleitet von der alten Vogeldame, die Němec nach seiner Ankunft in Schamberg an der Aushängetafel kennengelernt und von der Lemlem ihm später erzählt hatte.

»Servus!«, sagte Anna zu Němec, als sie bei ihm anlangte. »Ich habe gehofft, dass du mir heute hilfst. Wo wir doch jetzt Kumpel sind.« Mit einem Tablet in der Hand marschierte sie zur Bühne. Němec trottete ihr hinterher.

»Was soll das, Anna?«, brüllte Eichelbauer.

»Ich will euch nur etwas zeigen!«, rief Anna. Schon war sie auf der Bühne und schob den Beamer-Tisch in die Mitte.

Eichelbauers Beschützer ging auf sie zu. Němec stellte sich ihm in den Weg. Er überragte den Gorilla um einen ganzen Kopf. Němec lächelte ihn an und sagte: »Ich mache Kung-fu, und ich lag 13 Jahre im Koma.« Um Eichelbauers Mann vollends einzuschüchtern, fügte er hinzu. »Jonglieren kann ich auch.«

Klar traute der sich dann nicht mehr, Anna zu behindern. Im Saal erhoben sich sowieso schon einige Stimmen:

»Lasst Anna in Ruhe!«

»Anna soll zeigen, was sie zu zeigen hat!«

Anna schaltete den Beamer ein und verband ihn mit ihrem Tablet. Ein Foto erschien auf der Wand hinter der Bühne: Eichelbauer mit einem glatzköpfigen Burschen in einem Gespräch. Und noch ein Foto und noch eins. Etwa zehn Bilder waren es. Sie alle zeigten den Bürgermeister und den jungen Nazi im Wald an Eichelbauers Golfplatz. Auf der anderen Seite des Waldes stand *Haus Hoffnung*. Yavers Wald, in dem er seine Vögel fotografierte.

Schon hatte die Vogeldame Yaver auch auf die Bühne bugsiert. »Yaver hat alle Vögel im Wald fotografiert«, sagte sie zu Němec. »Auch die bösen!«

»Gut gemacht, Yaver!«, sagte Němec. Er drehte sich zu der Vogeldame um. »Und das alles, weil Sie ihm eine Kamera mit einem Teleobjektiv geschenkt haben.«

Die Vogeldame grinste. »Die hat mir mein Mann hinterlassen, Gott hab ihn selig.«

Zwei Polizisten kamen auf die Bühne und führten Eichelbauer ab. »Ich bin enttäuscht von dir!«, rief er Anna zu. »Du undankbares Miststück! Du hast mir gegenüber Verpflichtungen!«

»Der Mensch ist nur seinem Herzen verpflichtet!«, rief Anna.

Němec kam sich wie der große Guru vor, der Weisheiten austeilte. Seinen eigenen Satz hatte seine Angebetete verwendet. Doch wie stand es mit Annas Gefühlen für ihn? Konnten sie doch richtig zusammenkommen? Nicht nur als Kumpel?

»Mach's gut!«, sagte sie zum Abschied. »Ich muss Laura abholen. Danke für deine Hilfe!« Und weg war sie.

Was jetzt? Na, was wohl? Er musste hier doch einen Abschied nehmen. Er konnte mit Anna nicht nur befreundet sein.

*

Am Samstagvormittag wachte er in Franks Haus auf. »Ich fahre nach München zurück«, sagte er beim Frühstück.

Frank sah ihn an. »Du kannst bei uns wohnen, bis wir wissen, was mit den Flüchtlingen passiert.«

»Ich kehre für immer nach München zurück«, sagte Němec. »Ich kann hier nicht bleiben.«

»Schade!«

»Ich möchte mich nur noch von den anderen verabschieden«, sagte Němec.

In der Sporthalle tummelte sich das halbe Städtchen. Die Schamberger halfen den Flüchtlingen beim Packen.

Bruni strahlte. »Alle unsere Bewohner sind bei Nachbarn untergekommen. Der zweite Bürgermeister hat mit Herrn Remscheid gesprochen. Die Gemeinde kauft ihm die Ruine ab und baut *Haus Hoffnung* wieder auf. Als ein Heim für Flüchtlinge. Eine Geste der Freundschaft und der Hoffnung.«

»Sie sind die gütigste Blume der Alpen«, sagte Nadim zu Bruni. »Ihre blühenden Blüten schützen Menschen!«

»Und ihr?«, brüllte Lemlem eine Gruppe seiner jungen Landsleute an. »Warum steht ihr da so deprimiert rum, verdammt? Tanzt!«

Rashin sah sich mit großen Augen das bunte Treiben in der Sporthalle an und sagte ungewollt laut: »So viele hübsche Weiber!«

»Im neuen Flüchtlingsheim wird es einen Kurs für Männer geben, die nicht wissen, wie man mit Frauen umgeht, Rashin!«, sagte Bruni.

»Darauf kann ich mir zwei Halbe genehmigen«, sagte Frank. »Morgen höre ich aber mit dem verdammten Alkohol auf. Das schwöre ich! Ja, ich höre mit allen Drogen auf: mit Alkohol, Koffein, Nikotin, Zucker und Kartoffelchips! Na ja, eine Packung Chips pro Woche könnte ich mir schon genehmigen. Was meint ihr?«

»Ich muss euch etwas sagen«, brüllte Němec.

Alle wurden still und sahen ihn an. Bruni warf Frank einen ernsten Blick zu. Frank zuckte mit der Schulter.

PIEP. Němec holte sein Smartphone aus der Tasche. Nur eine neue Nachricht im Facebook-Messenger.

Damals hatte er per Messenger Anna aus Versehen seinen Liebesbrief geschickt. Vielleicht sollte er die neue Messenger-Nachricht doch schnell lesen, bevor er seine Ankündigung machte. Er tippte die Nachricht an.

Beim Lesen der Nachricht lächelte er immer breiter. Sein Herz klopfte. Er hörte Vögel zwitschern, er sah Trauben roter

Hagebutten an den Buschen entlang eines Feldwegs vor sich, er nahm den Duft blühender Wiesen wahr, seine Haut kribbelte. Němec steckte das Smartphone wieder in seine Tasche.

»Was wolltest du uns sagen?«, fragte Lemlem ungeduldig. »Wir müssen das alles hier weiter organisieren.«

»Ach, nur dass ich heute freinehmen möchte«, sagte Němec.

Bruni atmete laut aus. Und das Treiben in der Halle setzte wieder ein.

»Kann ich doch weiter bei dir wohnen?«, fragte Němec Frank.

»Klar!«, sagte Frank und schlug Němec auf die Schulter. »Aber nur, wenn du mir nicht mein ganzes Bier wegtrinkst. Ich habe einen Kasten Pilsner Urquell gekauft.«

Mit seinem typischen Lächeln ging Němec aus der Sporthalle nach draußen. Auch die Sonne lachte breit. Als ob sie gerade einen guten Witz gehört hätte. Zeit für eine neue Geschichte, Němec!

.

Kleine Biografie eines Flüchtlings oder Die Geschichte hinter der Geschichte

Vom Herbst 1978 bis zum Frühjahr 1980 habe ich in Libyen gearbeitet – als ein tschechischer »Gastarbeiter« unter Gaddafi. Einmal stand ich mit anderen Flugzeugtechnikern aus der Tschechoslowakei auf dem Militär-Flugplatz Okba bei Tripolis Gaddafi direkt gegenüber. Links und rechts von ihm hatten sich Generäle aus allen möglichen sozialistischen Ländern aufgereiht: wie Schwerverbrecher bei einer Gegenüberstellung, doch mit kiloweise Metallorden behangen, die heutzutage bei jeder Flughafenkontrolle einen Alarm auslösen würden. Gaddafi reckte die Faust hoch und brüllte auf Englisch: »Nieder mit dem Imperialismus!« Die internationalen Generäle brüllten mit.

Später putzte uns unser Boss herunter, weil wir nicht mitgebrüllt hatten. Wir redeten uns heraus: »Wir sprechen kein Englisch, Häuptling!« Damals konnte ein richtiger Tscheche abgesehen von Russisch nur einen einzigen fremdsprachigen Satz: »Bitte ein Bier!« Den aber in allen Weltsprachen.

In Libyen haben wir etwa 20.000 Kronen pro Monat verdient, das war zehnmal mehr als ein normaler Arbeiter in der sozialistischen Tschechoslowakei verdiente. Noch dazu wurde uns das Geld in den begehrten »Tuzex-Kronen« überwiesen. Von dem Geld kaufte ich mir ein Haus in Ostrava. Einen neuen Škoda auch, obwohl ich keinen Führerschein besaß. In meinem Haus im »Eisernen Herzen der Republik«, wie Kommunisten Ostrava nannten, lebte ich dann mit anderen jungen Langhaarigen, die von der tschechoslowakischen Stasi als »defekte Jugend« bezeichnet wurden – ein hübscher Sammeltitel für eine unangepasste Art.

Ein paar Monate lang sind wir in meinem neuen Auto durch die Tschechoslowakei gefahren, mit langen Korallenketten behangen, großen Piratenringen in den Ohren und in Hippiekleidern – Gesandte aus Woodstock in der sozialistischen Diktatur –, bis jedem meiner langhaarigen Freunde der Führerschein entzogen wurde. Also mussten wir das Auto stilllegen.

Immer öfter tauchten nachts die Polizei und die Stasi in meinem Haus auf. Das Leben macht keinen Spaß mehr, wenn einmal pro Woche in der Nacht die Staatsgewalt in deinem Haus Radau macht und du hin und wieder nur deswegen verprügelt wirst, weil du langes Haar trägst. Schon ein kleiner Spaziergang durch die Stadt konnte auf der Polizeistation enden. Zwei Bier brachten dich in die Ausnüchterungszelle. »Wir müssen den Verein wechseln«, sagte mir eines Tages Jindra, ein Mitbewohner.

Eine Freundin im tschechoslowakischen Staatsreisebüro Čedok beschaffte uns zwei Tickets für eine Busreise durch Westeuropa. Sie haben ein Jahresgehalt gekostet. Wir mussten der Freundin hoch und heilig schwören, in den Sozialismus zurückzukommen. Bis heute tut es mir leid, dass ich damals gelogen habe – es ging nicht anders. Auch eine Lüge kann Leben retten – eine wichtige Erkenntnis für einen Tschechen, dessen Volk sich auf die Flagge seines Präsidenten den Spruch des Meisters Jan Hus schreiben ließ: »Die Wahrheit siegt!«

Mein Haus und mein neues Auto waren den kommunistischen Machthabern Pfand genug, um mir eine Reise in den Westen zu erlauben. Außerdem war ich ja schon in Afrika gewesen. Im Frühjahr 1982 durften wir unsere Europareise antreten. Mit 26. Außer Jindra, mir und zwei anderen jungen Leuten fuhren nur Rentner mit. Die Rentner hätte die Staatsmacht gern in den Westen exportiert, doch sie kamen immer zurück.

Ein Mädchen blieb in England. Wir verließen unseren Reisebus erst am letzten Tag unserer Europareise: Auf der Polizeistation am Münchner Hauptbahnhof wollten wir politisches Asyl beantragen. »Bitte ein Bier!«, sagte ich zu den diensthabenden Beamten, und kurz darauf hockten Jindra und ich in einem Asylbewerberlager im tiefsten Niederbayern, um uns dort von Flüchtlingen aus der ganzen Welt in die deutsche Leitkultur integrieren zu lassen, in einem Dorf mit etwa 100 Einwohnern, die wir aber nur hin und wieder aus der Ferne erblickten. Die Flüchtlinge blieben unter sich: etwa 150 Menschen aus Eritrea, Albanien, dem damaligen Jugoslawien, dem Libanon, Polen, der Tschechoslowakei und anderen Ländern.

Aus der Tschechoslowakei schrieb mir mein Schwager, dass ich wegen der Republikflucht zu 19 Monaten ohne Bewährung verurteilt worden war. Mein Haus hatte man beschlagnahmt. Später hat es mein Nachbar billig kaufen können, der uns bei der Stasi angezeigt hatte. Ich habe es nie mehr zurückbekommen. Auch nach der Samtenen Revolution 1989 in Prag nicht. Wirtschaftlich ging es mir also in Deutschland schlechter als in der Tschechoslowakei, aber ich war FREI.

Der einzige echte Deutsche in unserem Lager in Niederbayern war der Hausmeister. Leider konnte keiner der Flüchtlinge sein Niederbayerisch verstehen. Er war somit auch der
einzige Fremde in unserem deutschen Babylon. So musste ich
in den niederbayerischen Wäldern ganz allein deutsche Umlaute lernen, mit Bären, Wölfen und Füchsen, bis ich davon
rüde Albträume bekam, wie Anna in dieser Geschichte sagte.

Damals durften Asylbewerber nicht arbeiten. Ohne Arbeit,
ohne Papiere, mit 50 DM und zwei Essenspaketen im Monat
wartete ich im Sammellager auf meinen Asylentscheid – ein
Jahr lang – und träumte wilde Emigrantenträume: Jede Nacht
entführte mich die tschechoslowakische Stasi in die sozialistische Heimat, und ab in den Uranbergbau nach Jachymov.
Egal, was ich machte, alle Träume endeten im tschechischen
Uranbergbau, sogar die mit Sex! Diese Emigrantenträume ver-
folgen den Flüchtling aus einer Diktatur jahrelang. Sicher hat
sie auch Stefan Zweig geträumt, bevor er sich 1942 in Brasilien
umbrachte.

Das Essen in den Lagerpaketen war teilweise verdorben.
Ich will nicht wissen, was die Versorgungsfirma dem Bayeri-
schen Staat für die Pakete berechnete. Jeder Geldsack, der für
Flüchtlinge gedacht ist, hat ein Loch, aus dem unterwegs das
Geld rieselt.

Jeden Morgen holten sich Bauern aus der Umgebung die
Jungs aus Afrika für die Feldarbeit. Klar durften die Schwarzen nur schwarzarbeiten. Dafür bekamen sie von den Bauern
eine Mark pro Stunde. Die Afrikaner rissen sich um den Job.
Wenn man gegen Flüchtlinge hetzt, fallen mir oft diese Bauern
ein. Wer ist ein besserer Mensch? Jemand, der ohne Besitz,
doch voller Hoffnung in ein fremdes Land kommt, oder je-

mand, der diese Menschen am Ende der Nahrungskette noch ausbeutet? Viele Hilfsjobs in der Gastronomie, am Bau und in der Landwirtschaft werden von Flüchtlingen verrichtet. Sie haben nur die Rechte, die ihnen ihre Arbeitgeber zustehen.

Trotz des kapitalistischen Gehabes der Bauern und des »Schneller, du faule Sau!« meiner Chefin in einem bayerischen Biergarten ein Jahr später, als ich schon mein politisches Asyl und somit einen gültigen deutschen Reiseausweis hatte, hat mich die Hilfsbereitschaft der Deutschen überrascht: Im Sozialismus half man sich innerhalb einer großen Gruppe aus Familie und Bekannten. Die Westdeutschen aber halfen auch Fremden. Das war schön und neu für mich. Beim Trampen haben Jindra und ich ein Lehrerehepaar aus Köln kennengelernt, das sich für den Ruhestand in Niederbayern ein Bauernhaus gekauft hatte. Frau und Herr Seele veranstalteten einmal im Monat einen Literaturabend in ihrem Haus und luden uns gleich dazu ein: »Jungs, kennt ihr Bohumil Hrabal?« Jawohl! Der erste persönliche Satz, den ein Deutscher in Niederbayern an mich adressierte, war die Frage nach meinem tschechischen Lieblingsschriftsteller. Bis auf Herrn Seele, Jindra und mich nahmen an den Literaturabenden nur Frauen teil. Lasen im Kapitalismus nur Frauen? Bald wurden mein Freund und ich in Niederbayern von Familie zu Familie weitergereicht. Hilfsbereite Menschen! Danke an Frau und Herrn Seele, an Frau Pollotzek, danke an Gabi, danke an euch alle!

Diese Freude über wunderbare Menschlichkeit lebte in mir im Sommer 2015 wieder auf, als durch Deutschland eine Welle der Hilfsbereitschaft für Flüchtlinge vor Krieg und Terror ging. Wohl zum ersten Mal in der Weltgeschichte wurde der Deutsche für seine Menschlichkeit auf der ganzen Welt bewundert. Hand aufs Herz: Wer hat diese wunderschöne Stimmung in Deutschland kaputt gemacht? Wer schadet Deutschland mehr? Die Flüchtlinge? Oder die verbiesterten Patrioten, die gegen sie hetzen?

Klar weiß ich, dass Deutschland nicht alle Flüchtlinge der Welt aufnehmen kann. Aber kann man es einem Menschen verübeln, dass er vor Krieg, Terror oder auch vor Hunger in ein fremdes Land flüchtet? Ist es verwerflich, wenn ein Junge aus Eritrea nach Deutschland kommt, um hier etwas Geld zu verdienen und es nach Hause zu schicken, damit seine Mutter und seine Geschwister nicht verhungern? Die Unterscheidung zwischen einem »wirklich Asylberechtigten« und einem »Wirtschaftsflüchtling« ist lächerlich. Jeder von uns würde weggehen, wenn der Hunger seine Familie dahinzuraffen drohte. Man verlässt seine Familie, seine Freunde, seine Heimat nicht, weil man sich ein besseres Smartphone kaufen will, sondern aus Not.

In der Zeit von 1820 bis 1928 wanderten sechs Millionen Deutsche nach Übersee aus – die meisten wegen Hungersnot. Allesamt Wirtschaftsflüchtlinge. Sie gingen in die Fremde, weil sie mussten. Sie alle haben sich in den USA und anderswo voll integriert. Doch nur die Besten von ihnen haben dort in der Fremde auch ihre deutsche Kultur weiterleben lassen. Somit gibt es in Amerika immer noch ein Stück von Deutschland. Freuen wir uns nicht darüber, wenn wir das in einer Reportage im Fernsehen erfahren?

»Jaromir!«, sagte mir einmal eine Bekannte. »Dass du nach 35 Jahren in Deutschland immer noch bei den Poetry Slams auftrittst, ist ein Beispiel für misslungene Integration.«

Bei einem meiner Poetry-Slam-Workshops für Flüchtlinge erzählte mir unlängst Zahir (Name geändert) aus Afghanistan, wie er nach Deutschland gekommen war. Eine Taliban-Straßenmine hatte das Auto seines Vaters in die Luft gejagt. Zahir wollte nicht mehr in dem Land leben, in dem man seinen Vater umgebracht hatte. So brach er mit 13 Jahren nach Deutschland auf und war acht Monate lang auf der Balkanroute unterwegs. Im Irak hat ein Mann ihm das Handy abgenommen und wollte Geld von ihm. Weil Zahir kein Geld mehr hatte, hat der Mann ihn verprügelt. Sofort stelle ich mir vor, meine Kinder müssten so in ein fremdes Land flüchten. Kein schönes Gefühl.

2015 also, als die Flüchtlinge kamen, lebte meine Zeit als Flüchtling in mir wieder auf. Wir leben nicht »hier und jetzt«, wir leben aus der Erinnerung. Denn das »Hier und Jetzt« ist vorbei, bevor ich diesen Satz zu Ende schreibe. Ich postete meine Migranten-Geschichten auf Facebook – und Martin Bethke fragte mich, ob ich die Flüchtlingsthematik nicht auf meine humoristische Art in einem Roman verarbeiten wolle. Die Idee hat mir gefallen: Ich würde meine alten Erfahrungen mit denen der neuen Flüchtlinge verbinden. Ich sprach mit Flüchtlingen und Flüchtlingshelfern, kramte in meiner eigenen Geschichte, und so ist »Die unglaublichen Abenteuer des Migranten Němec« entstanden.

Ich hoffe, Sie haben bei der Lektüre Ihren Spaß gehabt, denn wie Němecs Mutter sagte: »Jede noch so traurige Sache hat auch ihre lustige Seite.« Wir Menschen haben uns schon lange genug durch die Weltgeschichte geweint, und die Tränen haben die Welt nicht besser gemacht. Der tschechische Schriftsteller Arnošt Lustig, der Theresienstadt, Auschwitz-Birkenau und Buchenwald überlebte, beschrieb in einem seiner Bücher eine Szene, in der Juden in einem KZ sich Methoden ausdenken, mit denen die Nazis sie am »ökonomischsten«, also am billigsten umbringen könnten. Dabei lachen sich die jüdischen Häftlinge schlapp. Diese jüdischen Insassen eines KZ sind seitdem meine größten Helden.

Beim Schreiben hatte ich keine hehren, tiefschürfenden Ziele im Sinn. Ich wollte nur den Leser, die Leserin und mich unterhalten und zeigen, dass hinter jedem Flüchtling ein Mensch steht – nur ein Mensch! Nicht mehr, aber auch nicht weniger! Wenn wir unsere Augen und Herzen öffnen, können wir irgendwann alle zusammen lachen. Hier auf unserem schönen Planeten.

Jaromir Konecny, im Juni 2017

Danksagung

Vor Jahren saß ich selbst ein Jahr lang in einem niederbayerischen Asylbewerberlager. Beim Eintauchen in die heutige Asylwelt hat mir der ehrenamtliche Flüchtlingshelfer Peter Berlein geholfen. Danke für deine Geschichten, Peter!

Bernd Hohlen und Olli Bopp haben das rohe Manuskript gelesen und mir viele wertvolle Tipps zukommen lassen. Danke, Freunde!

Moses Wolff hat mir wieder einmal mit einigen sächsisch-bayerischen Dialogen ausgeholfen: Danke, Mosi!

Ein großer Dank geht an Martin Bethke. Ohne ihn hätte ich diese Geschichte nie aufgeschrieben.

Nicht zuletzt möchte ich mich bei meinen großartigen Lektorinnen Friederike Thompson und Claudia Jürgens bedanken. Nur dank ihnen ist es eine Geschichte geworden, die ich selbst noch ein paar Mal lesen möchte.